JN177540

集英社オレンジ文庫

Fが鳴るまで待って

天才チェリストは解けない謎を奏でる

我鳥彩子

本書は書き下ろしです。

もくじ

F《エフ》が鳴るまで待って

天才チェリストは解けない謎を奏でる

我鳥彩子 *Saiko Wadori*

プロローグ　狼に盗まれたF

私は鶏《とり》モモ肉に複雑な感情を抱いている。

といってもそれは、

「お値段的には胸肉の方がお財布に優しいけど、やっぱりモモ肉の方がやわらかくて脂《あぶら》が乗っていて美味《おい》しい。だからつい、モモ肉の方を買ってしまう。食費を圧迫し、うっかり皮付きでから揚げなんかにしたら結構なカロリーになる憎いやつめ！　でも実は胸肉も皮付きならモモ肉とカロリーは大差ないんだよ、それなのにモモ肉の方がカロリーが高いイメージなんだよ、太るイメージなんだよ――！」

といった類《たぐい》の家計的・栄養学的・一般イメージ的な感情のもつれではない。

私の名前は、森百《もりもも》。

森が姓で、百が名。モリモモ。……なんとなく、鶏《トリ》モモと語感が似ている。

「今日は鶏モモの特売日だよ！」

商店街の肉屋のおじさんがそう叫ぶ声が耳に入った時、私の憂《うれ》いは底なし沼より深くなる。自分が特売されているような気分になるからだ。

鶏モモが他人と思えない私の住む町に、ひとりの天才チェリストがやって来たのは、私が中学校を卒業して高校へ上がる前の春休みのことだった。

そう、チェリスト。これが『天才ピアニスト』でも『天才ヴァイオリニスト』でもないところが、なかなか渋い展開ではないかと思う。

何せピアノは有名な曲が多く、習った経験のある人も多い（斯《か》く言う私もちょっとだけ習ったことがある）。自分は弾《ひ》かないとしても、友達や親戚や近所の人の中に経験者を見つけることは容易《たやす》いだろう。

ヴァイオリンの場合、ピアノと比べれば敷居が高く、触った経験のある人は格段に減るにしても、楽器としての知名度は抜群で、一般に知られている曲もやはり多い。

そこで、チェロ。

これがとても微妙。

見たことも聞いたこともないというほど珍しい楽器ではなく、さりとて、誰でも友達や近所に経験者を知っているかといえば、そうでもない。『ヴァイオリンの大きいの』という形状認識はあっても、『あなたの好きなチェロソナタを教えてください』なんて街頭アンケートがあったとしたら、ごまかし笑いを浮かべて逃げる人が大半ではないだろうか。

そんなチェロを、私はなりゆきから習うことになったのだ。

いや、先に断っておくならこれは、私が初めて弾いたチェロで稀有《けう》な才能を発揮し、恐ろしい成長速度のもとに国際コンクールで優勝して、華々しい世界デビューを飾る——などというドラマティックなサクセス・ストーリーではない。

これは鶏モモ肉に複雑な感情を抱く私が、不思議なチェロを持つ不思議なチェリストに出会った物語である。

◇——＊◆＊——◇

私が住む鹿上市水鹿上町《かのえしみかのえちょう》は、よくあるタイプの田舎《いなか》である。

そこそこに風光明媚《ふうこうめいび》だけれど、全国レベルで観光名所と言えるほどの呼び物はない。コンビニやスーパーマーケットは不自由しない程度にあるけれど、大きなデパートやホールは見当たらない。

デパートのある県庁所在地までは電車で一時間。そこから新幹線に乗れば、東京という名の都会へ行けるらしいけれど、特に出かける用事もないので、そんなドラマの舞台のような場所は基本的に意識の外——。それが、この町に住む平均的十五歳女子の私だ。

私はこの町で、曾祖母《そうそぼ》の佳映子《かえこ》さんとふたり暮らしをしている。

別段、複雑な家庭の事情があるわけではない。転勤の多い父親に母親がくっついて行き、姉は大学進学で県外へ出てしまい、祖父母と曾祖父より曾祖母が長生きしている——ふたり暮らしの理由はただそれだけのことである。

　なぜ曾祖母を「佳映子さん」と名前で呼ぶのかといえば、「ひいおばあちゃん」と呼ばれるのは長くてまどろっこしいし、ひどく年寄りに感じて気分が下がるから――という本人の訴えと希望による。

　その佳映子さんから、「今度、知り合いがこの町へ引っ越してくる」という話を聞いたのは、春休みに入る少し前のことだった。ずっと外国に住んでいた人で、慣れない日本での、しかもこんな田舎では勝手のわからないことも多いだろうと、佳映子さんがいろいろ面倒を見てあげることになったらしい。

　今年七十八歳になる佳映子さんは、この町でも有名な世話好きである。明るくて元気で、さばさばしていて面倒見のいい姐御肌《あねごはだ》。私が小さい頃から、家には町のいろんな人が来て、世間話をしたり頼み事を持ち込んだりしていた。

　だから、初めにその知り合いのことを聞いた時も、またいつもの佳映子さんの世話焼き癖《ぐせ》が始まったのだと思った。手が足りなくなれば私が手伝いに駆り出されるのもいつものことなので、やれやれ、と思っていた。

　その『やれやれ』が早速現実になったのは、卒業式の夜のことだった。

　私が通う私立水野華《みのか》学院は、市内では一番歴史の古い学校である（ただ古いだけとも言う）。現在では共学になり、中学校から大学までのエスカレータ式（ただし大学は女子大で、規模は小さい）。つまり中学を卒業して高校へ上がると言っても、ほとんど同じ顔ぶれが校舎を移動するだけで、卒業式もさほど盛り上がらない。

それでも一応、卒業式の夜はケーキを買ってお寿司を取って、佳映子さんとお祝いのご馳走を食べた。そんな、春休み前夜のこと。ふたりでケーキを食べ終えたところに、佳映子さんの携帯電話《スマホ》が鳴った。

しばらく相手と話したあと、「じゃあ明日行くね」と約束をして佳映子さんは電話を切った。例の外国にいたという知り合いは、もう数日前からこちらへ引っ越してきているらしい。客を呼べる程度には荷物が片づいたので、うちへ連絡をしてきたようだった。

「明日、この人のところへ行くんだよ」

佳映子さんが私にスマホの画面を見せた。栗色の髪をした、二十代くらいの男の人の画像が出ている。意外に若い『知り合い』だったので驚いたけれど、目線がこちらを向いていないし、何よりピントも合っていないので、顔はよくわからない。

「なんか……明らかに隠し撮りなんだけど。この人、何人《なにじん》？」

「一応、国籍は日本だってさ。写真を撮られるのが好きじゃないみたいでねえ。気難しい子なんだって」

「なに、その伝聞法。佳映子さんの知り合いなんじゃないの？」

「あたしが知り合いなのは、この子のひいおじいさんの方。若い頃に一時期、この町にいたことがあってね。その後は長くウィーンに住んでたんだけど、今回、ひ孫のこの子を連れて日本へ帰ってきたんだよ」

「ウィーン」

私は天井を見上げる。

「って、どこだっけ？　ウィーン少年合唱団とか、聞いたことある……。ヨーロッパのあっちの方……えっと、ドイツじゃなくて、オーストリア？　の、首都？　――待って、有名な都市が案外首都じゃない、っていうひっかけ問題はよくあるし、違うかも？」

「首都で合ってるよ」

「やった！」

世界史と地理に弱い私は、この程度のことが当てられただけでご満悦になれる安い人間だ。単純に喜んでいたところ、

「で、あんたはこの子にチェロを習うことになってるから」

佳映子さんの唐突な発言に、私はぽっかり口を開けてしまった。

「は？」

チェロ？　って、楽器の？　『セロ弾きのゴーシュ』が弾いてる、あれ？

「なんで私がそんなの習わなきゃいけないの!?」

「この子、ヨーロッパでは有名なチェリストなんだよ」

佳映子さんはスマホに目を遣《や》りながら言う。

「だからって、なんで私がチェロを習うなんて話になるの!?　ていうか、もしかして明日、私も一緒に行くことになってるの!?」

「あれ、言ってなかったっけ？」

佳映子さんはすっとぼけた顔で耳を掻く。

「じゃあ、改めて言っとくよ。モモ、あんた春休みは毎日この子のところへチェロのレッスンに通うんだ。大丈夫、楽器は貸してくれるっていうから。もうよろしくお願いしますって言っちゃってあるからね」

「そっ――そんな勝手に人の春休みの予定を決めないでよ！　この時期は私、いろいろ忙しいんだって知ってるでしょ！　大体、私だってもう高校生になるんだし、そういつまでも佳映子さんの世話焼きに付き合ってる暇《ひま》はないんだからねっ。私はね――」

テーブルに身を乗り出してがなり立てる私の前で、佳映子さんはメモ帳を引き寄せて何やら書きつけた。そして、達筆な二行の文字列（ふりがな付き）を眼前に突きつけられた瞬間、私はぴたっと口を噤《つぐ》んだ。

　貴那崎翡翠《きなさきみどり》（曽祖父）
　貴那崎玲央名《れおな》（ひ孫）

「これがね、引っ越してきたふたりの名前」

「……ひ、卑怯者《ひきようもの》……っ」

そんなもの見せられたら、見せられたら、私はもう――……！

私は佳映子さんを睨《にら》み、天井を仰いで目をつぶったあと、

「どう、明日、一緒に行くだろ？」

したり顔の問いにこっくりと頷《うなず》くしかなかったのだった。


そして翌日――三月二十一日（土）。春休み初めの日、私は佳映子さんと並んでバスに揺られていた。

水鹿上町の南には小高い丘があり、そのど真ん中に、宅地開発された団地に囲まれるような格好で古くて大きな洋館が建っている。長く人が住んでいないという話で、近くへ行く用事もなかったから中がどうなっているのかは知らないけれど、遠くから眺めるだけでもその白壁のお屋敷は女の子をときめかせる雰囲気に満ちていた。なんと、佳映子さんの知り合いが引っ越してきたのはそこなのだという。

「昔はあそこは、丘の上の一軒家でねえ。貴那崎家の別荘だったんだよ。もう長いこと、管理は人に任せてたみたいだけどね。定期的にハウスクリーニングはさせてたはずだよ」

さすが水鹿上町の生き字引。町のことならなんでも知っている佳映子さんに教えられて、そういえばと思い出す。最近、丘の方へ引っ越し会社のトラックが向かうのを何度か見か

けていたのだ。あそこに新しい住人が来る準備は着々と進んでいたのだ――。

バスは丘を登る坂道に差し掛かり、窓側に座る佳映子さんが言った。

「あんたが機嫌を直してくれてよかったよ。さすがにあたしが毎日チェロを担《かつ》いで通うのは辛《つら》いからねえ」

「……まあ、何か複雑な事情があるみたいだし、私で役に立てることなら……」

私はもごもごと答える。

昨夜あれから、私が貴那崎玲央名さんにチェロを習わなければならない理由を佳映子さんが説明してくれた。

なんでも、ウィーン在住のチェリストとしてヨーロッパで活躍していた玲央名さんは、とある事件に巻き込まれ、指に怪我《けが》をしてしまったのだそうだ。怪我自体はひどいものではなかったけれど、傷が治ったあとも、事件のことがトラウマになり、チェロを弾けなくなってしまったのだという。

ひ孫の状態を心配した曾祖父の翡翠さんは、自分の故郷である日本で玲央名さんを静養させようと考えた。幸い、ヨーロッパメインで活動していた玲央名さんは、日本では無名。まずは東京にしばらく滞在したところ、誰にも騒がれない場所へ来て気分転換出来たのか、玲央名さんは少しずつチェロを触るようになってきた。とはいえ、その演奏はまだまだ本領発揮には程遠い状態。そこで翡翠さんは次の手を打つことにした。

「このままぼ〜っとプー太郎させててもしょうがないから、ちょっと目先を変えて、生徒でも取って人に教えてみたらどうかって勧《すす》めたんだってさ。で、あたしに『うちのひ孫の生徒になってくれるような人はいないかな』と相談してきてねえ。『だったら、うちのひ孫がうってつけだよ、ひ孫同士でお似合いだね』って答えたわけさ」

「なんで私がうってつけ!?　私、楽器なんて小学生の時にちょっとピアノを習ったくらいだし！　楽譜が読めるかといったら、かなりビミョーだよ!?」

「ああ、そんなの全然かまわないよ。あんたの役目はね、賑《にぎ》やかしだから」

「はっ？」

「何も国際コンクールのチェロ部門で優勝出来るような生徒を育てたいわけじゃない。塞《ふさ》ぎ込んでる悲運の天才チェリストに、明るくどんどん話しかけてくれる人材が欲しいんだよ。むしろ音楽のことなんて知らないくらいでちょうどいい。そう来たら、モモ、あんたの出番だろ。あんたの取り柄は、人懐《ひとなつ》こさと、罪のないお喋《しゃべ》りさんなところだからねえ」

「……」

誰のせいで、私が『人懐こいお喋り』と評されるようになったと思っているのか——。

小さな頃から私は、佳映子さんの子分だった。母と姉は要領よく逃げてしまうので、いつも私だけが佳映子さんと一緒にご町内の行事に参加していた。子供の頃から婦人会のお仲間に入っていれば、人付き合いにも慣れてお喋りも達者になるというものだ。

さらに、世話好きでお節介な佳映子さんは、町の人のいろいろな相談事を引き受けては、人間関係で揉《も》めている場所にも平気で私を連れて行った。

「子供のモモちゃんが言えば（訊《き》けば）、角が立たないから」

佳映子さんや周りの人たちからそう頼まれて、無邪気なお喋りを装《よそお》って問題の核心を突いた。幼心に「これは深刻な場面だ」と察してはいても、それが自分の役目なのだとわかっていたから。空気を読んだ上で、敢《あ》えて空気を読めない子供のふりをしてきた。

でも、私はもう高校生になるのだ。無邪気さが免罪符になる年齢もそろそろ過ぎようとしている。大人になっても子供の頃と同じことをしていたら、それはもうただの『空気の読めない無神経な人』だろう。

だから私は、高校へ上がるのを機に、キャラを変えて物静かな少女になろうと心密かに決意していたのだ。それをのっけからぶち壊しにするような佳映子さんの頼みに、私が簡単に頷けるはずがない。ないけれど——。

私はパーカーのポケットを押さえた。そこには、昨夜、佳映子さんが書いたメモが入っている。私がポケットを押さえて目を閉じていると、佳映子さんが言った。

「あ、とりあえず、玲央名くんにウィーンでの出来事を訊くのは禁止ね。それ以外だったら、音楽に関することでも他のことでもどんどん話しかけてやって欲しいってさ」

「……事件の詮索《せんさく》はするな、ってことでしょ。わかった」

目を開けてそう頷いたものの、事件も何も、玲央名さんが巻き込まれたのがどんな事件だったのか、私は何も知らない。佳映子さんも聞かされていないという。でも、それがよかったのだと考えることにしたのだ。

私は『無神経係』の子供から卒業したいと思っている。ならば、今回の奇妙な頼まれ事は、そのためにはちょうどよかったのかもしれない。玲央名さんの心の傷にずけずけ踏み込めというのではなく、そこを避けてただ無意味なお喋りをすればいいというなら、玲央名さんのリハビリだけではなく、私の新たな人生へのリハビリにもなるではないか――。

斯くして、私は佳映子さんと共に丘の上の洋館を訪ねた。

出迎えてくれたのは、真っ白な髪をした細身のおじいさんだった。この人が、貴那崎翡翠さん。佳映子さんの話では今年九十歳になるらしいけれど、齢の割に若々しくて（佳映子さんと同年代と言って十分通用する！）姿勢の良い、上品なおじいさまだった。

どうやら佳映子さんと翡翠さんはすでにどこかで再会の挨拶《あいさつ》を果たしているらしい。今この時が数十年ぶりの再会といった様子はなく、和《なご》やかに「今日は暖かくていいねえ」「本当にねえ」などと談笑している。

「あの、これ。お彼岸《ひがん》のぼたもちです。よかったら」

そう、今日はちょうど春のお彼岸の中日なのだ。佳映子さんが作ったぼたもちを私が差し出すと、翡翠さんは笑顔で受け取ってくれた。

「ありがとう。あとで玲央名といただくよ」

そう言ってお手伝いさんにぼたもちを渡してから、「練習室へ案内するよ」と先に立って歩き出した。すると、廊下の途中でチェロの音が聴こえ始めた。

「この家には防音室がないものでね。でも僕としては、玲央名のチェロの音が聴こえる方が安心するんだ。ああ、今日もちゃんと弾いてるな、ってね」

翡翠さんは笑いながら言ったけれど、私の耳には正直、「ちゃんと弾いてる」ようには聴こえなかった。時々不自然に音が止まったり、所々に耳障《みみざわ》りな音が混ざっている。とても天才と呼ばれるチェリストが奏《かな》でる音とは思えなかった。これがつまり、事件の後遺症なのだろうか。

「玲央名、モモちゃんが来てくれたよ」

翡翠さんが練習室のドアを開ける。思ったより広い部屋だった。板張りの室内の一角にはグランドピアノがあり、壁際《かべぎわ》の隅にはチェロケースや裸のままのチェロがいくつか置かれている。書棚には楽譜がぎっしり詰まっているみたいだった。

そして、ブレブレの隠し撮り写真でしか知らなかった人が、部屋の中央にいた。ルビーみたいに赤い色のチェロを抱《かか》えて座っている貴那崎玲央名さんがこちらを見た。

——わあ。

今風に『イケメン』というより、『美青年』と表現したい感じの人だった。漢字の名前を持っている割に、顔立ちは彫りが深くて日本人離れしていて（佳映子さん情報によると、お母さんがフランス人なのだという）、右目の下に泣きぼくろがあるのが妙に色っぽい。このヴィジュアルで楽器の演奏が巧《うま》かったら、そりゃあ人気も出ると思う。でも――

玲央名さんが手を止めてこちらを見たのはほんの一瞬のことで、すぐにまたチェロを弾き始めてしまった。その音がやっぱり変。うぉんうぉん唸《うな》るような、音にもなっていないような音が随所《ずいしょ》に入っていて、素人《しろうと》ながら、音程というやつがおかしいのではないかと疑わずにいられない。それとも、私が素人だから知らないだけで、わざとこういう風に弾く演奏方法があったりするのだろうか。

ともあれ、いつまでも戸口に突っ立っていても仕方がない。佳映子さんに「ほら、挨拶しな」と肘《ひじ》で突《つつ》かれ、私は玲央名さんの傍《そば》へ歩み寄った。

「あの、森百です。木が三つの『森』に、漢数字の『百』と書いてモモです。この春から高校生です。よろしくお願いします」

自己紹介をして頭を下げると、チェロの下から突き出ている棒がフローリングの床に刺さっているのが見えた。そうやって楽器と床が繋がっているせいなのか、近くに立つと、床からの振動がびりびりと足に音を伝えてくる。

私の自己紹介を受け、玲央名さんはやっとまた手を止めてくれた。でも顔を上げた口から吐き出されたのは、不愛想な言葉だった。

「僕は人にチェロを教えたことがない。だからうまく教えられるかはわからないけど」

私は咄嗟《とっさ》に愛想よく答えた。

「あ、それは全然大丈夫です！　私もちゃんと弾けるようになれるか自信がないので、そこはお互い様ということで！」

むしろ、玲央名さんが日本語をちゃんと話してくれたことにほっとした。外見だけで判断するなら、横文字しか喋らなさそうな人だから。

「不愛想なひ孫でごめんね、モモちゃん。とりあえず、僕が使ってたチェロを貸すから、ひとまず楽器に触ってみようよ」

玲央名さんに愛想がない分、翡翠さんがにこやかに言う。気がつけば、玲央名さんの傍《かたわ》らにはチェロが一挺《いっちょう》（佳映子さん情報その二・チェロは『挺』で数えるとのこと）、横向きに寝かされている。それが私に貸し出し予定の楽器らしい。

「翡翠さんが使ってた――って、翡翠さんもチェロを弾くんですか？」

「昔、玲央名がチェロを始めた頃、ちょっとだけ一緒に習ったことがあってね。でも長続きしなかった。埃《ほこり》を被《かぶ》らせておくより、モモちゃんが使ってくれれば嬉しいよ」

玲央名さんは抱えていたチェロを置いて立ち上がると、自分が座っていた椅子の向かい側にもうひとつ椅子を引いてきて、そこへ私を座らせた。

「足は開いて。右足は少し前、左足は少し後ろへ引く」

制服以外でスカートを穿《は》くことの少ない私は、今日も代わり映《ば》えのないパンツスタイル。だから足を開くことには特に抵抗もなく指示に従うと、開いた両脚の膝《ひざ》にもたせかけるようにチェロを置かれた。楽器の丸い肩の部分は胃の辺りの肋骨《ろっこつ》に当たっていて、意外にずしっとした圧迫感に驚いた。中は空洞のはずなのに、不思議に衝撃的な重さだった。

初めて触るチェロの重量感や木の質感に私が興味津々《しんしん》になっていると、

「もう少し出した方がいいみたいだね」

と玲央名さんは言って私からチェロを取り上げた。そうしてチェロの下から出ている棒を、根元のネジを回して少し伸ばす。

「この棒は、エンドピン。楽器の位置が低すぎても高すぎても弾きにくいから、体格に合わせて長さを調節出来るようになってる」

「なるほど、そういう仕組みになってたんですか！」

もう一度チェロを渡されると、今度は楽器の肩が肋骨のもう少し上の方に当たるようになった。さっきよりこっちの方が安定する——ような気がする。

続いて、「これが弓」と玲央名さんが取り上げたのは、束ねられた白い糸（？）がもさっとくっついた長い棒。

「馬の毛だよ。普段は緩《ゆる》めているけど、弾く時は張る」

玲央名さんが棒の端っこのネジを回すと、ゆるゆるだった毛の束がピンと張る。それにも私は感心してしまった。弦楽器を弾く棒は『弓』といって、こういう材質のこういう構造だったのか！

そんなこんなで、左手でチェロを支え、右手に弓を持たされ、なんとなく格好がついた感じの私は、晴れて音を出してみることになった。

「とりあえず二弦《にげん》の開放弦《かいほうげん》を鳴らしてみよう」

「二弦？」

「こうして構えている格好で、自分から見た時に、一番左の一番細い弦がA線で一弦。隣がD線で二弦、G線が三弦、C線が四弦」

「ああ、単に左から順番に数字で呼んでるんですね」

Aとか Dとかよりそっちの方がわかりやすいので私としては大歓迎です、はい。

「弓の持ち方はこう。肘の角度はこっち。弓の毛はこういう風に弦に当てて。開放弦だから、弦はどこも押さえなくていい。左手はこの辺に置いて」

ぶっきらぼうに細かい指示を並べられ、あたふたと私は言うことを聞く（ちなみに佳映子さんと翡翠さんは、少し離れた場所に座って呑気《のんき》に世間話をしている！）。玲央名さんに右腕を支えられた状態で、私はなんとか二弦の上に弓を当て、ゆっくりと右へ引いた。

やわらかい音が、弓を引いた分だけ伸びて響いた。

「──！」

けれど私を感動させたのは、耳に聴こえる音ではなかった。チェロの裏側と側面を支えている両膝や、肩の部分がもたれかかっている肋骨を通して、音が身体全体に伝わり、その振動にびっくりした。

なに、これ──……！

同じ振動でも、チェロを弾いている人の傍に立って、床から伝わってくるものとは違う。自分が鳴らした音が骨に直接伝わる感覚は、これまでに経験したことがない快感だった。

私はこの瞬間、チェロという楽器に魅せられたのだと思う。

巧く曲を弾けるようになったら、こんな単純な音を伸ばしただけの響きではなくて、綺麗なメロディが身体中に響くのだろうか。それを味わってみたいと思った。チェロなんて自分の意思で習いたいと決めたことではなかったけれど、楽器に触れた途端、これを弾けるようになりたいという強い欲求が生まれたのだった。

「あの──もっと教えてください。チェロでドレミってどうやって弾くんですか？　どこがドですか？」

私がせがむと、玲央名さんは相変わらず不愛想な表情のまま私の左側に回った。

「このチェロは初心者の練習用として、指板《しばん》に指の位置を取りやすいようにテープを貼ってある」

玲央名さんが言うとおり、弦が張られた黒い板（これが『指板』？）には銀色の細いテープが等間隔（に見えるけど違うかもしれない）に数本貼られている。

「ギターも押さえるところに線が付いてますけど、あれと同じようなものですか？　クラシックの弦楽器もああいう印を付ければ親切なのに、っていつも思ってたんですけど」

「ギターのフレットとはちょっと違う。けど、それは今はいい」

玲央名さんは面倒臭《くさ》そうにギターの話題をスルーすると、私の右手から弓を取り上げ、左手を取って指板の上に指を置かせた。

「ピアノの指番号は親指が『一』で小指が『五』だけど、チェロでは、親指は指板の裏でネックを支える。だから『一』が人差し指、小指が『四』」

そう言って、一弦の上で一番目のテープの位置に人差し指を、二番目のテープに中指、と順に乗せてゆく。

「う……中指と薬指を開くのがちょっと辛いです」

「大丈夫、翡翠さんよりは指がやわらかい」

御年《おんとし》九十の人と比べられても、褒《ほ》められているのか何なのかわからない。

「二弦はD線だから、どこも押さえない開放弦で弾くとD《レ》。この一番目のテープの位置を押さえると、E《ミ》。二番目がF《ファ》。三番目がF♯《ファシャープ》、四番目がG《ソ》」

「ああ、なるほど！　並び方としてはピアノの鍵盤と同じですね。ファとソの間に黒鍵があるんだ。それがこの三番目なんですね。──ということは？　結局、ドはどこ？」

「四弦はＣ線だから、開放弦がＣ《ド》。チェロの一番低い音。その上のドは、三弦の四の指。その上は一弦の二の指。でもとりあえず、音が出しやすい二弦を少し押さえてみよう」

「わかりましたっ」

「じゃあ、まず左手で一の指だけ押さえて、右手で弦を弾《はじ》いてみて」

「弾《はじ》く？」

弓は使わないから、さっき取り上げられたのか。

人差し指で二弦の一番目のテープの場所を押さえ、右手の人差し指で弦を弾《はじ》く。

「わっ……」

思ったよりも弦が振動して、指一本では弦を押さえていられない。咄嗟《とっさ》に指を離してしまい、レだかミだかわからない間抜けな音が出た。

「しっかり押さえないと、音が出ない」

私の指の上から玲央名さんがミの位置を押さえ、弦を弾《はじ》く。ポーンと綺麗なミの音が長く響いた。けれど私がひとりでやってみると、ぼよん、と短く不格好な音が出るだけ。

「む、難しい……！」

それでも、弦の振動に負けないように、一の指、二の指、四の指と順番に押さえてゆくと、ミ、ファ、ソ、になっているのはわかる（多分に心許《こころもと》ない音程ではあるけれど！）。

調子に乗って、一番細い一弦でシドレ《一二四》、三弦でラシド《一三四》、と鳴らして悦《えつ》に入り、一番太い四弦に行ってみて私は分厚い壁にぶつかった。

「こ……これは……っ」

何たることか、レの音が出るはずの一の指を押さえても、ミの音が出るはずの三の指を押さえても、ファの音が出るはずの四の指を押さえても、全部同じ音が鳴る！

つまり、弦の太さに対して私の指の力が足りなくて、どこを押さえても正しい音が鳴らないのだ。レミファではなく、なんだかよくわからない音が出ている。

「恐るべし、四弦……！」

どんなに頑張って押さえても、レとミとファの音が出ない。音に区別がつかない……！と悪戦苦闘しているうち、私の頭の中であの歌がこだまし始めた。そう、あの歌。

ドとレとミとファとソとラとシの音が出ないというアレ。

あの歌はクラリネットで、これはチェロだけど、どこを押さえても同じで、どの音も出ないのは変わらない！

大体、薬指や小指なんて、もともと力の入る指じゃない。もっと力が入る人差し指や中指で、一ヶ所ずつ押さえるなら、まだなんとか――。

そう思いつき、指をずらして、本来三の指で押さえるべきミを一の人差し指で押さえてみると、レとは違う音――ミの音が出た！　ファの音も、一の指で力の限り押さえればなんとか出る！　喜んだのも束《つか》の間《ま》、玲央名さんに怒られた。

「習い始めからそういう一本取りを覚えたら、ろくなことにならない。初めは音が出なくても、調律された指の形を覚えるのが大事なんだ」

「す、すみません！」

慌《あわ》てて私が謝ると、玲央名さんはぶっきらぼうな口調で続けた。

「ちょうどいい。まずはっきりさせておこう。君の目標は何」

「え」

「チェロで何を弾きたいのか、ってこと。ただ楽器に触ってみたかっただけなのか、童謡の一曲も弾けるようになれればいいのか、もっと上の曲をやりたいのか。それによって、僕の教え方も変わってくる」

「えっと……」

私が口籠《くちごも》っていると、玲央名さんは皮肉げに言う。

「君、チェロの曲をいくつ知ってる？　もともとチェロに興味なんてなかっただろう。翡翠さんに、陰気臭いひ孫の話し相手をしてやってくれって頼まれただけだろう？」

全部お見通しじゃないの――！　と私は翡翠さんを見た。翡翠さんは白々しく横を向いている。佳映子さんも右へ倣《なら》えだった。私は背筋を正して釈明の姿勢に入った。

「あ、あの、翡翠さんに頼まれたのは確かですけど、それだけで来たわけじゃないです。

私にはもっと個人的に、内なる欲求があって、それを満たすために来ました」

「内なる欲求？」

「名前です。玲央名さんと翡翠さんの名前が素敵だから、来る気になりました」

「意味がわからない」

冷たい声で言う玲央名さんに、私もフッと冷めた笑みを浮かべた。

「……そうですね。玲央名さんみたいに素敵な名前を親から授かった人には、わからないと思います。鶏モモ肉に複雑な感情を抱く私の哀《かな》しみなんて……」

「意味がわからない」

玲央名さんはもう一度言った。ええ、わからないでしょうから説明いたしましょう。

私は深呼吸をしてから語り始めた。

「私は、自分の名前が嫌いです。こんな名前を付けた親を恨《うら》んでいます。──もりもも。『も』と『り』だけで構成された、鶏モモを連想させる名前。同じ『もも』なら、名字の『森』と植物繋がりで果物の『桃』にすればまだ関連性もあって字面《じづら》も可愛かったのに、なぜ数字の『百』!?　母が私を生む前に夢で見た数字だっていうんですけど、だからってそのまま付けます!?　『百』を使いたいなら使いたいで、上下に他の文字を付けて『百花《ももか》』とか『小百合《さゆり》』とか可愛い名前がいろいろあるじゃないですか。どうして『百』一文字!?　名字との兼ね合いを考えろという話ですよ。おかげで私は鶏モモ肉を食べる度に、共喰いの罪悪感に苛《さいな》まれるんですよ。でも美味しいんですよ。味としては肉の中で鶏肉が一番好きなんですよ。この複雑な気持ち、わかります……!?」

無言の玲央名さんにかまわず私は続ける。

「よく『子供は親を選べない』なんていうじゃないですか。でも名前だって同じだと思いませんか。自分で自分の好きな名前を付けてもらえるわけじゃないでしょう？　おぎゃあと生まれてすぐ、『実はおまえにこういう名前を付けたいと思ってるんだけど、意見はあるかい？』なんて訊いてもらえるわけじゃなし。本人がすやすや眠っている間に、水面下で大人たちの談合が行われて、役所を巻き込んで秘密裏に進められる計画――それが命名なんですよ。ああ、なんて恐ろしい所業！」

私はぶるりと身体を震わせ、さらに続ける。

「つまり、自分にどんな名前が付けられるか――それは人生最初にして最大の博打《ばくち》なんです。素敵な名前をもらえた人は、それだけでもう人生の勝利者なんですよ。玲央名さんも翡翠さんも人生に勝ってるんですよ！　――私は負けましたけど」

「そんな、負けたなんて。モモちゃんって可愛い名前じゃないか」

翡翠さんが慰《なぐさ》めてくれようとしたけれど、私は頭《かぶり》を振った。

「たとえば一枚の白紙に、『山田花子』と書いてあったとします。それを見たら人は、特に思考をするまでもなく『人の名前だな』と了解しますよね。さらに、『女性の名前だな』

とも。じゃあ同じように、白紙に『森百』と書かれていたらどうですか。これが姓名だと、咄嗟に判断出来ますか？　何かの言葉を書こうとした途中ではないか、とでも思われるのがオチでしょう。うっかりそのメモが殺人現場にでも残されていたら、ダイイング・メッセージの謎として、それだけでしばらく事件を引っ張れますよ。その二文字が人名だということが判明するまでに、いくつかエピソードを転がせますからね」

「――君の人生には、殺人事件に巻き込まれる予定が組み込まれているの」

玲央名さんがやっと口を開き、胡乱《うろん》げな表情で言った。

「そうなったら大変だ、と思ってます。うっかり私の名前を書いたメモが面倒な現場に紛《まぎ》れ込まないことを切に祈っています」

私は神妙に答えて、ひとつ息をつく。

「別に殺人現場なんて物騒な場面でなくても、普通の日常生活においても私の名前は名前として理解されにくいんですよ。『森』も『百』も小学一年生で習う簡単な漢字なのに、これがセットになるとなかなか正しく読んでもらえませんしね。間違えられないようにとフリガナを振ると、『鶏モモ』が頭にちらつくし……。こういう切なさは、読み間違えられることのない名前を持ってる人には共感しにくいとは思います。そりゃあ――もしかしたら広い世の中には同姓同名の森百さんがいて、その人は特に何も感じていないかもしれませんが、だったらそれはその人は幸せだということで、私の戯言《たわごと》なんて聞き流してくれれぱいいです。でも私は、不幸なことに名前にこだわる性分なんです。私にとって、世の中の大抵の人は羨《うらや》ましいんです。見ただけで名前だとわかる名前を持ってますからね」

自分の名前に不満がある分、私は他人《ひと》の名前が気になる。人の名前を見るのが好きだ。だから私の趣味はいつしか、『名簿を見ること』になった（でもこの趣味、果たして履歴書に書けるだろうか!?）。

人が音楽を聴いたり絵画を見て楽しむように、私は名簿に並んだ人の名前を見て楽しむ。名前に『二』が入っているからこの人は長男かな、『八』が付いてるけどまさか八男!?　この家の人はみんな植物にちなんだ字が名前に使われているのかな——なんていろいろ想像しながら人の名前を見るのは楽しい。けれど今のご時世、この趣味を堪能《たんのう》するのはなかなかに難しい。

かつて——電話帳に一般家庭の名前や住所が並び、学校の連絡網その他各種名簿が普通に流通していた時代があったという。けれど個人情報保護が云々《うんぬん》と叫ばれ始めて以来、名簿の作成や入手が難しい時代が到来した。私が生まれて育ったのはそういう時代である。私はこんな時代に生まれたことを心から呪う！

しかし今、三月のこの時期《の》は私の趣味に幾許《いくばく》かの光明が射す。年度末なので、新聞に公務員その他の異動記事が載ることが多いのだ。それを隅から隅まで舐《な》めるように読むのが、私の至福の時。そのために、ここ数日の新聞は朝刊・夕刊含めて異動記事が載っている面だけ抜いて部屋に溜《た》め込んである。春休みになったら存分に舐め尽くそうと思っていた。だから佳映子さんの頼みも、今は忙しいと断ろうとしたのだ。

でも――このふたりの名前を見せられてしまったからには、致し方ない。新聞は取っておいてあとで読むことが出来るけど、素敵な名前の人との生《ナマ》の出会いは一期一会《いちごいちえ》。人生の勝利者と語らう貴重な機会を逃すわけにはいかない。

私はキッと正面を向き、玲央名さんと翡翠さんを見る。

「人の志向として、面喰いってありますよね。私のはそれの親戚で、『字喰い』なんです。名前の素敵な人に、どうしようもなく惹《ひ》かれるんです。自分にないものを持っている人が、羨ましくて大好きでたまらないんです。玲央名さんと翡翠さんの名前は私の好みにドンピシャで、おふたりの名前を佳映子さんから教えられた瞬間から、もう私は抗《あらが》えない運命の波に呑み込まれていたんです」

「……一体、僕らの名前のどこがそんなにいいと……？」

依然《いぜん》として怪訝《けげん》そうな玲央名さんに、私は身を乗り出して答える。

「どこもかしこもいいじゃないですか！　私の中で定められた名前の評価項目は多岐に亘《わた》るので、ここですべてを説明するのは避けますが――たとえば『ビバ三文字以上の名字！』というポイントを押さえてますし、私、『女性名としても通じるような男性名』が好きなんですが、そこをふたりとも見事に突いてますし！　翡翠さんの名前、『みどり』

と読ませる字は数あれど、翡翠《ひすい》と二文字で書いて『翡翠《みどり》』なのがとってもお洒落《しゃれ》ですよね！　字面が綺麗だし、『字画の多い名前』というポイントも高いですしね！　――あっ、他の字を書く『みどり』さんだっていいですよ、モリモモよりはるかに羨ましいですよ！

　玲央名さんは玲央名さんで、『名前に《な》の字を使うなら名前の《名》の字が一番洒落が効いている！』という私の趣味にばっちり応《こた》えてくれてますし！　しかも、『玲央《れお》』で止めておけば男らしかったところに、『名』を足してマイルドさを生み出した、ご両親の素晴らしいセンスに乾杯！　名前全体の字数が六文字もあるのもいいですよね、たった二文字しかない私の名前と比べて漢字が三倍頑張ってるんですよ。本当にご苦労様ですよ、羨ましい限りですよ！」

　ほとんど開き直って名前の萌《も》えポイントを説明する私に、佳映子さんはいつものことだというように半笑い、玲央名さんと翡翠さんはいささか呆然としている。やがて翡翠さんが戸惑《とまど》いがちに口を開いた。

「それは――何かな、飽くまでモモちゃんの個人的趣味なんだ？　姓名占いとかそういうところに根拠があるわけでなく？」

「わけでなく」

　私はこっくり頷く。ごく個人的に、好きな字面、好きな響き、というのがあるだけだ。

「顔の好みは人それぞれ、だったら名前の好みだって人それぞれあっていいでしょう。面喰いが許されて、字喰いが許されないなんて、そんな不公平なことありませんよね。大体、生身の人間の美貌はいつか衰《おとろ》えますが、名前は太りもしなければ禿《は》げもしないんですよ？ずっとその字面だけを眺めて楽しんでいられるんですよ。お金もかからず長く楽しめる、不況の時代にぴったりのいい趣味じゃないですか！」

チェロを抱きながら主張する私を、「あはははは！」と翡翠さんの明るい笑い声が包み込んだ。

「つまりモモちゃんは、その低コストで燃費のいい趣味によって抗えない運命の波に攫《さら》われ、丘の坂道を登って来たわけだね」

翡翠さんが笑い涙を拭《ふ》きながら言う。

別に笑いを取るために話しているわけではないのに、私が名前に対する一家言《いっかげん》を語ると、大抵の人は呆《あき》れ顔をするか、大笑いするのだ。私にとっては、笑い事じゃない、人生の大《だい》事《じ》だというのに！

私はコホンと咳払《せきばら》いし、話を元に戻した。

「とにかく——動機が不純だと言われたらそのとおりですが、嫌々来たわけじゃないことだけはわかって欲しいです。私は自分の意思でここへ来ました」

「……自分の意思で、名前が目的で」

玲央名さんが呆れたようにつぶやく。

「初めはそうだったんですけど、今はそれだけじゃありません。さっき、初めてチェロに触って、とってもいい音だと思いました。自分でもっと弾きたいと思いました。だから、頑張りますから、教えてください」

「面白い子が来たじゃないか。期待以上だよ」

翡翠さんにポンと肩を叩かれ、玲央名さんはため息混じりに答えた。

「……ワイルドの戯曲に、恋人の名前にやたらこだわる女性たちの話があったのを思い出しました」

「え、字喰いの物語があるんですか!?　ワイルドさんて何者ですか！」

私が喰いつくと、玲央名さんはぶっきらぼうに教えてくれた。

「オスカー・ワイルド。『幸福な王子』の作者。機会があれば、全集でも読んでみたら」

「がっ、外国人の書いたお話ですか！　私、漢字が好きな分、横文字とカタカナが苦手なんです。母の部屋の本棚に、私と同じ名前の主人公が出てくるらしい『モモ』って小説があるんですが、それだって読む気にならないくらいなんです。だって作者が外国人だという時点で、登場人物はみんなカタカナ名前確定ですから！　漢字名前の登場人物なら、喜んで読むんですけどね。落語の『寿限無《じゅげむ》』だって五分で覚えましたよ！」

胸を張って説明・自慢する私に、玲央名さんはまたため息をついた。

「……君の趣味はよくわからないけど、妙な情熱とやる気があるらしいのはわかった」

「はい、やる気はあります！　よろしくお願いします！」

私はチェロと一緒に頭を下げた。あれだけ説明したけど、やっぱり字喰いの趣味は理解してもらえなかったか――と胸に一抹《いちまつ》の寂《さび》しさを覚えながら。まあ、美人は往々《おうおう》にして自分の美しさに無頓着《むとんちゃく》であるように、生まれつき素敵な名前を持っている人も、その幸福に鈍感なものなのだ――。

チェロの肩を撫《な》でながらそんなことを思っていると、玲央名さんが言った。

「……基礎をきちんとやっておけば、あとで絶対にそれが生きてくる。弦を押さえるのは、指の力だけじゃない。根気強く続ければそのうち音は出るようになるから、まずは指の形をしっかり作ること」

「はい、根気強くやります！」

自慢じゃないけど、コツコツ作業は得意な方だ。私は堅実な性格なのだ。

ともあれ、なんとか玲央名さんが私を生徒として認めてくれたことで、場の雰囲気が和《やわ》らいだ。翡翠さんがにこやかに言う。

「それでモモちゃんは、春休みの間、毎日来てくれるんだよね？」

「待ってください、翡翠さん。毎日は僕が疲れます」

相談の結果、レッスンは週休二日、日曜と水曜がお休みということになった。翡翠さんのチェロはそのまま持って帰って、家での練習にも使っていいという。

「僕はもう弾かないしね。その辺に転がってる好きなケースを使って。このチェロはストラド・モデルで、ゴフリラーやモンタニャーナとは違うから、どれにでも入るよ」

「え、ゴリラがニャーニャー？」

「この子は、若いのに本当にカタカナに弱くてねえ。時々ツッコミ待ちみたいな聞き間違いするけど、勘弁してやって」

佳映子さんが残念な子を見る顔で頭《かぶり》を振る。

いや、私だって現代に生きている人間なのだから、日常的に見聞きするカタカナなら平気だし、自分でも普通に使う。でも耳慣れないカタカナ言葉を並べられると、途端に頭が混乱を来《きた》してしまうのだ。新しいカタカナ言葉への対応力がちょっと低いだけなのだ！

私がそう言い訳しかけるのを無視して、玲央名さんが楽器の扱い方を説明し始めた。

「弾かない時は、弓毛は必ず緩めておくこと。練習のあとは、松脂《まつやに》の付いた弦や指板の汗をそれぞれに違う布で拭くこと。家に持って帰ったら、楽器をケースから出しておいてもかまわないけど、倒れたら危険だから、壁に立て掛けておくよりは寝かせておくことを勧める。ケースから出した状態で楽器を床に置く時は、中の魂柱《こんちゅう》が倒れないように、魂柱のある側を下にして横向きに寝かせて」

「こんちゅう？」

「楽器の中で、表板と裏板を支えている柱。この柱の位置如何《いかん》で音が変わってくるから、とても大事なパーツ。f字孔《エフじこう》を覗《のぞ》くとわかるけど——中心より少し右寄りに立ってる」

玲央名さんに言われて楽器の左右にf字形に刳《く》り貫《ぬ》かれた孔《あな》を覗くと、確かに右側に細い柱が立っていた。言われて気づいたけれど、この練習室でケースから出されているチェロは、どれも向かって左側面（チェロからすれば右側）を下にして寝かされている。そういうお約束があったのか。

「それから、楽器を直射日光の当たる場所には置かないこと。熱で板が割れたり膠《にかわ》が溶けたりするから。あとは、エンドピンで部屋の床を傷つけたくなかったら、エンドピン・ストッパーを使って。ここにいろいろあるから、好きなのを持っていけばいい」

玲央名さんが持ってきてくれた小さな木箱の中には、手のひらサイズで丸や四角やいろんな形をした『エンドピン・ストッパー』が入っていた。床に直接エンドピンを刺したくない時は、これを足元に置いてそこに刺せばいいんだそうだ。

私はお言葉に甘えて可愛い星形をした金属製のエンドピン・ストッパーを借り、部屋の隅にいくつか置かれている空のチェロケースの重さを比べ、一番軽いものを選んだ。家からここまでバスに乗ってくるとはいっても、出来るだけ荷物は軽いに越したことはない。何せ、立てたケースの高さは私の身長と大差ない。相当嵩《かさ》張《ば》る荷物である。

「チェロって、ケース込みでどれくらいの重さになるんでしょう?」

私の問いに翡翠さんが答えてくれた。

「そうだね……チェロ本体は三・五キロ足らずで、このケースなら、足しても十キロまでいかないよ。七〜八キロというところじゃないかな」

「あ、十キロ入りのお米よりは軽いんですね」

それなら大丈夫かも――と楽器をしまった状態のケースを肩に背負ってみる。大きさ的には人をひとり担いでいる感じではあるけれど、重さ的には許容の範囲内だった。

気が楽になったところで、私はさっきのニャーニャーを思い出した。

「ところで、ゴリラがニャーニャー鳴くような音のチェロがあるんですか？　それはこのケースに入らないんですか？　でも、玲央名さんがさっき弾いてたチェロは、ニャーニャーじゃなくて、うぉんうぉん唸るような音がしてましたよね。そういう種類のチェロなんですか？」

「種類というか――」

翡翠さんはあの赤いチェロを見遣ってちょっと苦笑した。

「あのチェロには《ヴォルフ》という名前が付いていてね、ドイツ語で『狼』という意味だけど、ウルフ音《おん》が強烈なんだよ」

「ウルフ音？」

「まあ簡単に言うと、ハウリングのようなものだね。特定の周波数――大体F近辺の音が多いけど、それを弾くと、音が響きすぎて、まるで狼が唸っているような音が出てしまう。

中低音楽器のチェロではよくあることで、普通は楽器本体を調整したり、弦にウルフキラーという器具を取り付ければ、軽減出来るんだけどね。あれはちょっと頑固で、何をしてもFが派手に唸るんだな――」

苦笑混じりの翡翠さんの説明のあとに、《ヴォルフ》の傍らへ歩み寄った玲央名さんが三弦の下の方に取り付けられた小さな金具に触れながら（あれが『ウルフキラー』？）抑《よく》揚《よう》のない声音で続けた。

「このチェロは、狼にFを盗まれたんだ」

狼――？

チェロの世界では、ゴリラがニャーニャー鳴いたり、狼が盗みを働いたりするのだろうか？　あのうぉんうぉん唸る音は、全部Fを弾いた時のものだったということ？　あんな耳障りな音が出るチェロを、どうして玲央名さんはわざわざ弾いていたんだろう？（この部屋には他にもチェロがいくつもあるのに！）

よくわからないながらも、私の中で、チェロという楽器と貴那崎玲央名という人に対する興味はどんどん膨《ふく》らんでいった。

……長いプロローグとなったが、これが私と玲央名さん、そしてチェロ《ヴォルフ》との出会いだった。玲央名さんと不思議なチェロにまつわる物語は、ここから始まる。

第一話

ドラマティック・ヒーロー

「すみません、四ノ宮《しのみや》家のご神石《しんせき》がマシュマロになっちゃいまして遅れました……！」

三月二十六日（木）。都合四回目のレッスンに大遅刻をした私は、開口一番そう叫んで玲央名《れおな》さんに頭を下げた。

「意味がわからない」

不機嫌な声で言う玲央名さんに、私は頭を下げたまま同意する。

「ですよね、私も全然意味がわからないんですけどっ」

「まあまあ、モモちゃん。四ノ宮家って？　ゴシンセキってなに？」

仲裁に入ってくれた翡翠《みどり》さんと、不機嫌顔の玲央名さんとを上目遣《うわめづか》いに見比べつつ、私はお伺《うかが》いを立てる。

「事情を話せば長くなりそうなんですけど、聞いてもらえます……？」

「君の話が長いのはわかってる」

玲央名さんのその返事を了承の言葉と捉《とら》え、私は奇妙な事件の説明を始めた。

◇――＊◆＊――◇

今日の昼過ぎのこと――。私がちゃんとレッスンに間に合うように（ここ強調！）チエロを担《かつ》いで出かけようとした時、四ノ宮家の当主夫妻が揃《そろ》って我が家を訪ねてきた。佳映《かえ》子《こ》さんに至急の相談事があるという。ふたりとも顔色の悪さが尋常《じんじょう》ではなかったので、私も気になって家の中へ逆戻りした。

　これまで佳映子さんは、ご町内で起こった『奇跡のお雑煮《ぞうに》事件』、『哀《かな》しみの草履《ぞうり》事件』、『月見団子《だんご》よ永遠に事件』など、様々な事件を解決しており、何か起きたら佳映子さんに相談、というのは町の人に刷り込まれた行動形式となっている。ただし最近は私が引っ張り出されることが増え、実務レベルで働くのは私で、佳映子さんは家から指令を出すだけという文字どおり『女ボス』状態になっているのだけれど。

　そんなわけで、私も佳映子さんと並んで四ノ宮夫妻の話を聞くことになった。

　四ノ宮家というのは、水鹿上町《みかえのちょう》に古くから続く地主の家である。町の外では『四ノ宮建設』という会社名の方が知られているけれど、地元では飽くまで『地主のお家筋』として扱われている。

　そんな四ノ宮家には、旧家には付き物の『家宝』がある。それが《ご神石》と呼ばれるもので、高さ二十センチほどのピラミッド形をした白い石である。四ノ宮家主催の宴席などでは上座《かみざ》に飾られるが、普段は桐箱《きりばこ》に収められ、四ノ宮家本邸の《奥の間》に置かれている。そのご神石が大変なことになったのだ——と、現四ノ宮家当主・四ノ宮圭一郎《けいいちろう》さん（五十六歳）は憔悴《しょうすい》した顔で語った。

　圭一郎さんは昨夜、もうすぐ屋敷で宴席があるのでご神石を磨いてやろうと思い立ち、一月《ひとつき》ほどぶりに箱の蓋《ふた》を開けたのだという。すると、三角の白い石が、三角に積んだ白いマシュマロの山に変わっていたというのだ。

奥の間は十畳ほどの和室で、障子戸《しょうじど》に鍵《かぎ》はない。土地の名士である四ノ宮家は人の出入りも多い家で、その気になれば誰でも奥の間に入り込めるし細工も出来る。だが、ご神石をマシュマロに変えることに何の意味があるのか？

さては反抗期真っ盛りの息子・圭太《けいた》（十五歳）が悪戯《いたずら》をしたかと疑ってもみたが、「ご神石なんて、正月の祝いの席以来見てねーよ」と興味なさげな返事。実際、圭太の部屋を含めて屋敷中をひっくり返して捜しても、ご神石は出てこなかった。

ご神石の紛失など、四ノ宮家の恥。とても警察沙汰《ざた》には出来ない。しかし、一刻も早くご神石を取り戻さなければ、ご先祖様に申し訳が立たない。

過去には、当主の素行が悪い時、ご神石が姿を消してその態度を戒《いまし》めたという言い伝えもある。まさか今回の件もそれなのだろうか？　だが天から咎《とが》めを受けるほどの不行状を働いた覚えはないし、ただ消えるならいざ知らず、マシュマロに変わるとはどういうことなのか。もしかして、昔はともかく現代の神様はこれくらいハイカラなことをするのだろうか。自分が素行を改めれば済むなら何でもするが、具体的にどうすれば――!?

と、蒼白な顔で佳映子さんに相談する圭一郎さんは相当錯乱していた（いくらなんでも、神様が石をマシュマロに変えることはないと思う！）。

圭一郎さんは体格が良くて岩のようにごつい顔をしていて、地主のお坊ちゃまとして育ったので実際傲慢《ごうまん》で横柄《おうへい》なところもあるのだけれど、迷信深くて小心なところもあるのを私は知っている。何となれば四ノ宮家の息子・圭太は私の幼なじみであり同級生であり、四ノ宮家と森《もり》家は家族ぐるみで付き合いがあるのだ。

圭一郎さんの隣では、夫人の早緒里《さおり》さん（四十五歳）もやきもきした顔をしていた。

四ノ宮家では、長男の誕生日にはご神石を囲んで宴《うたげ》を催《もよお》すしきたりがある。中でも七歳と十六歳の誕生日は盛大に祝うことになっており、もうすぐ四月五日が圭太の十六の誕生日なのだ。息子を溺愛《できあい》している早緒里さんは、今年はせっかくいいプレゼントを用意しているのに、このままでは圭太の誕生日を祝えない――と焦《あせ》っていた。もっとも、毎年早緒里さんが用意する『いいプレゼント』を、圭太は迷惑そうに受け取っているのだけれど。

ちなみに《七つの祝い》の時は私も初めてお呼ばれに与《あずか》っていた。早緒里さんは圭太の等身大人形を作らせて披露《ひろう》し、上座に人形と並んで座らされた圭太は甚《いた》く恥ずかしがっていたものだ（あれは、男の子にはちょっと酷な罰ゲームだったと思う！）。

《七つの祝い》は、子供の死亡率が高かった時代の名残《なごり》で、無事にここまで育ったというお祝い。では《十六の祝い》は何かというと、跡目披露の祝いである。今年の宴席は盛大になりそうだし、例年以上のご馳走《ちそう》が食べられそうだと、実は私も期待していたのだ。

それなのに、こんな事件が起こるとは――。まさか本当に神様が四ノ宮家に天罰を下したとは思わないけれど、石がマシュマロに変わるという意味不明さに、思考がうまく働かないのは私も圭一郎さんの錯乱ぶりを笑えないのだった。

「――というわけで、話を聞いてる途中でとうとう圭一郎さんが卒倒してしまって、早緒里さんもそれに連鎖《れんさ》反応を起こして倒れて、ふたりを介抱《かいほう》したり、とりあえずあんまり思いつめないようにと慰《なぐさ》めたりで、すっかり時間が経《た》ってしまって、レッスンに遅れました。本当にすみませんでした！」

練習室のいつもの椅子に座って一通りの事情を話し終えた私は、正面に座っている玲央名さんに向かって改めて頭を下げた。

今頃、家では佳映子さんが町中に号令をかけてご神石の捜索を始めているはずだ。佳映子さんの人脈と発言力は、この町で一番なのだ（だから頼りになると言えばなるけど、正直、警察に届けた方がもっと隠密裏に捜してくれるとは思う！）。人海戦術の実働班に入れられる前に、私は大慌《おおあわ》てで家を出てここへやって来たのだった。

私の説明を聞いてくれていたのかどうなのか、無言のままの玲央名さんの傍《かたわ》らで、翡翠さんが興味深げに口を開いた。

「ふむふむ――それは実に不思議な事件だね。ご神石はどこへ消えたんだろう？　どうしてマシュマロなんだろう？　誰が何のためにこんなことを？」

「ほんと、そこが謎なんです。マシュマロ自体は、スーパーでも普通に売ってるものみたいで、表面は少し乾いていたそうです。ということは、ご神石とすり替えられたのは少なくとも昨日今日のことじゃないですよね」

「神様がスーパーでマシュマロを買ったりはしないだろうしねえ。――モモちゃん、そのご神石というやつについて、もう少し詳しく教えてくれないかな。それは貴重な石……というか鉱物なのかな？」

「いえ、形は見事なピラミッド形でちょっと変わってますけど、売ってお金になるような珍しい石というわけでもないらしいんです」

その昔は、《ご神石》と呼ばれる代物《しろもの》のご利益を期待され、石が四ノ宮家から盗まれたことは何度もあったのだという。けれど結局、役には立たず金にもならずで放り出され、四ノ宮家に取り戻された。そうこうするうち、このご神石は四ノ宮家のお守りであって、他の者にはご利益はないのだと知られるようになり、盗もうとする者もいなくなった。町の人々にとって四ノ宮のご神石は、ただの『白い三角の石』なのである。

そして四ノ宮家でも、何も毎日一家揃ってご神石に手を合わせているわけではない。今回のように石に異変が起きたのがいつなのかもわからないほど、普段は放置状態である。それでも、大事にしていないわけではない。圭一郎さんがあそこまで憔悴《しょうすい》するのがその証拠だ。鞄《かばん》に下げたお守り袋の中身を毎日確認したりはしないように、屋敷の奥の床の間《とこのま》にいつもあの桐箱がある――それを見るだけで安心する、四ノ宮の人間にとってご神石はそういう存在なのだ。

「じゃあ、四ノ宮家に恨《うら》みを持っていたり、商売敵《がたき》みたいなのはいる？　神様がやったと考えるより、そういう連中が嫌がらせをしたと考える方が現実的だと思うけど」

翡翠さんの意見に私は頷《うなず》きつつ答えた。

「商売敵というか――水鹿上町には、四ノ宮家とは犬猿の仲の家があるんです。昔から『西の四ノ宮、東の五須留賀《いするが》』と呼ばれて、町を二分する勢力を持つ旧家で」

しかしその不仲の理由がいささかアレなのだ。四ノ宮家からすれば、二番より一番の方が偉い、数字は若い方が上位である、という論理で、自分たちの方が上だと主張する。だが五須留賀家は、物は四個より五個もらった方が嬉しい、数は多い方がいい、という論理で互いに譲らず、町内行事などで張り合うのだった。

「名前のこだわりは私も理解しますが、それで諍《いさか》いを起こすところまで行っちゃうのは駄目だと思うんですよ。まさに、四の五の言わずに仲良くしなさいよ、ってやつですよね」

「なるほどねえ。この町にはそういう勢力争いの構図があるわけだ。僕が若い頃、この別荘に来た時には気づかなかったなあ」

「どっちの家も外面《そとづら》はいいですから。よその人の前で見苦しいところは見せませんよ。その代わり、町内の人からは子供の喧嘩を見守るような生温かい目で見られてますけど」

「じゃあ、今回の件は、五須留賀家が四ノ宮家に喧嘩を売った、って線はないのかな？」

「そこが、微妙な線なんですよね――。実は、早緒里さんは圭一郎さんの後妻で、四ノ宮家には亡くなった先妻の娘である長女がいるんです。圭太とは十二歳違いで、『奏《かな》でる子供』と書いて奏子《かなこ》さんというんですが――ピアノで海外留学してた経験があって、今は私が通う水野華《みのか》学院で非常勤の音楽講師をしてます。名は体を表す、って感じでいいですよね。ちなみに圭一郎さんには似なくて美人です」

そこまで言って、私は玲央名さんの顔色を窺《うかが》った。奏子さんの留学先はドイツなのだ。ウィーンとは近いのでちょっと言い方をぼかして、関係ない補足情報も付け足してお茶を濁《にご》してみたけれど――玲央名さんの様子が特に変わらないのを確認してから続ける。

「で、五須留賀家には、『徐行運転《じょこう》』の徐行という字を書く名前の放蕩《ほうとう》息子がいるんです。あ、ちなみにイントネーションは『母校』と一緒です。五須留賀家の男は代々、放蕩気質があって、これまでいろいろやらかしてきているらしくて。それを抑えるために『徐行』という名前を付けられたものの、まったく徐行運転はせずに好き放題に生きてる人で。魅《み》惑《わく》の四文字名字で名前にちゃんとエピソードもあるし、私的にはポイントの高い人なんですが、五須留賀グループ会長のおばあさんにしょっちゅう睨《にら》まれて、お仕置きのためにグループ内のいろんな部署に放り込まれては働かされてるんです。徐行さん、資格マニアでいろんな免許持ってるんで、こういう時に仇《あだ》になるというか役に立つというか。どこの部門へ行っても働けちゃうんですよね」

「うん、そのふたりが？　――まさか？」

翡翠さんが面白げに瞳を輝かせるのに私は頷く。

「そうなんです。五須留賀の長男・徐行さんと、四ノ宮の長女・奏子さん。ロミオとジュリエットが恋に落ちたんです」

私の幼い頃の記憶では、ふたりは顔を合わせればいつも喧嘩をしていたような気がする。それが、奏子さんがドイツに留学していた時、偶然徐行さんもふらっとドイツに来たらしい。そこで何があったのか詳しいことはわからないけれど、とにかく恋の炎が燃え上がってしまい、帰国後にふたりは家の反対を押し切って結婚したのだった（その際には佳映子さんと私も両家の調停にいろいろ働いたのだけれど、この『水鹿上町ロミジュリ事件』は話せば長くなるので割愛《かつあい》する！）。

「まあ美男美女でお似合いなんですけどね、結婚してもやっぱりよく喧嘩するんですよねー、あのふたり。大抵は徐行さんのお遊びが原因なんですけど。夫婦喧嘩する度《たび》に、奏子さんはうちに転がり込んでくるんです。――あ、うち、古いですが部屋数はあるので、町内の人がよく泊まりに来るんですよ。みんな《佳映子さんの閻魔帳《えんまちょう》》が怖くてうちには迂《う》闊《かつ》な手出しを出来ないんで、家出した時の駆け込み寺になってるというか」

「へえ……佳映子さんは若い頃もいろいろアレだったけど、すっかり町の女ボスだねえ」

若い頃の佳映子さんのいろいろアレな話は別の機会に聞くとして、私は奏子さんの話を続けた。

「で、今も奏子さん、うちに来てるんです。ちょうど、先週の二十一日――つまり、私がここに初めて来た日ですけど、その夜、また徐行さんと喧嘩したって言って転がり込んできて。だから本当は、今日、奏子さんもうちで一緒にご神石紛失事件を聞いたんです。

そもそも奏子さん、昨日、四ノ宮家に顔を出してたんですよ。徐行さんとは町のマンションヨン暮らしなんですが、実家にまだいろいろ荷物を置いていて、倉庫みたいに使ってるんです。私がクラシックに興味を持ち始めたって言ったら、初心者向けのCDとかいろいろ探しに行ってくれて。その時はまさか、奥の間にあるご神石がそんなことになっていたなんて思いもしなかったって。そりゃそうですよね、家宝がマシュマロになってるかもしれないから覗《のぞ》きに行こうなんて思う人、普通いないですよね」

肩を竦《すく》めて見せながら、私は奏子さんがやって来た夜のことを思い出した。

これは玲央名さんには言えないけれど――実は、奏子さんは留学時代にウィーンで玲央名さんの演奏を聴いて、ファンになったらしい。だから私が諸事情あって貴那崎《きなさき》玲央名という人にチェロを教わることになったのだと話すと、吃驚仰天《びっくりぎょうてん》していた。

「念のために確認するけど、モモちゃんが会ったのってこの人よね？」

そう言って見せられたのは、やっぱりピントの怪《あや》しい隠し撮り画像だった。

マスコミ嫌いの玲央名さんは雑誌のインタビューにも答えないので、隙《すき》を狙《ねら》って隠し撮りでもしないとヴィジュアル資料がないのだという。そして彼が日本で無名なのは、コンクールに出ていなかったり、録音嫌いでCDを出していないせいなのだと奏子さんは言った。それを聞いて、少し首を傾《かし》げてしまった私である。

よくニュースで、ショパンコンクールとかチャイコフスキーコンクールで日本人の誰々が入賞しました、みたいな話を聞く。クラシックの演奏家というのは、みんなそうやって私でも知ってるような賞を獲《と》って世に出てゆくものなのだと思っていたのだ。

「まあ、それが一番、手っ取り早く世界に名が売れるけどね。でも有名コンクールの上位入賞者という看板なんかなくても、子供の頃から世界中で活躍してる演奏家だっているわよ。早熟の天才・貴那崎玲央名はそっちのタイプね。父親がヴァイオリニストで母親がピアニストで、残念ながら日本には来なかったけど、ヨーロッパではトリオで演奏旅行に出たりしてたみたいだし」

ファンだと言うだけあって、奏子さんは玲央名さんのことになかなか詳しかった。玲央名さんのお母さんがフランス人だということまでは私も聞いていたけれど、おばあさんがドイツ人でひいおばあさん（つまり翡翠さんの奥さん）がイタリア人だとまでは知らなかった。なんだかすごいインターナショナルな家系！

「島国に住む日本人の感覚だとちょっとびっくりしちゃうけど、いろんな国が陸続きの大陸に住んでたら、そこまで珍しいことじゃないと思うわよ。だから彼、何ヶ国語も話せるはずだけど」

翡翠さんとは日本語で話すけど、ご両親とはドイツ語やフランス語で話してるらしい、というのは佳映子さん情報である。

「私も生玲央名《ナマ》に会ってみたいわ〜。次のレッスン、私も付いていっちゃダメ？」

「あ、そこは翡翠さんから釘を刺されてるんです。友達は連れてこないようにって。今はまだ、少しずつ外界との接触に慣らしてるところだからって」

「ふぅん、残念……。でも、彼の身に何が起きたのか、気になるわね。ちょっとエレーナに聞いてみようか。彼女も玲央名のファンなのよ。日本には伝わってきてない情報を何か持ってるかも」

エレーナさんというのは、奏子さんのドイツ留学時代の友達である。一度、この町に遊びに来たことがあるので、私も会ったことがある。そういえば、エレーナさんはチェロを専攻していたんだった（その時はチェロに興味がなかったから、すっかり忘れてた！）。

「でも……あの、翡翠さんから詮索《せんさく》はしないで欲しいって言われてるんです」

とはいえ、玲央名さんの事情が気にならないと言ったら嘘になるので、奏子さんに対する私の口調に力はなかった。そこを突くように奏子さんは言った。

「今の時代、ネットもあるし、調べようと思えば事情なんていくらでも調べられるわ。本当にそれが厭《いや》なら、本名を名乗って、無関係なモモちゃんを巻き込んだりしないわよ。ある程度のことは調べられるのは、承知の上だと思うわよ？」

……そうなのだろうか？　丸め込まれたような気分で、メールを打ったりネットを調べ始める奏子さんを止められないまま、翌日、ドイツのエレーナさんから返信が来た。

けれど、彼女が知っていることは少なかった。去年の秋以降、玲央名さんの演奏会予定が軒並みキャンセルされ、本人は雲隠れしたという噂《うわさ》が立っている――それだけだった。

奏子さんがドイツ語圏のサイトを含めてネットで調べてみた結果も同じようなもので、玲央名さんの身に何があったのか、具体的にわかるような情報は出てこなかった。翡翠さんは、素人《しろうと》がちょっと調べた程度ではこんなものだとわかっていたのだろうか。

……もちろんこんなこと、玲央名さんや翡翠さんには絶対に言えない。奏子さんとのやりとりは隠したまま、私はごまかすように話をまとめた。

「まあ、そんなこんなで、奏子さんと徐行さんの結婚によって、両家は一応停戦状態にあるんですすよ。最近は、互いの事業に協力したりサービスを利用したりとかの交流も進んでいるとか。こないだなんて、五須留賀のハウスクリーニングが初めて四ノ宮本邸に入ったぞ――！　って、ちょっとしたニュース状態で佳映子さんのところに情報が回ってきたくらいで。――だから、今の五須留賀がわざわざ四ノ宮のご神石にちょっかい出したりはしないと思うんですよね」

「ふむ……。じゃあモモちゃんは、誰が怪しいと思う？」

腕組みをした翡翠さんに訊《き》かれ、私も腕組みをして答えた。

「誰、って……私も初めにこの話を聞いた時は、圭一郎さん同様に圭太の悪戯かと思ったんですけど。小さい頃はよくご神石に落書きして怒られてたし。私もとばっちりで一緒にご神石を洗うの手伝わされたりして。でももう高校生にもなるのに、いくらなんでも家宝に悪戯はないかなあ――とも……」

「四ノ宮家の長男、圭太くんっていうのは、どういう少年かな？　母親の連れ子ではなくて、圭一郎氏との子供？」

「そうです。奏子さんと一緒で母親似で、岩みたいな顔にはならずに済んだんですが」

でも、圭一郎さんのいかつい顔も、あれはあれで味わいがあって私は嫌いではない。

「そういえば――二十一日は、夜に奏子さんが転がり込んでくる前、ここからの帰りのバスで圭太と出くわしたんですよね。――あ、圭太は子供の頃から空手をやってて、その道場の帰りだったんですけど」

圭太とのやりとりを思い出して、私は顔をしかめた。

あの日、私が借りたチェロを抱《かか》えてバスに揺られていると（夕方で少し混んでいたので、佳映子さんには座ってもらって、私はチェロと一緒に立っていた）、途中で乗ってきた圭太に声をかけられたのだ。

「なんだよモモ、そのでっかいのは？」

胡乱《うろん》げな顔をする圭太に、チェロを習うことになったのだと簡単に話し、玲央名さんと翡翠さんの名前の素晴らしさを篤《とく》と語って聞かせると、奴は派手に肩を竦《すく》めた。

「なるほど。名前に釣られたわけだ。いかにもおまえの好きそうな名前だもんな。あーあー、平凡極まりない名前のオレなんかが話しかけて悪かったよ」

「なに、その感じ悪い言い方！　お父さんが『圭一郎』で、長男が『圭太』。そういう、親子の繋がりがわかりやすい命名っていいと思うよ」

「そうか？　なんか田舎臭《いなかくさ》くてダセーと思うけど」

「どこもダサくなんかないでしょ。うちなんて、家族の名前にまったく共通点がないもん。連帯感もなければ洒落《しゃれ》っ気《け》もない、ひどいもんだわ。圭太はちゃんと思いやりのある名前の付けられ方してるんだから、ご両親に感謝しなきゃ駄目だよ。読みやすい名前というだけでも恵まれてるんだからね」

　私のお説教を無視して、圭太はチェロケースを突《つつ》いた。

「で、これ、いつまで続けるんだよ？」

「今日始めたばっかで、それはまだわからないけど。でも音を出すのが結構難しくて、まともな音を鳴らせるようにはなりたいと思ってるよ。チェロの音ってすごく綺麗だもん」

「チェロなんて、弾《ひ》いてる姿かっこよくないだろ。ヴァイオリンの方がずっと絵になる」

「そのヴァイオリン、幼稚園の時に三日しか続かなかったのは誰だっけ。そのあと、ピアノやフルートも習わされてたよね。全部続かなかったけど」

「あの人は、オレをクラシック界の貴公子にしたいとか夢見ちゃってたんだよ。あーあ、バカみてー」

圭太は横を向いて吐き捨てるような言い方をする。

このくらいの年頃の男子では仕方がないことかもしれないけれど、圭太は母親の早緒里さんのことを語る時、『あの人』なんて妙によそよそしかったり憎々しげだったりする。

最近、それが一層ひどくなっているように感じるのは気のせいだろうか。早緒里さんの方は、いつだって息子大好きママなのに。――もっとも、それが鬱陶《うっとう》しいというのもわからないでもないけれど。

「そういえば早緒里さん、小学生の頃、圭太をアイドルにしたいとか言ってなかった？」

「あー、危うくオーディションに応募されそうになった。全力で阻止《そし》したけど」

「惜しかったねー。まかり間違っていれば、今頃はテレビで見ない日はないってくらいの売れっ子アイドルになってたかもしれないのに」

「なんだよモモ――。オレなら売れるってこと？　オレ、イケてる？」

「嫌味を真に受けるなんて、どんだけアホなのよあんた」

にやけるアホをどついた時、バスが四ノ宮家の傍《そば》のバス停に着いた。そこで圭太とは別れたのだった。

回想を終えた私は、ため息と共に圭太の説明を再開した。

「まあ――実際のところ、圭太は女子にモテるんですけどね。美人の早緒里さんに似たおかげで、顔立ちは一丁前に整ってるし、背も結構高いし。空手部のエースで、学校の成績も悪くなくて、少女漫画に出てくるヒーローみたいな奴なんですけど、自惚《うぬぼ》れの強いところが残念至極。圭太を憧《あこが》れの目で見る下級生や他校の女子は、あいつの本性を知らないんだ……！　確かに成績は私よりいいけど、別の方向でバカなんです、あいつ」

「手厳しいねえ、モモちゃん」

「だって、二月のバレンタインの時なんて、毎年どれだけチョコもらったか写メって私に見せびらかすんですよ？　こないだもホワイトデー前の日曜日、両手に大きな紙袋を提《さ》げて歩いてるのを見かけて、無視しようと思ったのに、わざわざ電車で一時間かけてデパートまで行ってお返しのクッキー買い込んできたんだって自慢するし。真に格好いいヒーローは、そんな行動取らない！」

「ヨーロッパではバレンタインデーといえば花だけど、日本ではチョコレートなんだね。ホワイトデーというのもないねえ。同じ日にマシュマロデーはあるけど」

「マシュマロ？　あー、でも圭太が買い込んでたのはクッキーでした。袋の中見せてきたから見てやったけど、可愛い缶に入ったクッキーがぎっしり。バレンタインもホワイトデーも所詮《しょせん》は製菓会社の陰謀なのに、まんまと踊らされちゃってまったくアホなんだから。

——あ、それに圭太の奴、初めはチェロなんてかっこ悪いとか言ってたくせに、昨夜は自分も弾いてみたいから玲央名さんのところへ連れてけ、なんてメール寄越《よこ》したんですよ。もちろん断りましたけど。お坊ちゃま育ちで、我がままなんですよあいつ」

たぶん、私にあてつけたいのだと思う。私が音を出すのが難しいとぼやいたのを聞いて、私より先に弾けるようになって自慢したいのだ。昔から奴はそういうところがある。

圭太は小器用だし、力もあるから、四弦《よんげん》も簡単に鳴らせるだろう。目の前で「ほーら、オレの方が才能ある！」とか威張《いば》られたら悔《くや》しい。仮に玲央名さんがいいと言っても、絶対に圭太なんか連れてくるもんか！

「モモちゃん、圭太くんへの文句ならいくらでも出てくるねえ」

翡翠さんが面白げに茶々を入れてきたけれど、——いえ、聞いてもらえるなら、親への文句だって佳映子さんへの文句だっていくらでも出てきますとも。そう言い返そうとした時、それまでずっと無言だった玲央名さんが椅子を立った。

——う、どうでもいい話をしすぎた!?　そう、圭太の話なんて超どうでもよかったよね……！　ごめんなさい玲央名さん！

けれど、てっきり部屋を出て行ってしまうのかと思った玲央名さんは、《ヴォルフ》を構えて椅子に座り直した。そしておもむろに何かの曲を弾き始めた。

やっぱり随所《ずいしょ》にひどいウルフ音が入って、ウルフキラーが全然仕事をしていなかったけれど、これは玲央名さんがいつも練習している曲のような気が――しないでもない。

「……これ、何の曲ですか？」

翡翠さんに訊《たず》ねると、少し耳を澄ます素振りをしてから教えてくれた。

「シューベルトの弦楽四重奏曲――だね。遺作の十五番。玲央名はこの曲が好きでね、全部弾いたら四十五分もある大曲だけど、子供の頃からよく練習してたなあ」

「四重奏曲……」

ということは、他にあと三人メンバーがいないと合奏出来ないということで。玲央名さんは、ひとりで弾くのが好きというわけじゃないのかな。個人的にチェロパートだけ弾いていたい、というならまた話は別だけど（でもそれって寂《さび》しすぎない!?）。

私がそんなことを考えていると、突如《とつじょ》、玲央名さんが弓をいっぱいに使ってひとつの音を長く伸ばした。

「――」

私には絶対音感なんてないから、聴いただけでそれが何の音かを当てるような芸当は出来ない。けれど、この音だけはわかる。ひどい唸《うな》り。空気が震えて、耳が痛い。

Fの音だ――。

玲央名さんの指だってそんなに太いわけではない。異常にびりびり震える弦を押さえるのは辛《つら》そうだった。実際、眉間《みけん》には深い皺《しわ》が刻まれている。けれど弓の根元から先端へ、そしてまた根元へ、玲央名さんは各弦のFの音を唸らせながらゆっくりと弓を動かす。

執拗《しつよう》なFの繰り返しに、耳がおかしくなりそうで私が悲鳴を上げかけた時、とうとう、申し訳程度に付けられていたウルフキラーが三弦の駒《こま》の向こうから弾《はじ》け飛んだ。その途端、玲央名さんはふっと弓を下ろし、低くつぶやいた。

「So, ein Wolf kommt.」

「え？」

訊き返す私を無視して、玲央名さんはまた《ヴォルフ》を弾き始めた。――けれど、音がまったく違った。つい今まで、渋《しぶ》くて重くて唸る音を出していた《ヴォルフ》が、甘い音色を奏でている。たぶん、Fの音も普通に鳴っている。

「これ――さっきのと同じ曲ですか？」

私の問いに翡翠さんが答えてくれる。

「そうだね、シューベルトの弦楽四重奏曲第十五番、第二楽章――緩徐《かんじょ》楽章のチェロが歌うメロディだ」

さっきまでうぉんうぉん唸っていたのが嘘のように、《ヴォルフ》は綺麗な音を奏で続ける。玲央名さんの指が止まることもない。それどころか、いつも不機嫌そうな玲央名さんの顔に笑みが浮かんでいる。心の傷でチェロが弾けないなんて嘘なのでは――そうとしか思えないような表情、滑《なめ》らかな演奏だった。

第二楽章を最後まで弾き終えたあと、玲央名さんは弓を下げて翡翠さんを見た。

「じいさん、タクシーを呼んでくれ」

「!?」

普段、翡翠さんには敬語で話す玲央名さんが放ったぞんざいな言葉に、私はびっくりして目を丸くした。そういえば顔つきもいつもと違う。さっきの笑みは消え、どこか不敵な表情になっている。

翡翠さんは素直にタクシーを手配してくれて、車が来るまでの間、玲央名さんはまた《ヴォルフ》を弾いていた。私が話しかけても答えてくれず、けれどタクシーが来ると、私の腕を取って「一緒に来い」と言う。

訳がわからないまま翡翠さんに「行ってらっしゃい」と見送られ、玲央名さんと一緒にタクシーに乗ると、運転席にいたのは、無造作に伸ばした髪を尻尾に結んだイケメン。

「あれ!?　今度はタクシー部門に回されたんですか?」

「いやぁ、こないだまでハウスクリーニング部門にぶち込まれてたんだけどね、ちょっとサボって遊んでたのがばれて、また配置替え」

「知り合い?」

玲央名さんが横目に私を見る。

「あ、さっき話した、奏子さんの旦那さんの五須留賀徐行さんです」

翡翠さん、『五須留賀タクシー』に電話したんだ……。ていうか徐行さん、タクシーの運転手が出来る資格も持ってたんだ……。

「モモちゃん、どこまで？」

徐行さんに訊ねられ、私も玲央名さんに訊ねる。

「それで、あの、どこへ行くんですか？」

「四ノ宮《しのみや》家」

「こんな時間に!?　もう夜ですよ、初めてのお宅を訪ねるには非常識な時間ですよ」

そう、長話をしている間にすっかり日が暮れて夜になっていたのだ。さっきそのことに気づいて、慌てて佳映子さんにまだ貴那崎家にいるとメールした。すぐに帰るって言っちゃったんだけど……。

戸惑《とまど》う私に、玲央名さんはしれっとした顔で言う。

「夜だから何？　常識を語るなんてつまらないことに時間を使う気はないね。それくらいなら君と遊んでいた方がよっぽど楽しい」

「えっ」

「僕と遊ぶのと、四ノ宮家へ行くのと、どっちがいい？　僕はどっちでもいい」

玲央名さんに肩を抱かれて硬直した私は、

「あああぁあの、大至急、四ノ宮さん家の本邸《ち》へ！」

ひっくり返った声で徐行さんに叫んだのだった。

◇───＊◆＊───◇

丘を降り、町の北西方向へしばらく走ると四ノ宮家の本邸がある。

ちなみに、そこよりもっと北へ行ったところが我が家である。つまり四ノ宮家は帰り道にあるのだけれど、私の（翡翠さんの）チェロは貴那崎家に置きっぱなしで、このまま帰るのもどうだろう。それに、別人になってしまった玲央名さんが四ノ宮家に何の用があるのかわからない。私は玲央名さんにくっついてきて、何をすればいいんだろう？

戸惑いっぱなしの私と妙に余裕な玲央名さんを本当に大至急四ノ宮家へ送り届けてくれた徐行さんは（全然徐行運転じゃなかった！）、一緒に車を降りて後に付いてきた。

とりあえず私が門のインターホンを押して、玄関まで通されると、圭太が出てきた。

「なんだよモモ、こんな時間に――って、徐行も一緒かよ。こっちの奴、誰？」

「私がチェロを習ってる貴那崎玲央名さん。……のはず、なんだけど……」

なんだか違う人のような気も……と私が口籠《くちごも》るのに被《かぶ》せて玲央名さんが言った。

「ちょうどいい。ここにエネルギーが有り余っていそうな青少年がいるじゃないか。よし、スコップを持って付いて来い」

「は？」

初対面なのにいきなり命令口調で言われ、圭太はむっとした顔をする。けれど玲央名さんはかまわずすぐ踵《きびす》を返し、玄関を出て庭の方へ歩き出す。

「手で掘りたいならそれでもいいけど。ただし、僕は手伝わないよ。指を傷《いた》めるからね」

「おいモモ、なんだよこいつ。なに言ってんのかわかんねー」

玲央名さんを追いかける私に、圭太と徐行さんもとりあえず付いてくる。

「まあまあ、面白いから付いてってみようじゃないか」

「あんたはなんでも面白がるんだろーが！　そんなんだから姉貴また出てったんだろ」

三人のお供を連れ、玲央名さんは庭をぐるりと回って裏庭へ向かっているようだった。

夜空に浮かぶのは黄色い半月。それに加えて庭には灯籠《とうろう》を模した照明が等間隔に置かれているので、足元は見える。でも玲央名さんは初めて来る場所のはずなのに、足取りにほとんど迷いがないのが不思議だった。

ちょうど屋敷の真裏、大きな木が立ち並んで雑木林のようになっている場所まで来た玲央名さんは、一渡り周囲を見遣《みや》ってから、一本の木の根元を指差した。

「ここだ。掘れ」

「はっ？」

また頭ごなしに命令されて圭太がむっとする。それを徐行さんが宥《なだ》め、勝手知ったる嫁の家、物置からスコップとついでに懐中電灯を持ってきた。

「ほらほら、一番若いんだから、頑張れ頑張れ」

徐行さんに励まされ足元を照らされながら、圭太が嫌々といった体《てい》で木の根元を掘り始める。どうやらそこは一度掘り起こされているようで、圭太はさほど力を使う様子もなくスコップで土を掻いてゆく。

と、そう深くも掘らないうちに、ガツンという音がした。

何が出てきたのかと覗き込めば——そこに埋まっていたのは、ピラミッド形の白い石だった。

「ごっ——ご神石!?」

もちろん、訳もわからず地面を掘らされていた圭太も目を丸くしている。

「なんでこんなところにあるんだよ……!?」

そこへ、寝間着にカーディガンを羽織った姿の圭一郎さんが現れた。さっき徐行さんがスコップを取りに行く時、ここに何かあるのかもと母屋《おもや》に声をかけたのかもしれない。

「お……おおおぉぉ……」

圭一郎さんは掘り出されたご神石を抱き、腰が抜けたようにその場に座り込んでしまった。早緒里さんも追いかけてきて、一緒に涙を拭《ぬぐ》っている。

なんだかよくわからないけど、ご神石が見つかってよかった。よかったけど——

「玲央名さん、どうしてここにご神石があるってわかったんですか!?　誰がここに埋めたんですか!?」

　この場で、それが気にならない人はいないだろう。私が代表して訊ねると、

「僕には答えが見えただけ。だから場所を教えた。誰がなぜ埋めたのか、その『なぜ』は誰か別の奴に解いてもらえばいいよ」

　玲央名さんは素《そ》っ気《け》ない口調でそう言ってくるりと踵を返した。

「タクシー！　帰るぞ」

　徐行さんは愉快でたまらないという顔をして、玲央名さんを追っていった。取り残された私たちは狐につままれたような気分で立ち尽くすのみである。

　――見えた、ってなに？　ご神石がここに埋まっているのが見えた？　どうやって？頭の中にピカッと？　まさか玲央名さんは超能力者？　そんな馬鹿な――。

　結局その後、私は四ノ宮家の車で家へ送ってもらうことになった。そして車に乗り込もうとした時、圭一郎さんが言った。

「モモちゃん、これからもあの貴那崎玲央名とやらのもとへ通うなら、あいつの行動をよく見ていてくれないかね」

「――え、玲央名さんを疑ってるんですか？　玲央名さんはこの町へ来てから、ずっと丘の上のお屋敷に閉じ籠ってて、四ノ宮家やご神石のことなんて私が話すまで知らなかったし、ご神石に悪戯をする動機もないですよ」

「それはわかっているが、じゃあどうして彼にはご神石の在《あ》り処《か》がわかったんだ？　謎を解くカギは彼が握っている。というより、ご神石を見つけ出してくれた以上、その経緯《けいい》について語るのは道理じゃないかね」

それは確かにそうだった。失《な》くしたものを見つけてもらって、それ以上を望むのは勝手なのかもしれないけれど、事情説明くらいはあってもいいと私も思う。

なんとか玲央名さんから詳しいことを聞き出してみると圭一郎さんに約束し、私は家へ帰った。

そして奏子さんにご神石が見つかったことを報告したけれど、犯人と動機が謎のままなので、やっぱり奏子さんも釈然としない顔で考え込んでしまったのだった。

◇――＊◆＊――◇

翌、三月二十七日(金)。昨日はチェロを置きっぱなしで帰ってしまったので手ぶらでレッスンへ行くと、玲央名《れおな》さんがいつにも増して不機嫌顔で《ヴォルフ》を弾いていた。

うぉんうぉん唸《うな》るウルフ音は復活していて、玲央名さんの不愛想にも磨きがかかっていて、話しかけてもうんともすんとも答えてくれない。馴れ馴れしく肩を抱かれるのも困るけど、何も喋《しゃべ》ってくれないのも困る！

どうにも埒《らち》が明かないので練習室を出て、居間でお茶を飲んでいた翡翠《みどり》さんに訊ねる。

「玲央名さん、どうしちゃったんですか？　昨夜の玲央名さんは一体？」

「ヴォルフになったあとは大抵ああなんだよ。まあ今日一日は触らぬ神に何とやらだね」

頭《かぶり》を振りながら翡翠さんは言うけれど、私には意味がわからない。

「ヴォルフになる、って？　《ヴォルフ》はチェロですよね？」

翡翠さんは向かいのソファに私を座らせ、説明を始めた。

「――チェロの《ヴォルフ》はね、僕の妻の家にずっと受け継がれてきた楽器なんだけど、どう調整しても誰が弾いても、すべての弦でFとFis《フィス》――F♯《シャープ》のウルフ音がひどくて、使い物にならなくてね。普通はこんなに全部の位置のFがということもないんだけどねえ。日によって、Fのウルフがひどい時と、F♯の方がひどい時と、揺れもあるしね。まあどちらかが唸り出すと、伝染したように両方とも唸っちゃうことが多いんだけど」

「あ、F♯も駄目なんですか！　それは大変だ、だからあんなに至るところでうぉんうぉん唸るんですね」

「でも幼い玲央名はその難物に興味を抱いて、弾き込みを始めたんだ。子供用の分数《ぶんすう》サイズじゃないから、大きくて大変そうだったし、大暴れする弦に小さい指がもげてしまいそうで心配ではあったけど、毎日弾き込んでいるうち、稀《まれ》にFの音を綺麗に鳴らせるようになった。本当にごく稀なことで、本人にもコントロールは出来ないものだから、演奏会には使えないんだけどね」

「そういえば、昨日はFが綺麗に鳴ってましたね。びっくりしました」

というか、ウルフ音が消えてしまうと、どれがFの音なのか私の耳には区別がつかないのだけれど。とにかく昨日はすべての音が綺麗に鳴っていた、ということだ。

「うん……。ただ、《ヴォルフ》のFが鳴った時、玲央名の身にいくつかの異変が起こる。そのひとつが、チェロに棲《す》む狼に取り憑《つ》かれてしまう——ということなんだ」

「狼に取り憑かれる——?」

「そう。モモちゃんも見ただろう? Fが鳴ったことでチェロから解放された狼が、玲央名に乗り移る。それで普段の玲央名とはまるで違う人格になってしまうんだ。僕たち家族は、その状態の玲央名を『ヴォルフ』と呼んでいるんだよ。捻《ひね》りのない呼び名で、モモちゃんには面白くないかもしれないけどね」

「いえ、名が体を表してるのが一番ですから」

反射的に答えてから、私は改めてつぶやいた。

「……チェロの狼に、人格が乗っ取られる……?」

そんなことが、現実にあるのだろうか? でも私は現実に昨日、いつもの玲央名さんとはまったく違う玲央名さんに接した。自信と余裕がたっぷりで、他人と会うことも家から出ることにも抵抗がなくて、女の子の肩を平気で抱いちゃうような人。

そりゃあ、私が玲央名さんと知り合ってからはまだ一週間で、玲央名さんがどういう人なのかすべてを知っていると言うつもりはないけれど。でも昨日、《ヴォルフ》のFが鳴るようになったあと、醸《かも》し出す雰囲気も表情も口調もそれまでの玲央名さんとはガラッと変わってしまったことは確かだ。

憮然《ぶぜん》と首を傾げている私に、翡翠さんは「だからもうひとつ、区別のために、ウ、ウ、ウルフ音はヴォルフ音じゃないんだよ」と言った。

ウルフ音はドイツ式に言えば『ヴォルフ音』なのだけれど、音が唸る現象を単に『ヴォルフが出る』などとも言ったりするので、そうするとチェロの《ヴォルフ》とそこから出てきた狼のヴォルフ、音のヴォルフ、『ヴォルフ』が重なりすぎて会話の意味がわからなくなる。そういうわけで玲央名さんの周辺では、音の方は『ウルフ』と英語式で言って、区別をつけているのだそうだ。

私としては、玲央名さんや翡翠さんは私にわかりやすい音楽用語の言い方をしてくれることが多いので（さっき翡翠さんが、ドイツ式に『F・i・s』と言いかけてから英語式の『F♯』と言い直したみたいに）、『ウルフ音』も単純にその一環なのかと思っていたのだけど。そういう紛《まぎ》らわしい事情があってのことだったのか。

そんな説明をしたあと、翡翠さんは続けた。

「そして、Fがもたらすもうひとつの異変。《ヴォルフ》のFが鳴った時、玲央名の神経は普段以上に研ぎ澄まされるみたいでね――いや、逆かな。普段以上に神経が研ぎ澄まされるからFが鳴る、ということになるのかもしれないけれど、その時、ちょっと不思議な能力が発揮されるんだよ」

「不思議な能力？」

「失《う》せ物を見つけてくれるんだよね。子供の頃も、父親が失《な》くしたと言って捜していた万年筆や、母親が失くしたアクセサリーなんかの在《あ》り処《か》を見つけ出してくれたりね」

「……それって、何なんですか？　昨日玲央名さん、『僕には見えただけ』って言ってましたけど、――まさか、超能力とか？」

自分の声が、思いっきり胡散臭《うさんくさ》げになっているのがわかる。

私は正直、そういうのを信じられない性質《たち》なのだ。ファンタジー小説に魔法が出てくるのはかまわないけれど、現実世界にそれを持ち込まれた時は、極めて懐疑的な立場を取らざるを得ない。

あからさまに眉根《まゆね》を寄せている私に、翡翠さんは苦笑した。

「まあ、ある程度は僕たちが話すことがヒントになっているんだと思うけど」

「ですよね、何もないところにいきなり失せ物の在り処が閃《ひらめ》いて見えるとか、そんな魔法みたいな話じゃないですよね」

私は自分に言い聞かせるように言葉を重ねる。

「そう、推理をしてるんですよね。それが現実的解釈というものですよね」

「モモちゃんは若いのに頭が固いねえ。人生には結構、不思議な出来事との遭遇があるものだよ。だから面白いと思うんだけどねえ」

「私はそういうのを面白く思うより、胡乱に思う方なんです」

翡翠さんは肩を竦《すく》め、話を進めた。

「まあ玲央名の能力の理屈はともかくね、今回もうまくすれば玲央名がご神石の在り処を見つけてくれるんじゃないかと思ってね」

「ああ、それで……」

昨日、翡翠さんが私に四ノ宮《しのみや》家やご神石に関してあれこれ訊ねてきたのは、単なる個人的好奇心だけではなくて、玲央名さんに事件の周辺を聞かせるという意味もあったのだ。

——でも、私がとりとめなく話した情報から、玲央名さんはどうやってご神石の在り処を突き止めたんだろう？　説明した私自身、意味が全然わからない事件だったのに。

昨日、自分が玲央名さんに話したことを必死に思い起こしながら（こういう時、口数の多さが我ながら厄介《やっかい》だ！）、もうひとつ気になっていたことがあったのを思い出した。

「あの……翡翠さん。昨日、Fが鳴る前、玲央名さん何かつぶやきましたよね。あれ、なんて言ったんですか？　ドイツ語ですか？」

翡翠さんは頷いて、あの時の言葉をゆっくり繰り返してくれた。

「So《ゾー》, ein《アイン》 Wolf《ヴォルフ》 kommt《コムトゥ》.　——さあ、狼が来るよ」

「……」

私はぽかんと口を開けてしまった。

「玲央名さん自身が、『狼が来る』って言ったんですか」

自ら宣言して、玲央名さんは豹変《ひょうへん》したということ？

ウルフ音を消すために取り付ける、ウルフキラー《狼殺し》。玲央名さんはあれを、文字どおり狼を殺したくて付けていたのだろうか。けれど、殺し損《そこ》ねてウルフキラーが外れて、逆に狼が玲央名さんの身体を乗っ取ってしまったのだろうか。

信じたくない不思議現象だけれど、自分の目で玲央名さんの豹変や《ヴォルフ》の音の変化を見て聴いて感じてしまっている以上、そこに理由を付けなければ、もっと気分の据わりが悪い。《ヴォルフ》というチェロには狼が棲んでいる――ひとまずそれは認めることにして、話を進めるしかなさそうだった。

「……あれ？　でも――順番的には確か、ウルフキラーが飛んで、『狼が来るよ』ってつぶやきがあって、それからFがきちんと鳴り始めたんですよね？　じゃあ『狼が来るよ』ってつぶやいたのはどっちですか？　玲央名さん？　ヴォルフ？」

「ちょうどふたりが混ざり始めて、どちらでもない状態になっているところじゃないか、と僕たちは見てるんだけどね。そのあとすぐ、ヴォルフになってしまうんだけど」

「ヴォルフもチェロが弾けるんですね」

あの時、笑みを浮かべてチェロを弾いていたのは、玲央名さんじゃなくてチェロから出てきた狼だったのか。

「まあ、ヴォルフは言ってみればチェロの化身《けしん》みたいな存在だからねえ。でも玲央名に乗り移ってもそんなに長居するわけじゃなくて、せいぜい数時間から、長くても一日程度で自然に抜けてチェロの中に戻る――つまり、また《ヴォルフ》のFが鳴らなくなる。その辺の理屈がどうなっているのかは、医者にかかっても楽器の修復師に相談してもさっぱりで、よくわからないんだ」

お手上げというように翡翠さんは首を竦める。

「――要するに今日の玲央名さんは、昨日ヴォルフに身体を乗っ取られたのが面白くなくて不機嫌になってる、ってことなんですね。でも、だったら、狼が出てくるかもしれないのに、どうして玲央名さんはあのチェロを弾くんですか？」

「玲央名は狼をねじ伏せたいんだよ。ヴォルフに身体を乗っ取られることなく、きちんとFを鳴らして演奏出来るようになりたいから、ひたすら楽器を弾き込んで狼を負かそうとしているんだ。ああなると、もう意地だね」

「ちなみに勝率は？」

「今のところ、ゼロ勝」

ということは、《ヴォルフ》のFが鳴る時、それを弾く栄誉は玲央名さんではなくヴォルフに奪われっぱなし――ということだ。

初めて会った日、玲央名さんは《ヴォルフ》を指して言った。「このチェロは、狼にFを盗まれたんだ」と。それは、《ヴォルフ》のFを弾くのはいつも自分ではなく、チェロに棲む狼なのだという意味だったのか。

「なんだか、先の長い戦いみたいですね……」

私はため息をつき、もう一度練習室を覗いてみた。やっぱり玲央名さんは不機嫌を絵に描いたような顔で《ヴォルフ》をうぉんうぉん唸らせていた。あれだけ激しく振動する弦を毎日押さえ続けていたら、とてつもない指の訓練になるんだろうなあ――と、思わず感心してしまう。

結局、その日は玲央名さんの機嫌が直らず、レッスンにならなかったので、早々に引き揚げることとなった。

家に帰ってから、相変わらず我が家に滞在中の奏子《かなこ》さんに、シューベルトの弦楽四重奏曲のCDを持っているか訊いてみた。今日も玲央名さんはあの曲をウルフだらけの音で弾いていたのだ。気をつけて聴いてみると、チェロが主役っぽいメロディの部分もあれば、ここは伴奏に回ってるんだろうな、と思うような箇所もある。チェロパートだけではなく、曲の全体を聴いてみたかった。

「ネットの動画とかじゃ駄目なの？　まあ、音はCDの方がいいか。たぶん四ノ宮の私の物置部屋にあると思うから、今度持ってきてあげるわ」

「あの、明後日のレッスンが休みの日に、私も一緒に行って探したいんですけど。他のものもいろいろ見てみたいというか」

商店街にあるCDショップのクラシックコーナーより、奏子さんのコレクションの方がずっと充実しているはずだ。玲央名さんとの会話の幅を広げるためにも、チェロが出てくる曲をもっとたくさん聴いてみたい。

そんなわけで明後日の日曜日は奏子さんと一緒に四ノ宮家へ行く約束をして、翌、二十八日（土）。私はまたチェロを担いで貴那崎《きなさき》家へレッスンに伺った。

玲央名さんの機嫌はまだ悪かったけれど、昨日ほどではなかった。とりあえず返事はしてくれるようになった。でも四ノ宮のご神石のことを訊ねると、ヴォルフになっていた時のことは覚えていないと言ってそっぽを向かれてしまう。本当にそうなのかと翡翠さんに訊いてみても、「本人はいつもそう言うんだよ」と含みのある返事。

――本当は覚えてる？　謎も解いてる？　だったら教えてくれればいいのに！

私が喰い下がっても玲央名さんは知らぬ存ぜぬの一点張りで、しまいには、関係ない話ばかり続けるならレッスンはやめると言い出したので、仕方なく私は口を噤《つぐ》んだ。

そうしてひたすら音階を弾く基礎練習を繰り返し、依然として音程が判然としない四弦に苦しめられながら、その日のレッスンは終わったのだった。

◇───＊◆＊───◇

そして三月二十九日（日）。私は奏子さんのお供をして四ノ宮家を訪ねた。

謙遜《けんそん》ではなく本当に物置状態になっている奏子さんの部屋で、ラックに並んでいたり段ボール箱に詰められたりしているＣＤの山をひっくり返し、シューベルトの弦楽四重奏曲全集という十五曲全部がセットになっているＢＯＸを見つけた。

無事お目当てをゲット出来たところで、他にも何か借りていこうとあれこれ物色していると、気がつけば奏子さんの姿が見えなくなっていた。初めのうちは、掘り出したＣＤにいろいろ解説をしてくれていたのに――？

ひとまずジャケットにチェロの写真が目立つものを何枚か見繕《みつくろ》い、

「奏子さーん？　どこ行っちゃったんですか～？」

奏子さんを捜して屋敷の中をうろついていると、廊下の先に圭太《けいた》の後ろ姿を見かけた。

背を屈《かが》めるような歩き方が何か挙動不審で、不意にこちらを振り返るものだから、私はつい反射的に柱の陰に隠れてしまった。

――あいつ、何をこそこそやってるんだろう？

気になって後を尾行《つけ》てゆくと、圭太はどんどん屋敷の奥へ進んでいき、もうあとは一本道。この先にあるのは奥の間だけである。そういえば、ご神石はまた奥の間へ戻されたのだろうか？　それとも金庫の中にでもしまい込まれたのだろうか。

「圭太、何やってるの――？」

　声をかけながら障子戸を開けると、床の間に向かって何かをしていた圭太が「わっ」と大声を上げて飛び上がった。その手には赤い絵の具のチューブが握られていた。

「ちょっと圭太――何してるの!?」

　床の間に置かれた桐箱は蓋が開けられ、その中に三角の白い石――ご神石が見えている。真っ白な石に、赤い絵の具を塗ろうとしていた――？

「圭太、あんたこのタイミングでその悪戯《いたずら》は、洒落にならないでしょ!?　なに考えてんの、また圭一郎《けいいちろう》さんを卒倒させる気!?」

　眉を吊り上げて歩み寄る私に、圭太はとぼけたように横を向く。

「別に、悪戯なんてしてねーし。ちょっと心配だったから、覗きに来ただけだし」

「じゃあその絵の具は？　ご神石の無事を確認するのに、なんで絵の具が要《い》るの？　今あんた、それを石に塗りたくろうとしてなかった？　――まさか、ご神石をマシュマロにすり替えたのもあんただとか言わないよね？」

　こういう場面で、勝手に言葉がつるつる出てしまうのは私の短所なのか長所なのか。確証があって言ったわけでもない私の問いに対し、当然圭太は否定すると思いきや、

「――そうだよ」と小さな声を絞り出した。

「え？」と、逆に驚いてしまったのは私の方だった。

「オレがご神石をマシュマロにすり替えたんだよ」

「なんでそんなこと――」

「でも、オレが裏の林に埋めたのはご神石じゃなかった。なんでこれがあそこに埋まってたんだよ!? あいつ何なんだよ、モモ、おまえあいつから何か聞いてるのか――!?」

「ええ……？ ちょっと、なに言っててんのかわかんないんだけど」

急に逆ギレを始めた圭太を宥《なだ》め、私は事情を最初から話すよう求めた。そしてその話を細大漏《さいだいも》らさず玲央名さんに聞かせるため、大急ぎで丘の上へ向かったのだった。

◇――＊◆＊――◇

「い、いそれが圭太のもとへ舞い込んだのは、単なる偶然の間違いだったんです――」

私は玲央名さんと翡翠さんを前に、圭太から聞いた話を時系列順に整理して説明した。

二月十四日、今年のバレンタインデーは土曜日だった。学校が休みなので、朝から四ノ宮家のポストに圭太宛てのチョコやプレゼントを入れてゆく女の子たちが続出し（みんな、本気というよりお祭り気分でイベントを楽しんでるだけだと思うけど！）、急遽《きゅうきょ》ポストを拡張するため、取り出し口の蓋を外して大きな籠《かご》が設置された。

その籠の中身は、夕方になって圭太の部屋へごっそり届けられた。その中に、普通の郵便物――母親の早緒里《さおり》さん宛ての手紙が交ざっていたらしい。ちょうどプレゼントを包むリボンに差し込まれるような格好になっていて、如何《いか》にもそのプレゼントに添えられた手紙のように見えたのだという。

だから他のプレゼントや手紙を開けるのと同様に、ほとんど流れ作業のように封を切ってから、宛名が違うことに気がついた。よく見れば母親宛てのもので、きちんと切手は貼ってあるが、差出人の名はない。

ちょっとした好奇心で、中の便箋《びんせん》を取り出すと、短い文章が書かれていた。

僕の息子は元気かい？　もうすぐ、君のもうひとりの息子がそちらへ行く。いろいろあって気難しくなっているけれど、よろしく頼むよ。

言葉遣《づか》いや筆跡からして、差出人は男だろう。しかし意味がわからない。『僕の息子』とは？　『君のもうひとりの息子』って？　父は再婚だったが、母は初婚だったはずだ。母の息子は、自分だけのはず――。

首を傾げた圭太の胸に、その時、疑惑が芽生えた。いや、昔からなんとなく思っていたことに、確証を得たような気になったのだ。

――正直、親父は外見に恵まれているとは言えないし、頑固で横柄《おうへい》なところがある。母さんが親父と結婚したのは、ただの財産目当てだったたんじゃないのか。本命の男が他にいるんじゃないのか――。

以来、早緒里さんの行動が気になり始めた圭太は、街へ出かける早緒里さんの後をこっそり尾行《つけ》たりするようになった。不信感から、早緒里さんに対する態度は今まで以上に素っ気なくよそよそしくなった（私が感じていた圭太の変化は、やっぱり気のせいじゃなかったのだ！）。

そんなある日――三月初めの日曜日、早緒里さんがデパートの中にある喫茶店で二十代ほどの若い男と会っているのを圭太は目撃した。

――もしかして、あれが手紙にあった『君のもうひとりの息子』？　なんとなくオレと似てる気がする。まさか、あいつとオレは兄弟？

――オレは、親父の息子じゃない？　あの手紙の主が、オレの本当の父親？

母は父と結婚する前の恋人との間に子供がいて、しかも父と結婚してからも関係が続いていたということか。そうして自分が生まれたのか――？

疑惑の青年は、高さが優に五十センチは超える大きな紙袋を椅子の脇《わき》に置いていた。マチも相当あるので、中にはかなり大きなものが入っているようだ。

デパートを出たふたりは、電車で水鹿上町《みかのえちょう》まで戻ってくると、駅の傍にあるマンションへ入っていった。そこは、早緒里さんが個人的にセカンドハウスとして使っている部屋だった。すぐにふたりは部屋を出てきたけれど、その時にはふたりのどちらもあの大きな紙袋を持っていなかった。

——あの荷物はなんだ？　母さんが浮気をしている証拠になるものだろうか？

確かめたくても、今まで興味がないと言って一度も行ったことがない母のセカンドハウスに、今さら部屋を覗いてみたいと言い出す口実も思い浮かばなかった。

家路《いえじ》につきながら、この先のことを思うと目の前が真っ暗になった。

四月の初め、自分は十六になる。四ノ宮家の長男として、後継ぎ披露の意味もある《十六の祝い》が催される。——駄目だ。自分は四ノ宮の息子ではないのに。

だが、こんなこと、母になんと言って切り出せばいいのかわからなかった。もちろん、父にもどんな顔をしてどう言ったらいいのか。

悶々《もんもん》と悩みながら、バレンタインのお返しを見繕いにデパートへ出かけた翌週三月八日の日曜日。ホワイトデーの特設コーナーに白いマシュマロが売られているのを見て、ふと思いついた。ご神石を盗み出して、代わりにこのマシュマロを積んでおいたら、意味不明の怪事件だと大騒ぎになって宴《うたげ》は潰《つぶ》れるかもしれない。

お返しのクッキーと一緒にマシュマロも買い込んだ圭太は、うっかり途中で人に中を覗かれても大丈夫なように、ふたつの買い物袋の中身を二層に分けた。下半分はマシュマロ、その上にクッキーの缶を乗せたのだ（それをたまたま出くわした私は見せられ、クッキーばかり買ってきたものと思い込まされたわけである！）。

そして次の日曜日の十五日。昼間、両親が出かけている間に圭太はご神石とマシュマロをすり替えた。もちろん、石を自分の部屋になんて隠せない。家宝であるご神石が消えたとなれば、家中ひっくり返して捜すことになるのはわかり切っている。

隠し場所は考えてあった。長く人が住んでいないという丘の上の洋館。まさかそんなところにご神石があるなんて誰も思いもしないだろう。

部活の荷物だと言えば、ご神石を隠したスポーツバッグを持って家を出ても怪しまれなかった。館の敷地内まで忍び込めなくても、裏手の目立たない場所にでも埋めておこうと思った。

ところが件《くだん》の館へ行ってみると、なんとも都合のいいことにハウスクリーニングの業者が来ていて（五須留賀《いするが》グループのトラックが停まっていたそうだ）、表も裏も門が開いていた。まさか、住人が引っ越してくるから掃除をしているのだとは思わなかった。この館が定期的に手入れされているらしいというのは、誰かから聞いたことがあったのだ。

裏門からまんまと館の裏庭へ入り込んだ圭太は、ハウスクリーニングのスタッフに見つからないよう、持ってきたシャベルを使って手早くご神石を庭木の根元に埋めた。

そして自宅の裏の林に例の手紙をビニールで包んで埋めた。

圭一郎さんには、宴席が近づくとご神石を磨く習性がある。だから《十六の祝い》の前に必ずご神石の紛失は発覚し、騒ぎになる。そのあと圭太は、「裏の林に何か地面を掘って埋めた跡がある」と言って誘導し、そこを掘り起こさせるつもりだったのだ。

もちろんその場所にご神石はなく、代わりに不審な手紙が発見される。それを読んだ父に、母がどんな言い訳をするのか。その段になれば、自分も堂々と母にこの手紙の内容について追及出来るというもの。最悪、母子揃って四ノ宮家を追い出される――それを覚悟した上での計画だった。

ところが、それからすぐ、丘の上の洋館に住人が現れ、その住人が突然夜に押し掛けてきたかと思うと、屋敷の裏の林を掘れと言う。そこからはなんと、ご神石が現れた。

――オレがここに埋めたのは手紙だったのに！　あの手紙はどこへ行ってしまったんだ？　誰が洋館の裏庭からご神石を掘り出したんだ――!?

つまり、圭太が私に「オレもチェロをやりたくなったから連れてけ」なんて言い出したのは、本当にチェロに興味を持ったのではなく、住人のいる屋敷に入り込んでご神石を埋めた場所を確認するには、私を利用するしかないと考えたからなのだろう。

取り戻されたご神石は、再び桐の箱に収められ、奥の間に置かれた。先祖代々、そこが定位置なのだ。金庫などにしまい込んでは自分の徳を疑われる、ご先祖様に顔向けが出来ないと、それが圭一郎さんの意地だったらしい。

ただし、圭一郎さんの警戒心は以前より強くなった。朝晩きちんとご神石の無事を確認するようになった。そんな中、《十六の祝い》阻止を諦め切れない圭太は、なんとか隙を見つけてご神石に悪戯をしようと試みた。ご神石に異変が続けば、迷信深い圭一郎さんが宴席《や》を取り止める気になるかもしれないと一縷《いちる》の望みに縋《すが》ったのだ。

そしてまたここで、ところが、の展開になる。ご神石を不吉な血の色に染めようとしていた圭太を、私が見咎《みとが》めてしまったのである――。


私の話を聞き終えた玲央名さんは、つまらなさそうな顔のまま《ヴォルフ》を構え、またあのシューベルトの弦楽四重奏曲を弾き始めた。

しばらくウルフ音だらけの演奏に我慢していると、やがてウルフキラーが弾け飛び、「So《ゾー》, ein《アイン》 Wolf《ヴォルフ》 kommt《コムト》.」という宣言に続いてヴォルフが出てきた。

「じいさん、タクシー」

呼ばれてやって来たのはまた『五須留賀タクシー』の徐行《じょこう》さんで、行き先もこれまた四ノ宮家だった。

よそ様の家だというのに、ヴォルフはどんどん勝手に屋敷の奥へ進んでいき、お手伝いさんがおろおろしながら付いてくる。一応、四ノ宮とは家族ぐるみの付き合いがある私や娘婿《むすめむこ》の徐行さんが一緒にいるので（そう、徐行さんはまたくっついてきているのだ！）、ヴォルフは辛《かろ》うじてつまみ出されないで済んでいる――という状況である。

「玲央名さん、どこへ行くんですか？」

中身はヴォルフという狼だとわかっていても、人目のある場所で呼びかけるにはやはり「玲央名さん」だろうと、私はヴォルフをそう呼んだ。

ヴォルフが口を開けかけた時、騒ぎを聞きつけて圭太がやって来た。

「またおまえかよ、今度は何を見つけてくれに来たんだよ――!?」

喧嘩腰で言う圭太に、ヴォルフはさらりと答えた。

「おまえが隠した、もうひとつのもの」

「えっ」

驚いたのは圭太だけではない。

「玲央名さん、手紙がどこにあるのか、見えたんですか？」

答える代わりに浅く笑ったヴォルフが向かったのは、圭一郎さんの部屋だった。途中からはお手伝いさんに案内を任せたので、部屋の場所を正確に知っていたわけではなさそうなことに少し安心した私だった（だって出来るだけ千里眼的超能力展開は避けたい！）。

外出から帰ったばかりなのか、背広姿で机の傍に立っている圭一郎さんが、突然押し掛けてきた私たちを訝《いぶか》しげに見た。そんな圭一郎さんの手には、一通の封筒があった。

「おい、まさか――」

圭太は圭一郎さんに駆け寄り、その手から白い封筒をひったくるように奪った。

「なんで親父がこれを持ってんだ——!?」

「え、それが例の手紙なの?」

圭太が屋敷の裏に埋めたはずの手紙が、どうして圭一郎さんの手に——!?

手紙を掘り起こした人物は、代わりにご神石をあそこに埋めた人物でもあるわけで——失《な》くなったご神石の行方《ゆくえ》を本気で心配していた圭一郎さんが、その『人物』であるはずはないのに!

訳がわからず、私は隣にいるヴォルフの顔を見上げた。けれど当の圭一郎さん本人も、圭太にひったくられた手紙を怪訝な顔のまま見遣っている。

「待て、何の騒ぎだ? その手紙はなんだ? 今、部屋に帰って机の上を見たら、それが置いてあったから、手に取っただけだ。早緒里宛ての手紙じゃないのか?」

「……親父がこの手紙を掘り出したんじゃないのか?」

「掘り出す? どこからだ」

話が全然噛み合っていない。けれどヴォルフは例によって、失せ物を見つけてくれるだけで経緯を説明してくれなかった。この間のように「謎解きは僕の仕事じゃない」と言ってさっさと帰ろうとしたものの、送迎係の徐行さんがいつの間にか消えてしまっていたので、面白くなさそうな顔で私の隣に立っている。

そこへ、徐行さんが奏子さんを連れて戻ってきた。そうだ、そもそも私はいなくなってしまった奏子さんを捜していて、圭太の悪戯未遂《みすい》を発見したのである。

「奏子さん、どこ行っちゃってたんですか？」

「ごめんね、モモちゃん。ちょっと――」

口籠る奏子さんの後を引き取って徐行さんが言った。

「モモちゃんがＣＤを漁《あさ》ってる間に、手紙を仕込みに行って様子を窺《うかが》ってたんだよな」

「へ」

奏子さんは徐行さんを睨んでから息をついたあと、観念したように言った。

「ご神石も見つかっちゃったことだし、私がいつまでもこれを持っててもと思って……モモちゃんに付き合って家に来たついでに、お父さんの机の上にこっそり置いておいたの」

「姉貴がこの手紙を……!?」

「どういうことですか、奏子さん!?」

話がどんどん予想外の方向へ転がるので、私の頭の中はすっかりパニックを起こしていた。もちろん圭太も同じで、圭一郎さんも依然、訳がわからないという顔をしている。ヴォルフは高みの見物を決め込んでいる感じで、ひとり妙に楽しげな徐行さんが、

「役者がひとり足りないな。呼んでくるから待ってて」

と言って連れてきたのは、早緒里さんだった。

四ノ宮家の家族が揃ったところで、奏子さんが事の次第を話し始めた。

それは、ホワイトデーの翌日、三月十五日（日曜日）の夜のこと。いつものように実家の自分の部屋へ荷物を取りに来て、ついでに夕食もご馳走になってそのまま泊まってゆくことにした奏子さんは、圭太が庭で何やらこそこそやっているのに気がついた。

——こんな時間にスコップなんか持って、何やってるのあの子。

裏の林の方へ行ったようだ。なんとなく気になって、翌日の昼間、圭太が学校へ行っている間に林を歩き回り、掘り返した跡のある場所を見つけた。そこを掘ってみると、手紙が一通出てきた。早緒里宛ての手紙だった。

封が開いていたので、弟の行動の意味を知るためだと自分に言い訳しながら中を読んでみた。そこで、さすが姉弟というべきか、奏子さんは圭太と同じ連想を働かせたのだ。

——まさか、圭太は早緒里さんの浮気の子？

でも、どうして圭太がこんな手紙を持っていたのか。自分としても、これをどうしたらいいのか。少なくとも、また埋め戻しておいたら大騒ぎになると考え、ひとまず失敬することにしてマンションへ帰った。

それから数日、落ち着かない気分で過ごしていたところ、二十一日の夜のこと——夫の徐行さんが酔っ払って帰ってきて、「俺のクローゼットの中に面白いものがあるから、見せてやろうか」と言った。

徐行さんが取り出して見せたのは、高さ二十センチほどのピラミッド形の白い石——四ノ宮のご神石だった。

「それ、どうしたの!?」

五須留賀の女帝たるおばあさんからのお仕置きで、五須留賀グループ内のハウスクリーニング部署に放り込まれた徐行さんは、先週、丘の上の洋館のクリーニングに出かけ、そこで圭太が屋敷の裏庭に何か埋めているのを見かけたのだと語った。

気になって、あとで掘り返してみたところ、ご神石が出てきた。どうして圭太がこんなものを埋めたのか？　奏子さんに相談しようと持って帰ってきたものの、その日は奏子さんが実家へ行ったままだったので話しそびれ、なんだかんだでしまい込んだままになっていたのだという。

奇《く》しくも夫婦揃って同じ経緯で、圭太の埋めたものを持ち帰った。ご神石と手紙を並べ、ふたりは首を捻《ひね》った。

おそらく、圭太はこの手紙を何らかの事情で読み、母親が浮気をしたのだと考え、それを明るみに出そうと考えたのだ。もうすぐ圭太の《十六の祝い》。跡目披露の宴が張られる前に、ご神石紛失事件で騒ぎを起こし、手紙を隠した場所を怪しいと言って掘り返させるつもりだったのだろう。

そこまでの推理は互いに一致したが、これからどうするかという点で意見が割れた。

奏子さんは、穏健派だった。早緒里さんの浮気疑惑に関しても、懐疑的だった。

「お父さんのところへこの手紙とご神石を持って行って、圭太がこれこういう行動を取っていたんだけど——とすべてを話しましょう。浮気なんて何かの間違いという可能性も高いんだから、早緒里さんともきちんと話して事情を聞くのが一番だわ」

そう提案する奏子さんに対し、徐行さんは話を面白い展開にしたくてたまらない。

「それより、このご神石を手紙のあった場所に埋めておいたら面白くないか？　圭太にその場所を掘り返させて、そこからご神石が出てきたら——。手紙はどこへ行ったんだ!?って大慌てするだろうなあ。その場面をぜひ見たいなー。この手紙に大した意味はないというのには俺も同意見だよ。だからこんな手紙はなかったことにして、そのままご神石を飾って《十六の祝い》をやればいいだろう」

父のところへ持ってゆくべきだと主張する奏子さんと、ご神石を手紙のあった場所に埋めておいたら面白い、と主張する徐行さん。

手紙とご神石の対処について意見が対立した結果、大喧嘩になった。

結局、ご神石を手放さない徐行さんを置いて、奏子さんは手紙を持って家を飛び出し、森《もり》家へ転がり込んだのだった——。

「じゃあ、今回奏子さんがうちに来たのは、そもそもこのご神石紛失事件が原因だったんですか！」

　私はあんぐり口を開けてしまった。まさかそんな風に話が繋がっていたとは思わなかった。圭太は圭太で、憮然《ぶぜん》と姉夫婦を見る。

「手紙とご神石を掘り出したのは、姉貴と徐行だったのか……！　誰にも見られてないと思ったのに」

「あのねえ、圭太クン。キミはご神石を埋める時、自分の目線の高さしか気にしてなかったみたいだけど、二階の窓から誰かに見られてた——って可能性は考えなかった？」

「あっ」

　徐行さんに得々《とくとく》と言われて、圭太は顔をしかめる。だから圭太は、学校の成績はそこそこいいけど、それ以外の方面でバカだというのだ。奏子さんにも挙動不審を気づかれてたし、さっきだって私に悪戯未遂の現場を押さえられている。

「……でもおまえ、そのあとどうやってうちの裏の林にご神石を埋めたんだよ？」

「それはほら、ちょうど四ノ宮家にもクリーニングに入ることになってさ。その時、なんとか隙を見つけて裏へ行って、ご神石を埋めたんだよ。で、ついでにちょっとぶらぶら休憩してたら、運悪く圭一郎さんに見つかっちゃってさ。コイツ仕事サボってる！　ってばあさんに言い付けられて、また配置替え」

　徐行さんは圭一郎さんを見遣って肩を竦め、圭一郎さんはフンと横を向く。

一応停戦状態となった両家だけれど、チャラチャラした娘婿が気に入らない圭一郎さんは、徐行さんのサボり現場を発見して鬼の首を獲《と》ったように五須留賀家に言い付けたのだろう。ああ、一連の流れが目に浮かぶ。

「なるほど、それで今度はタクシー部門に回されたんだ……。でもタクシーなんて、見張ってる人もいないし、もっとサボり放題になっちゃうって思わなかったのかな」

私が首を傾げると、徐行さんはとんでもないと首を横に振った。

「毎日ノルマ人数の客を乗せないと、反省文書かされるんだ。きちんと書くまで帰らせてくれないんだぞ、あのババア。クリーニングの仕事の方がよっぽど楽だったよ」

でもタクシー部門に回された結果、ヴォルフのお供をして、見たかった場面を全部見られたのだ。こないだも今日も、徐行さんが楽しくてたまらないという顔でくっついてきた理由がわかった。

少しずつ謎が解けてきた中、

「で、結局、本当のところはどうなんだよ。この手紙、どういう意味なんだよ！」

と圭太が開き直ったように核心を衝《つ》き、早緒里さんを睨んだ。

奏子さんの話を聞いている間、早緒里さんはずっときょとんとした顔だった。今もそうである。その表情の意味がわからなくて、私も早緒里さんの返答に注目した。

「どういうもこういうも、圭太、あなたへのプレゼントが出来上がったという知らせよ」

「は!?」

今度はこちらがきょとんとしてしまう番だった。ただ圭一郎さんはちょっと苦笑いしている。そういえば、今日は圭一郎さんがいやにおとなしい。大事なご神石の紛失事件にまつわる真相が明かされたのだから、もう少し派手な反応を見せてもおかしくないのに。

「どうやら、大きな誤解が生じているみたいだな。――早緒里、全部人形のことだと言ってやれ」

「人形?」

圭一郎さんに促されて早緒里さんが説明してくれたのは、なんとも紛《まぎ》らわしくも馬鹿馬鹿しい話だった。

問題の手紙の差出人は、東京に住む人形師だという。早緒里さんは昔、その人形師に、圭太の《七つの祝い》のプレゼントとして等身大の人形を作ってもらった。そして今回、《十六の祝い》に際して、今度は大人版の圭太人形を作ろうと考え、注文したのだ。

『僕の息子は元気かい?　もうすぐ、君のもうひとりの息子がそちらへ行く』

という文章の意味はつまり、『僕の息子』というのは先に作った七歳の圭太人形で、『もうひとりの息子』というのは新しく注文を受けた人形。それがもうすぐ出来上がるから送るよ――ということだったのだ。

圭太は、俄《にわか》には信じられないという顔で便箋《びんせん》に目を落とす。

「じゃあその続きの、『いろいろあって気難しくなっているけれど、よろしく頼むよ』ってのは何なんだよ？」

「思春期真《ま》っ只中《ただなか》の少年がモデルだから、ちょっと面倒臭《くさ》そうな雰囲気を醸《かも》し出す感じになっちゃったんですって。実物もそんな感じだから大丈夫よ、って答えておいたわ」

「え、でも早緒里さん、この手紙は見てないんですよね？」

「うん、そろそろ出来上がるはずなのに何も連絡がないから、私も心配になって、こちらから電話してみたのよ。そしたら手紙を送ったって言うじゃない。そんなの受け取ってないし、まあ郵便事故でも起こったのかと思って、直接出来上がりの日を聞いて、受け取りの相談もしたの。その時、気難しい感じになっちゃったって言ってて」

　そこまで聞いて、私もさすがに気がついた。

「もしかして――早緒里さんがデパートの喫茶店で会ってた人って……大きな紙袋の中身って」

「そうよ、圭太の人形。さすがにもう等身大は難しいから、大きいと言っても実際の圭太のサイズじゃないけどね。その分、写真を何十枚も送って精密に作ってもらったわよ～」

「あいつ、人形師だったのか!?」

「私が依頼したのは、彼のお父さんの方だけどね。あの家、親子三代で人形師らしいわ。ちょうどこっちへ来る用事があったとかで、息子さんが人形を届けてくれたのよ。――でも彼、別に圭太と似てはいないと思うけど？　そりゃ、彼も結構イケメンだったけど、圭太の方がいい男になるわよ」

　早緒里さんのすごいところは、この圭太を本当に無条件に溺愛しているところである。

「まあ疑心暗鬼《ぎしんあんき》に駆られて自分と似てるように見えちゃった、ってところだろうねえ」

　徐行さんに言われ、圭太はばつの悪い顔になって矛先《ほこさき》を圭一郎さんに向けた。

「親父も、母さんがオレの人形を作らせてること知ってたのか」

　圭一郎さんは頷いた。

「前回、《七つの祝い》の時は、思わせぶりな電話がかかってきた。あの時は人形のことだとわかるまで、私も早緒里を疑いかけた」

「ああ、その時のことがあったから、今度は手紙にしたのかしら。でもそのせいで余計に紛らわしいことになっちゃったわね。腕はいい人形師なんだけど、変なところにまで遊び心があるっていうか」

「人騒がせな遊び心だよ！　人形が出来たなら、素直にそう書けばいいんだ！」

　圭太は手紙を握り潰して、叩きつけるように屑籠《くずかご》へ投げた。

「でも、あんたのドラマティック妄想の結果も十分に人騒がせだったでしょ。どうせ出生の秘密に酔って、ドラマのヒーローにでもなったつもりだったんでしょう」

　私が言ってやると、圭太は胸を張って言い返してきた。

「だってオレ、毎年バレンタインとかすっげぇチョコもらうんだぜ。そんなの親父の息子なわけないいって疑いたくもなるだろ」

「ちょっと圭太、そんな理由で早緒里さんの浮気を疑ったの!? 自慢してんのか何なのかわかんないし!」

「オレは真剣に悩んだんだよ! 親父の子でもないのに『圭太』なんて名前付けられたのかと思ったらさ……モモは無責任に『親子らしい名前でいい』なんて言うけどさ、うっかりヤバイ事情が明らかになったら、これほど気まずい名前はないだろうよ!? オレはこの先、こんな名前をぶら下げて、どう生きていけばいいのか——ってさ……」

ふてくされた顔をする圭太の背中を、早緒里さんがバシッと叩いた。そしてもがく息子を両腕で抱きしめる。

「やだもう圭太ったら、可愛いんだから～! 正真正銘、あなたは圭一郎さんの息子よ。圭一郎さんの一番目の息子だから『圭太』。いい名前でしょ、モモちゃんも認めてくれてるんだから天下御免よ、最高級ネームよ」

いいえ、私にそれほどの権威はございませんが。

◇——＊◆＊——◇

ともあれ、こうして人騒がせな事件は幕を閉じた。

翌日、丘の上の貴那崎家へチェロを担いで出かけると、昨日ヴォルフになってしまった玲央名さんはやっぱり不機嫌大爆発中で、レッスンどころではなかった。

予想済みの状態を前に、素直に練習室から引き返した私は、居間へ避難している翡翠さんに一連の経緯を語って聞かせることにした。昨日、結局ヴォルフは最後まであの場にいたけれど、会話に一切口を挟むことはなく、存在感を消していた。徐行さんのタクシーで帰っていったあとも、きっと翡翠さんに何も説明していないだろうと踏んだのだ。

案の定、翡翠さんは私を大歓迎してくれた。

「ああモモちゃん。待ってたんだよ。昨日はあれからどうなったんだい？」

かくかくしかじかと顚末《てんまつ》を話した私に、なるほどねえと言って翡翠さんは頷いた。

「手紙というものは、基本的に、宛てた相手以外の人間が読むことを想定していないからねえ。第三者が読めば誤解が生じることだってある。誰が悪かったとも言えないねえ」

「……はい。今回のことは、早緒里さん宛ての手紙が圭太のもとへ紛れ込んでしまった偶然を恨むしかないですね」

私が神妙に頷き返すと、翡翠さんは悪戯っぽく笑って続けた。

「まあ、人間誰しも一度は『自分はこの家の子供じゃないのかも。自分だけ橋の下から拾われてきたのかも――』なんて考える時期があるものだからねえ」

「圭太は無駄に想像力が豊かなんですよね。なんでもない日常をドラマティックにしちゃうんだから」

「若さゆえの自意識過剰だねえ」

翡翠さんが実に微笑ましげに言う。この場に圭太がいれば、「やめろ、そんな残念な子を見る目でオレを見るなー！」と叫ぶこと間違いなしの、生温かい笑みだった。

「これからその圭太くんのことは、『ドラマくん』と呼ぼうかねえ」

う。私より容赦《ようしゃ》ない。翡翠さんて、何気にSなのかもしれない――。

苦笑しながら家に帰ると、我が家の居間にもうひとりのSがいた。そう、佳映子《かえこ》さんである。

圭太の思春期ゆえのドラマティック暴走は、対外的には公表を伏せられたけれど、《佳映子さんの閻魔帳》には堂々たる黒歴史として記された。こうやって水鹿上町の人々は佳映子さんに逆らえなくなってゆくのである。

もっとも圭太に関しては、これまでもいろいろなドジや悪戯を佳映子さんに握られているのだから、今さらだ。それよりも、私の興味を惹《ひ》いてならないのは玲央名さんだった。『答え』を見つけるだけで、謎を解いてくれないチェロの狼。

ご神石も手紙も在り処を突き止めてくれたけれど、どうやってそこへ推理が到ったのかは謎のまま。思い返してみれば、私が話したことにヒントはたくさんちりばめられていたのだろうけれど、本当にそれだけでわかることだったのだろうか――。

第二話　ぶよぶよした犬は死んだのですか

森《もり》れいら。私の母の名である。職業は作家。夫の転勤に付き合いながら、マイペースに原稿を書いては発表する生活を続けている。

森れいら。本名である。こんな生まれつきペンネームみたいな名前を持っている人に、私の屈託は決して理解出来まい。ああ、そうだとも。鶏《とり》モモみたいな名前を付けられた娘の切ない気持ちは、決してあの人には……！

……この手の恨《うら》み言《ごと》をこぼし始めるときりがないので、話を先に進める。

五月十七日（日）のことである。チェロを担《かつ》いで丘の上の貴那崎《きなさき》家を訪ねた私は、

「すみません、如月瑠璃子《きさらぎるりこ》さんが消えたり出てきたりで昨日はバタバタしちゃって！」

そう叫んで頭を下げた。もちろん玲央名《れおな》さんは不愛想度一〇〇％の顔をしている。

「誰」

「女王様みたいな華族令嬢なんですけどっ」

「意味がわからない」

「ですよね、説明しますっ」

私は初めから事情を説明する気満々だった。今日はレッスンに来たというより、玲央名さんに人をひとりと本を一冊見つけ出して欲しかったのである。

「まずですね、最重要な出来事から言うと、朝見《あさみ》さんが行方《ゆくえ》不明になっちゃったんです」

「朝見って——ああ、あの？」

翡翠《みどり》さんが思い出すように天井を見ながら言う。

「消えたのは如月ナントカさんなんじゃないの？　モモちゃんが好きそうな名前だけど」

「その辺の経緯《いきさつ》を話すと長くなるんですけど――」

◇――＊◆＊――◇

ひとまず、話をあの四ノ宮《しのみや》家のご神石事件のあとに巻き戻す。

圭太《けいた》の誕生日である四月五日、四ノ宮家ではご神石を祭って無事に総領《そうりょう》息子の《十六の祝い》が催《もよお》された。私も佳映子《かえこ》さんと一緒に招待されたので、お騒がせ人形（実物より美形！）と並んで座らされている仏頂面《ぶっちょうづら》の圭太を眺めつつご馳走《ちそう》をいただいた。

宴席には、ご神石紛失事件でお手柄《てがら》を収めた玲央名さんとその曾祖父《そうそふ》・翡翠さんも招待されたのだけれど、結局ふたりは最後まで姿を見せなかった。玲央名さんが来ないのは想定内としても、翡翠さんは面白がってご神石を見物しに来そうだと思ったから、ちょっと意外だった。玲央名さんをひとりにしておきたくなかったのだろうか。

そして春休みが終わり、私は無事に水野華《みのか》学院高等科に上がった。学校が始まると、玲央名《ウェルナー》さんのチェロレッスンにも毎日は行けなくなり、毎週土曜の一回になった。

教本もやりつつ何か簡単な曲を弾《ひ》いてみようと、もらった曲は『春の小川』。小学校の時に習った、あの歌だ。

ト音記号で書かれた曲なので、これをチェロ初心者の私がそのとおりの高さで弾くのは無理だけれど、一オクターブ下げて、へ音の音域に変えてみると、これがなんとも都合のいいことに、一弦《いちげん》から三弦までの第一ポジション（基本の指の形）で弾けてしまう。苦手な四弦は使わない。素晴らしきかな、春の小川！　――けれど、

「ミソラソ《はーるの》　ミソドド《おがわは》　ララソミ《さらさら》　ドレミー《ゆくよー》」

私が無意識に歌いながら弾いていると、玲央名さんの冷静《クール》なツッコミが入った。

「さらさら行ってない」

「うっ……そうですよね、そうですよね！　なんか淀《よど》んで堆積物《たいせきぶつ》だらけの川ですよね、水がさらさら流れてませんよね、自分でもわかってるんですが！」

翡翠さんから借りているこのチェロ、私が弾くと頼りない音程でぶつ切りの音しか鳴らないけれど、お手本として玲央名さんが弾いてくれれば、とても綺麗な音が出る。つまり、いい音が出ないのもうまく弾けないのも、楽器のせいじゃない。

――私でも、うんと頑張ればいい音を鳴らせるのかな。楽器の限界だというならしょうがないけど、単に弾き手の腕の問題なら、ひたすら練習するしかない。

ただ、そんなに熱心に習っていたわけでもないピアノの経験が、意外なところで足を引っ張ってくるのが厄介《やっかい》だった。

ピアノの鍵盤は横に並んでいて、左へ行くほど音が低くなり、右へ行くほど音が高くな

るのはご存知のとおり。おかげで私は、音の高低を『左右』で認識していたらしい。ピアノの鍵盤は、ドの右隣がレで、左隣がシ。でもチェロは指板《しばん》に対して音が縦《たて》に並んでいる。ドの位置を押さえたら、その上がシで、下がレ。

私にとって、この違いはかなり大きかった。ドレミの音階を弾きたいのに、音が左右に並んでいる感覚を引きずって、うっかり指を横に動かして違う弦を触ってしまい、音階どころではないすっ飛んだ音を出してしまう。

しかも、この縦並びの音が、上下逆になっているところが非常に性質《たち》が悪い。

普通、『高い』と言ったら『上』で、『低い』と言ったら『下』を連想すると思う。

でもチェロの場合、指板の上の方（頭に近い方）を押さえるほど低音で、下（足に近い方）へ行くほど高音になる。

「ちょっと低いよ」と注意された時、音を上げようとして咄嗟《とっさ》に指を上に動かすと、さらに音は低くなってしまう。音を上げたかったら、指を下へ動かさなければならないのだ。

上げる時は下。下げる時は上。上げる時は下。下げる時は上。——禅問答《ぜんもんどう》か、なぞなぞか。そこへ加えて、右手の問題——運弓法《ボウイング》もある。

左手の指は縦に上下に動くけれど、右手の弓は左右に引いては押す。右へ引く下げ弓《ダウン・ボウ》と、左へ押す上げ弓《アップ・ボウ》。右は下げる。左は上げる。左手は上が下、下が上。右手は右が下、左が上。——もう私のお粗末な脳みそは混乱するばかりである。

「——あ、すみません、同じところばっかり弾いてて。なかなか『岸のすみれやれんげの花』が見られなくて——こんなのずっと聴かされてても退屈ですよね。あの、私のことはいいですから、玲央名さんは自分の練習しててください」

そう言って頭の中の禅問答と闘いつつ、玲央名さんが《ヴォルフ》の弾き込みを始める様子をこっそり窺《うかが》う私である。

やっぱり今日もシューベルトの弦楽四重奏曲第十五番。あれから奏子《かなこ》さんに借りたCDを聴いてみたりもしたけれど、ヴァイオリンふたりとヴィオラとチェロで演奏されるその曲は、あの日ヴォルフになった玲央名さんが弾いたように甘い印象を与える曲ではなかった。解説にも甘い曲だなどとは一言も書かれていなかった。

曲の解釈とか、難しいことは私にはわからない。でも私の耳には、あの時《ヴォルフ》が奏《かな》でた音はとても甘く感じて、いつまでも聴いていたくなるほど心地好かった。普段、ぼわんぼわんうぉんうぉん唸《うな》っている楽器から出ている音とは全然違ったのだ。

奏子さんの講義によれば、チェロの名曲といって挙げられる有名な曲は他にいくらでもあるし、シューベルトの弦楽四重奏曲でいえば十三番や十四番が人気で、遺作となった十五番はそれほどメジャーでもないらしい。玲央名さんが豹変《ひょうへん》した時に弾いた曲なのだと話すと、「なぜその曲?」と真顔で訊《き》かれてしまったくらいだ。

けれど、初めて感動を覚えた曲というのはインパクトが強いものなのである。薦《すす》められていろいろなチェロ曲を聴いてみたけれど、私にはやっぱりシューベルトの十五番が一番魅力的に感じられてならないのだった。

「あの……その曲の楽譜、見せてもらってもいいですか？」

第二楽章初めのチェロが歌うメロディのところだけでも、ちょっと弾けないものかなーと思い、私は玲央名さんの前にある譜面台を覗《のぞ》いた。すると、五線譜の上に見慣れない記号があった。

「ヘ音記号でもト音記号でもない……？　なんですか、この『13』みたいな記号!?　何やら不吉な……！」

「ハ音記号だよ。ヘ音より上でト音より下の音域を示すのに使われる」

「これ、ドはどこなんですか。――え、この曲、この高さのミから始まるんですか」

こんなハイポジションは習ってない！　でも弾いてみたい！

「あの、このメロディのところだけ、『必殺・一オクターブ下』作戦で私にも弾けるようになりませんか？」

「……初めの十八小節？　まあこの部分だけなら――オクターブ下げれば第一ポジションで弾けるね。ここのレ♯《シャープ》はハーフポジションになるけど」

五ヶ所あるレ♯を弾く時は、第一ポジションから指の位置をひとつずつ上にずらす。それがハーフポジション。あ、しかもこれも、オクターブ下げたら一弦から三弦だけで弾ける音域だ！　ラッキー！

　そうして大喜びで家に帰り、第二楽章だけコピーさせてもらった楽譜のFとF♯に全部マーカーで印を付けてみて、「こんなにFだらけじゃ、狼が唸りまくるわけだよ……！」と呆《あき》れを通り越して感心したり（まあ、この曲だけが特別Fが多いわけじゃないと思うけど！）、『春の小川』（ちなみにこの曲はFがひとつもない！）も引き続き練習したりしていた四月十九日（日）のこと。

　今回の騒動の元凶となる人物が森家に転がり込んできた。

　短い髪をオレンジ色に染めた、ちょっと変わった雰囲気を持つ女性――駅前商店街のパン屋《ベーカリー・ぶろっさむ》の娘・櫻川《さくらがわ》朝見さん（二十七歳）である。

◇――*◆*――◇

　四ノ宮家のご神石紛失事件で、丘の上の洋館に不思議なチェリストがやって来たことは町中の人の知るところとなった。圭太のドラマティック妄想《もうそう》が原因のあれこれは伏せられたけれど、その代わり、玲央名さんが不思議な力でご神石を見つけてくれたという話だけが評判になってしまったのだった。

　そんな時、私のもとへ朝見さんからメールが来た。朝見さんは大学生の時に作家デビューした人で、うちの母を師匠《ししょう》と慕《した》っている奇特な人である。そして原稿に詰まると森家に転がり込んでくる常連でもある。ネタとして『謎を解かない不思議なチェリスト』というのに興味があるから、話を聞かせてもらえないかというのがメールの用件だった。

でも玲央名さんは静養のためにこの町へ来ているのだ。だから客は連れていけない、私も詳しい事情は何も知らない、と返事をした。

それで朝見さんも諦《あきら》めたのかと思いきや、沈黙の数日の後《のち》、いきなりチェロを担いで我が家へ押し掛けてきたのである。

「昨日の売れ残りで悪いけど」と《ベーカリー・ぶろっさむ》のパン（バターロールとクロワッサンオンリー！　チェロの渦巻《スクロール》きからの連想だろうか）を土産《みやげ》に差し出しながら、朝見さんは語った。

「天才チェリスト、というワードにツピーンとインスピレーションが閃《ひらめ》いちゃったのよ。で、新作はチェロにまつわる話を書くことにしたの。それで資料として、ネットで中古の安物チェロを買ったんだけどね、ソフトケースとセットで三万で買えたわ」

朝見さんの家は建物が込み入った商店街にあるので、変な時間に楽器を弾くと近所迷惑になってしまう。けれどうちは庭も広くて隣家とも密接していないので、その辺の心配はしなくていいだろうと転がり込んできたらしい。大量に集めた資料本もあとで運んでくると言う。

朝見さんはこういう人なのだ。躁鬱《そううつ》が激しくて、気分が落ちている時は壁に向かって

「生きててすみません生まれてきてすみません」と延々つぶやいてるのに、気分が上がっている時は「あたしは天才よー！　傑作が生まれるわよー！」などと叫んで憚《はばか》らず、思い立った次の瞬間には飛行機に乗って取材へ行ってしまったり、一晩で大量の資料だって読み込んでしまう。この能力をもっとむらなく有意義に使えればいいのに……とは、きっと町の誰もが思っている。

遠慮というものを知らない朝見さんは、我が家に来た時いつも使っている北側の部屋に荷物を置くと、すぐに私の部屋へやって来た。そして、廊下に出してある借り物のチェロケースに目を留《と》めると、持ち上げて矯《た》めつ眇《すが》めつ眺める。

「あ、毎日ちょこちょこ練習するのに、ケースにいちいちしまうのが面倒で。普段は出しといてもいいって玲央名さんも言うから、持ち運びする時しかケースは使わないんだよ。だからそこに置いてるの。弓だけ入れておけるケースも貸してもらったし」

私がなんとなく言い訳すると、朝見さんは真面目《まじめ》な顔でこちらを見た。

「――モモちゃん、このケース、高価《たか》いよ……？　あたしも調べたんだけどさ、チェロのハードケースって軽いものほど材質が良くて高価いんだよ。この軽さだとたぶん、高級素材のブツで三十万は下らないと思うけど」

「えぇっ!?　むしろ、軽いからプラスチック製の安物だと思って、遠慮なく借りたんだけど！」

驚く私を横目に、朝見さんは今度は部屋の中でタオルケットを掛けて寝かせているチェロのf字孔《エフじこう》を覗き、ラベルを読み上げた。

「Antonius《アントニウス》 Stradivarius《ストラディヴァリウス》 Cremonensis《クレモネンシス》 Faciebat《ファチエバト》 Anno《アンノ》1717. ――ラテン語で、一七一七年、クレモナのストラディヴァリ製作……って書いてあるね」

「え？」

　横文字に拒否反応が出る私は、初めからラベルを解読しようなどとも思わずに借りて弾いていた楽器である。きょとんとする私に、朝見さんは今度は資料メモを持ってきて読み上げた。

「ええっと、現存するストラディヴァリウスは――ヴァイオリンが約五二〇挺《ちょう》、ヴィオラが約二〇挺、チェロが約五〇挺……」

「ええっ？　なに、待って、これ、ストラディヴァリウスなの!?　え、本物!?」

　ストラディヴァリウスって、私でも聞いたことがある超高級楽器なのでは!?

「しかも、現存するチェロってヴァイオリンの十分の一!?　ヴィオラも随分《ずいぶん》だけどっ」

「だから値段的には、チェロやヴィオラの方がヴァイオリンより高価かったりするらしいよ。まあモノにもよるだろうけど」

「え、えぇと、ストラディヴァリウスって、いくらぐらい……？」

「普通に、数千万とか億とかでしょ。しかも悪徳業者の手にかかったら、部品を全部バラされて、それぞれを部分的に使った複数のストラディヴァリウスの出来上がり、儲《もう》けは数倍で笑いが止まらないね！ ——という美味《おい》しい話があるとかないとか。こんなとこに裸で寝かせてタオルケット掛けとくだけなんて、モモちゃんも豪気《ごうき》だねえ。盗まれたら大変だよ～？ それに、弓も高価《たか》いやつは数千万するって話だからねえ、チェロのグレードに合わせたとしたら、この弓もさぞかし……」

「えぇっ、弓って、本体買ったらくっついてくる付属品じゃないの!?」

「初心者向けの廉価《れんか》セット品ならともかく、ちゃんとしたものは別売りだよ、別売り。楽器本体の製作はイタリアが有名だけど、古来、名弓《めいきゅう》と呼ばれるものはフランス製らしいよ。これ、おフランス製だったりして～」

「う、うわあぁぁぁ」

朝見さんに脅《おど》かされた私は、高価いケースに高価いチェロと弓をしまい、町行く人のすべてがこの楽器を狙《ねら》っているような疑心暗鬼《ぎしんあんき》に駆られつつ、いざとなったら自分の生命《いのち》よりも楽器を守ろうと悲壮な覚悟を決めながらバスに揺られ、丘の上の貴那崎家を訪ねた。

「——あの、これとんでもない楽器だって教えてもらったんですけど！」

しかし翡翠さんに話を聞いてみると、これはストラディヴァリウスのコピーなのだという。翡翠さんの友人に、ストラディヴァリウスのコピーを作ることに血道を上げている人がいて、その人の作だとのことだった。

「まあ、彼は現代のヴィヨームだね。コピーといっても、出来はとてもいいよ」

「ぴよ〜……?」

間抜けに訊き返す私に、玲央名さんが説明してくれた。

「ジャン＝バティスト・ヴィヨーム。十八世紀〜十九世紀を生きたヴァイオリン・コレクター。ストラディヴァリウスやデル・ジェスなどの贋作《コピー》を作ったことでも知られているけれど、熱心な研究の末に作られた彼のコピーは、数あるストラドのコピー群の中でも傑作中の傑作と評価されている。ヴィヨームは、ストラドのコピーにはいつも『Antonius Stradivarius Cremonensis Faciebat Anno1717.』というラベルを使ったというから、これもそれを模《も》しているんだろう」

そこに翡翠さんが補足する。

「ちなみにイタリア人であるストラディヴァリの名前は、イタリア語で『アントニオ・ストラディヴァリ』。でも当時はラテン語でラベルを書くのが慣例で、ラベルに記された製作者の名前は『アントニウス・ストラディヴァリウス』。作った本人を指す時は『ストラディヴァリ』、楽器の方を指す時は『ストラディヴァリウス』か、略して『ストラド』と呼ぶ、って感じかな」

「な、なるほど……」

ヴィヨームさんが何世紀の人なのかは早々に頭から抜けたけれど、ストラディヴァリウスを略してストラドと呼ぶことだけはしっかり覚えた。カタカナが短くなるのは大歓迎だ！

「まあ、ストラディヴァリのヴァイオリン――チェロもヴィオラもだけど――は基本形だからね。ストラド・モデルの楽器には、どんな安物でも『Antonius Stradivarius』というラベルが貼られているのはお約束。ラベルだけで楽器を判断するディーラーはいないよ。これが本物のストラドだなんて誰に吹き込まれたの？」

翡翠さんに訊《たず》ねられ、知り合いの作家に言われたのだと説明した。

「へえ、この町にはモモちゃんのお母さんの他にも作家さんがいるんだ」

「ペンネームは『夜桜朝顔《よざくらあさがお》』っていうんですけど」

「ヨザクラ、なに？」

「アサガオ、です。なんかふざけてますけど、本名が『櫻川朝見』なので、まあそこから取ったんだろうなあとわかる分、まだ許せます。私が許せないのは、朝見さんの本のタイトルの付け方なんですよ」

朝見さんが『如月瑠璃子は死んだのですか』という作品で作家デビューしたのは七年前。私はといえば当時小学生だったけれど、せっかく本をもらったので読んでみたのだ。

タイトルからして殺人事件が絡《から》んだ怖い話なのかとビクビクしながら読み進めたものの、人が死ぬような殺伐《さつばつ》とした話ではなく、心温まる日常の物語で、しかも最後まで読んでも

『如月瑠璃子さん』は出てこなかった。

　じゃあ、このタイトルには何の意味があるのか？　幼い私は悩んだ。どう考えても、何度読み返しても、如月瑠璃子さんは出てこないのだ。

　新刊をもらう度《たび》、今度こそタイトルどおりの話なのではないかと一縷《いちる》の望みを懸《か》け、毎回裏切られる。いつもタイトルと内容が関係ない。最近は業界での夜桜先生の立ち位置もわかってきた。こういう作風の作家として、固定ファンが付いているらしい。

　でも私はこんなのは嫌いだ。字喰い指向の人間というのは、往々《おうおう》にして『タイトル喰い』属性を持っていると思う。私もご多分に漏《も》れず、本はタイトルで選ぶことが多い。ちなみに、ペンネームに惹《ひ》かれて、というのはない。だって、ペンネームは自分で付けられるのだから、それがどんなに素敵な字面《じづら》の名前だったとしても、大博打《おおばくち》の末にゲットした本名とは価値に雲泥《うんでい》の差があるではないか。

　ともあれ、せっかく楽器を持ってきたのでちょっとレッスンを見てもらってから家に帰ると、奏子さんが来ていた。

「朝見にメールしたら、森家にいるっていうから。また何か悩んでるのかなあと思って」

　奏子さんと朝見さんは同級生で友人同士なのだ。奏子さんに事情を説明しつつ朝見さんにこのチェロはストラドのコピーだったのだと話すと、「なんだ、やっぱりそうか～」とへらへら笑う。初めからわかっていて、私はからかわれただけだったのだ！

朝見さんの悪戯《いたずら》好きは知っていたはずなのに、すっかり騙《だま》されてしまった（ケースが高価なのは本当だったけど！　弓もベルギー製のそこそこいいものらしいので、扱いに気をつけねば！）。むくれる私に奏子さんが言った。

「ストラドといえば、貴那崎玲央名がストラドを二挺持ってるのは有名よね」

「そうなんですか!?」

「ひとつは、ウルフがひどくて演奏会には使えないっていう――」

「え、《ヴォルフ》ってストラドなんですか！」

玲央名さんも翡翠さんも、所有楽器やその周辺のもののブランドや価値について積極的に話す人たちではないので、《ヴォルフ》がストラドだとは初耳だった。

「うん、イギリスのヒル商会、ドイツのハンマ商会、フランスのヴァトロ、アメリカのウーリッツァーと、錚々《そうそう》たる楽器商から鑑定書を得てきているけれど、とにかくひどいウルフのせいで使い物にならない。でもごく稀《まれ》にウルフが消えることがあって、その時の音色が素晴らしいって噂《うわさ》よ。貴那崎玲央名が頑《かたく》なに録音を拒《こば》むのは、《ヴォルフ》での録音にこだわっているからじゃないか――なんてファンの間では言われてるわね」

「……」

確かに、Ｆが鳴った時の《ヴォルフ》はすごかった。あの美しい音が玲央名さんの理想で、あれしか残したくないというなら、ＣＤを録《と》らない気持ちもわかる気がした。

「でも、ほとんどの人が弾けない楽器でも、鑑定書ってもらえるんですか？」

「この手の楽器の鑑定というのは、主観的な好みに左右される『音色』より、美術的な観点が重要視されるから。文句なしにストラドの特徴を備えていて、オリジナルの部品やニスが多く残っていて、さらに保存状態が良ければ、音なんか二の次で鑑定書はゲット出来るでしょう」

「そういうものなんですか……」

楽器を美術品として見て、飾っておいても仕方がないのにな、と思ってしまう。特に、あの玲央名さんの演奏を聴いたあとだと。

「――で、貴那崎玲央名の持つもうひとつのストラドが、イギリスの財団から貸与《たいよ》されている《レディ・サラ》。普段の演奏会はこれを使うわね」

「貸与？」

「今や、ストラドなんかの名器は軽く億の単位に乗っちゃって、個人の演奏家が買える金額じゃなくなってるから。才能のある演奏家に、企業や財団、個人コレクターなんかが期限付きで楽器を貸与するパターンが多いのよ」

「そっか……高価《たか》い楽器を持ってるからって、自分のものとは限らないんですね」

翡翠さんの奥さんの家に伝わってきたという《ヴォルフ》は個人所有なんだろうけど。玲央名さんが普段弾いてる《ヴォルフ》じゃないチェロ、私のレッスンの時にお手本で弾いてくれるチェロが、《レディ・サラ》なのかな。いい音が鳴るとは思ってたけど、あれもすごい楽器だったんだ……！

でも、高価な楽器を飾りものにしたり金庫にしまったきりにするより、才能のある人に弾いてもらおうと考えるお金持ちがいると聞くと、救われた気分になる。やっぱり楽器は弾いてナンボだもんね！

「それにしても、なんでそんなに楽器の値段が高騰《こうとう》しちゃったんですか？」

「ひとつの原因として、バブル期の日本人が調子に乗って名器を買い漁《あさ》って値段を釣り上げたせい、とも言われてるわね」

「うっ……日本人のせい……！」

私世代の人間にとって、バブルなんて都市伝説と変わらない次元の話だけど、日本人としてなんだか申し訳ない気持ちに！

「でもネタとしては美味《おい》しいよねえ、そういう名器絡みで事件を起こすのってさあ。あと、幻《まぼろし》の直筆《じきひつ》楽譜とかさあ、クラシックもののお約束だよね、ロマンだよねえ」

それまで黙って奏子さんの講義を聞いていた朝見さんが、楽しげに口を挟んでくる。それを見て、今回は鬱になって家を出たわけではないと悟った奏子さんは安心して帰っていった。朝見さんてめんどくさい人なのに、奏子さんはいつもなんだかんだ心配して世話を焼くのだ。

「朝見さん、奏子さんの友情に感謝しなきゃ駄目だよ」

私がしみじみ言うのを朝見さんは笑い飛ばし、チェロの基本を教えて欲しいと言い出した。私だって習い始めたばかりで、とても人に教えられるようなレベルじゃないと断ると、「モモちゃんが習ってるレベルのところまででいいから！」と言われ、とりあえず第一ポジションの押さえ方を教えてみた。すると朝見さんは最初から四弦もきちんと押さえられて、音も出るではないか。そうだ、この人も圭太《けいた》と同じで小器用タイプだったんだ……。

世の中の不公平感を胸に、私は『春の小川』の初めの数小節をひたすら繰り返し練習した。それを横から覗き込んで楽譜を覚えた朝見さんは、つっかえながらもどんどん曲の先の方へ進んで、えびやめだかや小ぶなの群れと遊んでいる。

まだ岸のすみれやれんげの花も見ていない私は、追い抜かれた気がして面白くはなかったけれど、でも私はうまく出来ないまま先へ進むのが厭《いや》な性分《しょうぶん》なのだ。地道にコツコツが性に合ってるからいいんだもん……！

◇――＊◆＊――◇

そんな日々を過ごしながら、数日後の四月二十三日（木）のことである。

我が家では食事の支度は当番制で、私の当番は基本的に火・木・日。町の人が泊まりに来ている時は、その人たちにも当番を持ってもらう。我が家に滞在する条件は、宿泊費こそ取らないけれど、『食費の支払』『食事の支度』『部屋の掃除』なのだ（食費物納として畑で採《と》れた野菜や糠床《ぬかどこ》を抱いてやって来る人もいる！）。今回、朝見さんには金・日を任《まか》せた。今日は木曜なので、私が夕食を作って朝見さんを呼ぶと、返事がない。

心配して部屋を覗けば、難しい顔で缶ビールを呑《の》みながら机に向かって唸っている。

「朝見さん、大丈夫？　ごはんは？　あれ、ビール呑んでる？」

「あー。食べると眠くなるから、いいや」

「原稿、詰まってるの？」

原稿がうまく進まないと奇行に走りがちな人なので、詰まっているなら詰まっていると教えておいて欲しい。そうすればこちらにも心構えというものが――。

「んー、まあアレなんだけど、いろいろと、ね……」

朝見さんの返事は曖昧《あいまい》だった。

「次はチェロの話なんでしょ？　それもやっぱり、タイトルと中身が全然違う話？　却《かえ》ってその方が書くの大変な気がするんだけど、たまには普通のも書いてみたら？」

「物書きの苦労はモモちゃんにはわからないよ」

「……」

確かに、作家の苦労などわからない。うちの母も作家だけれど、朝見さんみたいに苦しみながら原稿を書いている姿を見たことがない。編集さんから原稿を催促されている様子も見たことがない。いつも、いつの間にか原稿を書き上げていて、新作の見本が送られてくる。まるで魔法みたいだと思っていた。でも、作家としては朝見さんみたいな方が、それっぽい感じはする。——身内に欲しいとは思わないけど。

暖昧に唸りながら、朝見さんはどんどん缶ビールを空《あ》けてゆく。

「ちょっと朝見さん、呑み過ぎ！」

「——もういい、あたしはこれでいいんだ。ぶよぶよ犬《けん》の例だってあるし——そう、あたしはぶよぶよ犬になる……！　世界一の本当のぶよぶよに——！」

「朝見さん、なに言ってるの？　ぶよぶよってなに？　原稿に詰まったからって川に身投げとか考えないでよ……!?　ぶよぶよの溺死体《できしたい》になった朝見さん、見たくないよ。ていうか最近の水鹿上川《みかのえがわ》は水量少ないから、飛び込んでも溺《おぼ》れるの難しいとは思うけど」

「誰が溺死体ろらよっ。あらひにはメーテルが待っれいる……メーレルはね、レーレルはれ……！」

呂律《ろれつ》は回っていないけど、なんだかすごい勢いでノートパソコンのキーボードを叩《たた》き始めた朝見さんを置いて、私は部屋を出た。

その翌日。食事当番を任せた金曜日の朝、朝見さんはネタが固まったと言って帰っていった。逃げたな!?　と思いつつも、やれやれとほっとした私だった。

それから二日後の四月二十六日（日）。母からメールがあり、書庫にある資料を送って欲しいと頼まれた。

我が家の離れは、母が無節操《むせっそう》に買った資料本を収めた書庫になっている。専門書だけではなく普通の小説もたくさんあるので、読みたいという町の人には持ち出し禁止・書庫内で読むのを条件に読ませてあげている。いわば私設図書館状態である（管理人は私だ！　他にやる人がいないから！）。

外へ貸し出さないのは、こうやって母が突然資料を要求してくることがあるからだ。ご注文の資料を捜しに書庫へ行ったついでに、ふと思い立って朝見さんの本が並んでいる棚を見た（夜桜先生の著作は、現在十冊ある）。すると、少し隙間《すきま》が空いていて、一冊足りない本があるのに気がついた。例のデビュー作『如月瑠璃子は死んだのですか』がない。近くの棚に間違えて入っているのかと捜してみても、見つからなかった。

いつからなかったんだろう？　ここ数日の間、本を読ませて欲しいという町の人は何人か来たけれど、今さら朝見さんのデビュー作を持ち出すこともないだろうと思う（欲しければ、本人に頼めばもらえるんだから）。

一応、覚えている限り、最近来た人に訊いてみても、みんな知らないと言う。じゃあ朝見さんの本はどこへ行っちゃったんだろう？

そうして我が家の『如月瑠璃子』が行方不明になったまま、三週間近くが過ぎ――。

五月十五日（金）の夜。圭太がコンビニのシュークリームを手土産にして、うちに転がり込んできた。圭一郎《けいいちろう》さんと推《お》しアイドルの趣味が合わなくて喧嘩《けんか》になったのだという。

これでよく「似てない」とか「親子じゃない」とか悩めたものだと思う。この手の馬鹿馬鹿しいネタで本気の大喧嘩をして、今まで何度うちに転がり込んできたことか。確かに顔は似てないけど、結局のところ性格がそっくりだから喧嘩になるのだ。

「でもさ、親父が佳映子さんに握られてる弱みってなんだろうな？　佳映子さんには絶対逆らえない！　みたいなこと言ってたけど。なんとかあの閻魔帳《えんまちょう》、覗けねーかなー」

子供の頃のおねしょの回数から中学生時代に書いたラブレター、大人になってからのやんちゃまで、佳映子さんはいろいろ圭一郎さんの秘密を握ってるらしい……けど、私もその詳細を知っているわけではない。

佳映子さんは別に、人に言いふらしたり強請《ゆす》ったりするために閻魔帳を付けているわけではない。そもそもあれはただの覚書《おぼえがき》のノートなのだけど、やはり自分の黒歴史を知られていると思うと、人は佳映子さんに対して及び腰になってしまうのだ。

「圭太だって、いろんな悪戯を佳映子さんに知られてるでしょ。お互い様なんだから、圭一郎さんの秘密も放《ほ》っといてあげなさいよ」

明日は食事当番やってもらうからね、と言ってから圭太を空き部屋に案内してやって、自分の部屋に戻り、一息ついたところ。

「おぅ、すげー新聞の山！　何年分溜《た》め込んでるんだよ、読んだら捨てろよなー」

ほとんど自分の家と変わらない気安さで、圭太が人の部屋を覗いてきた。しまった、戸の鍵《かぎ》を掛けてなかった！（私の部屋は和室だけど、一応、戸に鍵は付いているのだ）

「女子の部屋を勝手に覗くな！」

「や……女子の部屋、ってのはもっと可愛いものに溢《あふ》れた部屋を指すとオレは思うんだ」

圭太はしんみり真顔で首を振る。

「おまえの部屋はどっちかというと、競馬新聞を溜め込んでるオッサンの部屋だ」

「誰がオッサンよ！　競馬新聞でもないし！」

異動記事の他に、地元のスポーツ大会記録記事も名簿《めいぼ》の様相を呈していて美味《おい》しいのだけれど、チェロを始めて以来なかなか時間が取れず、新聞の山が大変なことになっているのは自分でもよくわかっている。

空き部屋がたくさんあるなら、そっちへ置けばいいじゃないかと思われるかもしれないけど、佳映子さんはそういうところに厳しい。いくつも部屋を使い出すときりがない、趣味は自分の部屋に収め切れる範囲で楽しみなさい、が家長たる佳映子さんの命令なのだ。

そう言いながら、チェロなんて嵩張《かさば》るものを私にやらせようとするんだから勝手な話だけど、私自身、大切なものは傍《そば》に置いて寝起きを共にしたい性分なので、狭苦しくなってもやっぱりチェロは部屋に置いておきたいのだった。

「へえ、チェロってタオルケット掛けて寝かせてんの？　なんかサイズ的に小学生がひとり寝てるみたいだなー」

　そう言いながら図々しく部屋へ入ってこようとする圭太に、私は手近にあったブツを両手で摑《つか》んで持ち上げた。

「待て、『字通《じつう》』は反則だろ、過剰《かじょう》防衛だぞ！」

　私が威嚇《いかく》で振り上げた字通を避けた拍子《ひょうし》に、圭太の足が新聞の山を蹴《け》った。

「あぁっ」

　すでに読んだ山と未読の山とが崩れて混ざり、私は慌《あわ》てて山の積み直しにかかった。その時——半分広がった未読新聞の中に、ハッとする写真を見つけた。

　三月九日（月）の、『市民スポーツ』欄《らん》の裏に当たるローカル面。デパートのホワイトデー特設コーナーを紹介する記事があり、そこにマシュマロをピラミッド形に高く積んだオブジェの写真が載《の》っている。

「これ……！　圭太、あんたがデパートでご神石をマシュマロにすり替えることを思いついたのって、このピラミッド形を見て、ご神石を連想したから？」

　もう思い出したくないことのように、圭太が横を向きながら頷《うなず》いた。でもこれは重要なことだ。もしかしたら玲央名さんも、同じ連想を働かせたのかもしれない——。

　佳映子さんの話では、玲央名さんたちは二月後半まで東京にいて、そのあと三月の半ばまで、鹿上《かのえ》市街地のホテルにいたのだという。引き籠《こも》りの玲央名さんが直接デパートへは行かなかったかもしれないけど、暇潰《ひまつぶ》しに三月九日のローカル新聞を広げた可能性は十分にあるし、テレビのローカル情報番組でもデパートの様子が流れたかもしれない。

私は玲央名さんに、ほとんど余談のように「圭太がデパートへ行ってホワイトデー用のお返しを買い込んできた」という話をした。町から電車で一時間かかるけれど、行くといったらそこしかない最寄《もよ》りのデパート。マシュマロのピラミッド。外部の人間に動機が見当たらないご神石盗難（？）事件——もしかして玲央名さんは、あの時点でもう四ノ宮家の息子・圭太が怪《あや》しいと目星を付けていたんじゃ？

そこからどうやって、ご神石や手紙の在《あ》り処《か》まで突き止められたのかはわからないけど、でもとにかく、ご都合的な超能力なんかじゃなくて、ある程度の材料《ヒント》が頭の中に入っている状態で、楽器を弾くことにより演奏家としての霊感みたいなものがビビッと来てすべてが繋《つな》がり『答え』が閃く——とか、そういった流れなら私もまだ納得出来るのだ。お願いだから、場所が見えるとか千里眼《せんりがん》チックなことを言い出さないでくれると嬉《うれ》しいのだ。

私がその辺を力説すると、圭太が面白くなさそうな顔のまま言った。

「……おまえさ、あんまりあいつに深入りするなよな」

「なんで？」

「人格の裏側に狼《おおかみ》を飼ってるような奴《やつ》、危険だろ！」

「なに言ってんの、夜に図々しく女子の部屋に上がり込んでるあんたよりはよっぽど無害よ！　出てけー！」

◇――＊◆＊――◇

圭太を部屋から蹴り出した翌日、五月十六日（土）。レッスン日である。

ちょうどいい、玲央名さんに新聞でマシュマロのピラミッドを見たのかどうか訊いてみようと思いながら家を出かけた時、朝見さんのご両親である《ベーカリー・ぶろっさむ》の櫻川夫妻が揃《そろ》って訪ねてきた。なんだか厭な予感がしつつ、家の中へ引き返して佳映子さんと並んで話を聞いたところ――。

朝見さんが行方不明になったのだという。といっても、部屋に居ないことに気づいたのは五日ほど前。朝見さんが突発的にふらっと取材に出かけてしまうのはよくあることなので、またそれかと思いながら何度も携帯に電話しているのだが、一切の応答がない。

でも朝見さんが親からの電話に出ないのはいつものことなのだ。何となれば、《ベーカリー・ぶろっさむ》の櫻川夫妻は、私のような高校生の小娘が言うのも何だけれど親バカで、娘の才能を過大に評価している。それが朝見さんには居心地が悪いらしい。

うっかり原稿がボツになったなどと漏《も》らそうものなら、「朝見ちゃんの書いたものが面白くないわけがないじゃないの！」「そうだ、その編集者は見る目がない。替えてもらえ！」と熱《いき》り立つ。「出来が悪いからボツになったんだよ。そんなのあたし自身が一番よくわかってる。読みもしないで無条件に『うちの娘の書いたものは傑作！』と信じ込まれると、たまんないよ」と朝見さんはぼやいていた。

親の愛が重くて、朝見さんは両親からの電話にまず出ないのだ。でも、そう言いながらもいい齢《とし》をして実家で上げ膳据え膳の暮らしをしているんだから、都合がいい話だとは思うけど。

……と、そこで私は『電話』でハッと思い出し、慌てて翡翠さんに電話をした（玲央名さんは携帯を持っていないのだ！）。レッスンを明日に振り替えてもらえるよう頼んでから、櫻川夫妻の話の続きを聞いた。

ともかく、娘が電話に出てくれないのはいつものことなので半分諦めていたところ、昨日、編集者から自宅の方へ電話があったのだという。ここ数日、朝見さんの携帯にいくら電話をしても繋がらないのだが何かあったのか、という問い合わせだった。

朝見さんは超マイペース人間だけど、デビューからずっとお世話になっている担当さんへの対応だけはちゃんとしている。親はともかくそちらを無視するのはちょっとおかしいと心配になった夫妻は、散らかりまくった朝見さんの部屋を捜索し、資料本の山の中から充電が切れた携帯電話《スマホ》を発見した。その傍に、プリントアウトした原稿もあったのだという。赤ペンで『5／10』と完成日らしい日付が書かれており、どうやらこれを書き上げたあとに朝見さんは姿を消したらしい。

原稿が出来たなら堂々と編集さんに提出すればいい話で、それを放って姿を消すというのはどういうことか。とにかくこれは徒事《ただごと》ではないと、夫妻は近所で朝見さんの目撃情報を集めた。

オレンジ色の髪をした朝見さんは目立つ。すぐに、駅の傍《そば》の《喫茶・黒猫》や、町の東にある漫画喫茶、その近くのゲームセンターにいるのを見た、という証言が得られたが、それらは普段から朝見さんの出没地帯で、いつものところへ顔を出したあとの足取りは摑めずじまいだった。

一応交番にも届けたけれど、佳映子さんにもよろしく頼むと頭を下げ、櫻川夫妻は《ベーカリー・ぶろっさむ》の『花丸プレミアム・ゴールデン・食パン』を土産に置いて帰っていった（これ大好き！）。

佳映子さんが方々にメールや電話をし始める中、居間での話を盗み聞きしていたらしい圭太が寄ってきた。

「相変わらずお騒がせな人だなー、朝見さん」

「あんたは人のこと言えないでしょ！　――でも朝見さん、まさか本当に川に身投げしちゃったんじゃないよね……？」

「身投げ？」

「朝見さん、こないだうちから帰る前、ぶよぶよになりたいとか言ってたんだよ。あと、メーテルがどうとかも言ってた……。しつこく、メーテルはね、メーテルはね、って」

「メーテル？　『銀河鉄道999』か？　なんか昔、アニメの再放送見たことあるけど」

「あっ、そうか、銀河鉄道といえば宮沢賢治《みやざわけんじ》の『銀河鉄道の夜』！　そして宮沢賢治といえば『セロ弾きのゴーシュ』！　宮沢賢治自身もチェロを弾いてたっていうし、なんかそういう繋がりでチェロネタを思いついて、ふらっと出かけちゃった？」

「宮沢賢治ってことは、岩手《いわて》か？」

「そんなところまで捜しに行けないよ！　でも岩手のどこか水深のある川に身投げしてぶよぶよの水死体になってたら困るし……」

「取材に行ったなら、身投げはしないだろ。ていうか、原稿は一応書き上がったんだろ、それが気に入らなくて、ネタ集めのやり直しってことか？」

「う～ん……。わかんないね。でも担当さんから連絡あるかもしれないのに、携帯置きっぱなしで出かけるなんて変だよね。他にもいろいろ携帯なかったら不便だと思うし。何か突発的なことが起きて、慌てて部屋を飛び出さなきゃならなかったとか？」

「なんだよ、借金取りか、殺し屋か？」

「いくら朝見さんでも、殺し屋に狙われるようなことはしないでしょ。借金はわかんないけど……」

　圭太と頭を突き合わせて話していても、朝見さんの居所に見当はつかなかった。そこへ佳映子さんがスマホ片手に声をかけてきた。

「モモ、何か手掛かりになるかもしれないから、あんたは残されてたっていう原稿を読ませてもらいいな」

　なるほど、それを読めば何かわかるかもしれない。ポンと手を打った私は、商店街の櫻川さん家《ち》へ向かい、分厚い原稿を借りて帰った。

　それは、どこにもタイトルらしいものが書かれていない原稿だった。けれど一ページ目の一行目を見た途端、私は一瞬、息を止めてしまった。

　――これは確かに、徒事《ただごと》じゃない……！

◇――＊◆＊――◇

「そんなこんなで、朝見さんの原稿を徹夜で読んでから来たので、ちょっとふらふらしてすみません」

「徹夜したの、モモちゃん」

「何せ分厚くって。しかもここに何か手掛かりがあるかもしれないと思ったら読むのも慎重になって、時間かかっちゃいまして」

　私はトートバッグから朝見さんの原稿を出した。

「へえ、ちょっと見せて」

翡翠さんが面白げに原稿に手を伸ばす。玲央名さんは無反応だった。

「とりあえず、あらすじを説明しますね」


如月瑠璃子は女王だった——。

その原稿は、そんな一文から始まっていた。

それは、少し昔の時代が舞台の物語。

華族令嬢の如月瑠璃子は、耀《かがや》くばかりの美貌《びぼう》と溢れる才気とで社交界の中心に女王の如《ごと》く君臨し、常に取り巻きの男たちに囲まれていた。

ある日、瑠璃子はうっかり道に迷った街の中、軍楽隊でラッパを吹いている青年と出逢《であ》った。自分の周りにいる男たちとは違う、純朴《じゅんぼく》で気の利《き》かない青年に、瑠璃子は苛立《いらだ》ちつつも惹かれていった。

瑠璃子の幼少時代や青年の生《お》い立ち、ふたりを取り巻く多彩な登場人物を含めて過去のエピソードを織り交ぜながら、物語は進んでゆく。

やがて戦争が起こり、青年も海の向こうの戦地へ旅立っていった。そして瑠璃子は親の決めた相手と結婚した。

敗色濃厚な戦地で、青年は必死に軍の士気を高めようとラッパを吹き続けていた。敗《ま》けるわけにはいかなかった。あの高飛車な華族令嬢の暮らす国を守りたかった。

ところがある日、青年は流れ弾《だま》を受けて片腕が使えなくなってしまった。大切にしていたラッパも壊れてしまった。

一方、大富豪と幸せな結婚をしたはずだった瑠璃子は、夫の事業の失敗や愛人の出現で、次第に心を病《や》んでゆく。思い出されるのは、あの純朴な軍楽隊の青年。青空に吸い込まれてゆくような明るいラッパの音。

ある夜、屋敷から瑠璃子の姿が消えた。瑠璃子が橋から川へ飛び込むのを見たという者もいた。しかし川を浚《さら》っても瑠璃子の遺体は見つからなかった。

時を同じくして、戦地の青年のもとに不思議な出来事が起きていた。ある朝目覚めると、枕元に誰のものともわからないラッパが置かれていたのである。

新品に見える金色のラッパを動く片手で持ってみると、それはとてもしっくり手に馴染《なじ》んだ。恐る恐る吹いてみると、ラッパは明るく輝かしい音を放った。その音を聴く度、怪《け》我《が》をした腕の痛みが消えてゆくようだった。

青年は夢中でラッパを吹いた。威勢《いせい》の良い青年のラッパの音に鼓舞《こぶ》され、部隊も勢いを盛り返した。

しかしそのラッパを吹けば吹くほど、青年は忘れてゆくのだ。かつて、あの街のあの土手で、自分のラッパを聴いて「けたたましい音だこと」と言いながら美しく微笑んだ令嬢のことを。

そして空行を置いて、最後の一文――

如月瑠璃子は死んだのですか？


「瑠璃子さんは死んでません。ラッパになったんです。川に飛び込んで魂《たましい》になって、ラッパに宿って海を渡ったんです。絶対そうなんです。女王様みたいだった自分のことなんか忘れていいから、ラッパとしてひとりの人に大切にして欲しかったんです。これを読んだ人はみんな、そう答えると思います！」

私が両の拳《こぶし》を握って力説すると、翡翠さんも大きく頷いてくれた。

「そうだね、僕もそう思うよ。愛する人のために楽器に宿って海を渡るなんて、ロマンがあるよねえ、僕は大好きだよこういう話。本になったら絶対買うよ」

翡翠さんがあんまり素直に肯定《こうてい》するので、私は逆に少し頭が冷えて、悔《くや》しい思いでくちびるを噛んだ。

「……朝見さんがずるいのは、こういうところなんです。何気ない日常の心温まる話とか、切なくて泣かせる話とか書けるのに、普段はあんなだし、せっかくの内容と全然関係ないタイトルを付けるしっ。何なんですかこれ、どうしてこのお話に『如月瑠璃子は死んだのですか』ってタイトルを付けなかったのか、意味がわかりません……っ」

そしてこの原稿を読んで、心配がまたぶり返したのだ。昔、屋根から飛び降りる感覚を知りたいと言って本当に家の屋根から飛び降りて大怪我をしたことがあるのが朝見さんである。川に飛び込む感覚を実感してみたいと思って実行しても何ら不思議ではない。

「朝見さん、やっぱりどこかの川に飛び込んでぶよぶよになっちゃってるんじゃ……！　なんとなく、うちの書庫から『如月瑠璃子』を持ち出したの、朝見さん本人なんじゃないかって気がしてるんですけど、それと一緒に飛び込んだとかじゃ……」

不吉な予想を訴える私の前で、玲央名さんがおもむろに《ヴォルフ》を弾き始めた。

またヴォルフになるのだろうか——うぉんうぉん唸る音を聴きながら私は息を詰め、やがて首を傾《かし》げた。

「あれ、曲が違う……？　これシューベルトじゃないですよね？」

翡翠さんが答えてくれる。

「ドヴォルザークのチェロ協奏曲だね」

「協奏曲？」

「オーケストラと一緒に弾く曲だよ」

「玲央名さんはシューベルトの弦楽四重奏曲が好きなんじゃないんですか？」

「玲央名の好きな曲はたくさんあるよ。バロック強化月間になる時もあれば、現代曲を弾いてる時もある。何を重点的に弾きたくなるかは、その時の気分だからね」

「気分……。私、玲央名さんがシューベルトの弦楽四重奏曲十五番を好きなのには、何か意味があるんだと思ってたんですけど……。遺作だからとか、その前に作られた曲の方が有名だからとか、他にも何かその曲を作った時のシューベルトのエピソードに惹かれるものがあったとか。こないだの事件を解く時にあの曲を弾いたのにも、何か意味があったのかな——とか」

小声で語った私に、翡翠さんが小さく肩を竦《すく》めて言った。

「——あのね、モモちゃん。ひとつだけ教えておこう」

「はい？」

「玲央名の行動に、意味を求めちゃいけないよ」

「……は？」

「まあね、玲央名はいつも難しい顔をしているから、つい内面を深読みしようとしてしまいがちなんだけど。でもね、他のことはともかく、弾く曲に関しては、玲央名は気紛《きまぐ》れだよ。その時に弾きたいものを弾く。それ以上でもそれ以下でもない。こう言っちゃ何だけど、こないだのシューベルトにも意味なんかないよ。たまたまその時弾きたい気分で練習してたから、ってだけだろうね」

「そ、そうなんですか……？」

私は憮然《ぶぜん》としてしまったけれど、玲央名さんって実はそんなに難しい人でもないのかもしれない——というのは、薄々感じていたことだった。

なぜなら、練習中に私からの視線を感じ取ると、それまで弾いていた難しい曲をやめて、一般的に有名なクラシック曲や、日本の童謡、何だったらアニメソングを弾いてくれたりすることもあるからだ。私が「その曲知ってます！」と喜ぶと、もっと弾いてくれる。表情は不愛想だけど、演奏スタイルとしてはノリがいい。実はすごく単純に、玲央名さんはチェロを弾くのが好きで、それを聴いた人が喜んでくれるのが好きで、ただそれだけなんじゃないか——なんて思ったりはしていたのだ。

と、その時。

不意に部屋の空気がぼわわわわわわんと振動した。玲央名さんがウルフ音を長く鳴らしたのだ。ウルフキラーが弾《はじ》け飛ぶ。

「So,《ゾー》 ein《アイン》 Wolf《ヴォルフ》 kommt.《コムトウ》」

さあ、狼が来るよ——。

つぶやくようなささやくような宣言の後《のち》、狼を解き放った《ヴォルフ》は美しく甘い音色を奏で始めた。

◇——＊◆＊——◇

ヴォルフになった玲央名さんが直行した先は、水野華学院高等科の吹奏楽部室だった。今回も私が長々と事情説明をしているうちにすっかり日は暮れており、例によって徐行《じょこう》さんのタクシーに乗ってから行き先を聞いた私は、「どうしてそんなところへ」と訊くよりも先に、慌てて奏子さんに連絡した。そうして駆けつけてきた奏子さんの音楽講師としての権限で部室の鍵を開けてもらったのである。

奏子さんが水野華の音楽講師をしてくれていてよかったと、これほど心から感謝したことはない。何しろヴォルフと来たら、日曜の夜の学校にどうやって入るつもりか、部室も鍵が掛かってると思うけど――と問う徐行さんに、

「門も部室も鍵を壊せばいいだろう。もちろん、そこはタクシーに働いてもらうけど」

とあっさりした返事。すると『タクシー』呼ばわりされた徐行さんは怒るでもなく、

「あ、わざわざ壊さなくても、鍵の種類によっては開けられるよ俺」

とこれまたあっさりした返事。

「徐行さん、放蕩《ほうとう》生活で培《つちか》った多趣味多芸を犯罪に生かさないで――！　こういう場合、『鍵を開けられるよ』じゃなくて、自分の奥さんが水野華の講師だってことをまず思い出してっ」

「ああ、そうか」

運転席からのポンと手を打つ音に、私は慌てて注意を追加する。

「走行中にハンドルから手を離さないでー！」

危険で非常識な大人ふたりを連れて、自分の通う学校に不法侵入した罪で捕まりたくない私は、大急ぎで奏子さんに電話したのだった。

――ヴォルフと徐行さん、このふたりは絶対コンビにしちゃいけないふたりだ。傍に常識人が付いていないと、何をやらかしてくれるかわからない……！

そんなこんなで、奏子さんのおかげで罪を犯《おか》さず平和裏に校内へ入れたものの、ヴォルフの態度はやっぱり傍若無人《ぼうじゃくぶじん》だった。部外者が夜の学校にこっそり入れてもらっている、という感覚はないらしい。私がなんとなく背を屈《かが》めてこそこそ歩いているのとは正反対に、靴音も高らかに部室棟《とう》へ繋がる渡り廊下を闊歩《かっぽ》している（徐行さんも真似をしている！）。

私ひとりが神経を擦《す》り減らしつつ、やっとヴォルフの目指す吹奏楽部室に着き、奏子さんが引き戸の鍵を開けると、徐行さんが目敏《めざと》く照明のスイッチを見つけて灯《あか》りを点《つ》けた。

――ヴォルフが自信満々に直行したってことは、まさか、ここに朝見さんがいるっていうの……？

私はご神石事件の時のことを思い出しながら室内を見渡した。

椅子や譜面台は片づけられていたけれど、打楽器系の大きな楽器はカバーを掛けただけで出しっぱなしになっている。そんな中、大太鼓と銅鑼《どら》の隙間にオレンジの頭が見えた。

「朝見さん！　どうしてこんなところに!?」

どうやらぐっすり眠り込んでいたらしい。「あれ、モモちゃん……？」と寝ぼけ眼《まなこ》で起き上がる朝見さんの腕には、『如月瑠璃子は死んだのですか』が抱かれていた。森家の蔵書《ぞうしょ》を示すシールが背表紙に貼られているから間違いない。うちの書庫から消えた本だ。

朝見さんは目を擦《こす》りながら辺りを見渡し、私の横にいるヴォルフに話しかけた。

「あんたが噂の天才チェリスト？　へえ――ほんとに白皙《はくせき》の美青年だ。もしかして、あたしを捜してた？　なんでここにいるってわかったの？」

「私も知りたいです、それ！　どうして朝見さんの居場所がわかったんですか？」

私と朝見さんとでヴォルフを熱く見つめたけれど、

「見つかったならいいだろう。僕は見えた答えを教えるだけだ」

やはり今回もヴォルフはそう言ってさっさと帰ってしまった。

徐行さんを連れていかれてしまったので（寄り道せず真っすぐ丘の上へ帰ってくればいいけど！）、騒動の責任を取って、料金は朝見さん持ちということで別のタクシーを呼び、ひとまず奏子さんも連れて我が家へ帰った。

帰り道、ずっと悪怯《わるび》れない顔をしていた朝見さんだったけれど、

「きちんと事情を話さないんだったら、二度とうちには泊めてやらないよ」

佳映子さんにそう睨《にら》まれ、私と奏子さんとついでに圭太に取り囲まれ、渋々《しぶしぶ》と失踪《しっそう》の経緯《いきさつ》を語り始めたのだった。

あたしは高校生の時から小説の新人賞に投稿を始めたんだけどさ——。

それがまったく箸《はし》にも棒にも掛からず、大学二年の時、やけっぱちで、書いたものとは別作品のタイトルを付けたやつを投稿したの。そしたら、それがなぜか受賞しちゃって、デビュー作になるという運命の悪戯。しかもそれがそこそこ売れたものだから、担当に次の作品も同じ感じで行きましょうと言われちゃってさ。

でも本当はあたし、タイトル先行型なのよ。話を書く時は、ちゃんとタイトルを決めてからそのとおりに書く。だから、とりあえずいつものやり方で書き上げたあとに、タイトルストックの中から全然関係ないものを拾い上げてきて付ける、って格好になったわけ。

まあ、書きたい物語と、ストックの中で眠っているタイトル、両方が日の目を見られてラッキーじゃないかと自分に言い聞かせたわ。何せ新人のうちは、担当編集に逆らうということが頭になくて、言われたとおりにすれば本になると思って従ってたの。

でも今年でデビューから七年。単行本も十冊出した。どれも清々《すがすが》しいほど内容とタイトルが関係ない。別にね、あたし以外にも、小説や映画、音楽作品なんかでタイトルと内容に関連性がないものを世に出してる人はいくらもいるわよ。でも、発表するものがすべてそうというのも極端な話でしょう。

著作もきりのいい冊数まで来たことだし、この作風から脱却したいという思いも強くなってきたわけ。もう新人でもないし、担当とはデビュー以来の付き合いで気心も知れて、言いたいことは言えるようになってるしね。――とはいえ、「この芸風をやめたい」と宣言するには、正直、自分の中に迷いもあるわけで。

有り難くもずっと付いてきてくれている読者には、「どこまでタイトルと無関係な話で通せるか」を楽しみにされてるみたいなんだよね。出来れば期待は裏切りたくないよね。でも一方で、ちゃんとタイトルどおりのものを書いて認められれば、新規読者を獲得出来るんじゃないか――とも思うわけ。あたしがモモちゃんみたいなタイトル喰いの読者から『タイトル買いの敵』として蛇蝎《だかつ》の如《ごと》く嫌われていることは、よ〜く知ってるのよ。

でも、普通に書いた自分の作品は、何の魅力もないかもしれない。『毎回タイトルと内容が全然違う』というひねくれた芸風がマニア読者の心をくすぐっているのであって、うっかり当たり前にタイトルと内容が合っているものを書いたりしたせいで、なけなしの固定読者を失い、挙句に新規読者も獲得出来なかったら、目も当てられないでしょ。

そんなことをぐるぐる悩んでたら新作のプロットがどうもピリッとしなくて、担当に見せてもボツ続き。自分でも、ボツになって当然だと思うプロットだから文句も言えないんだけどさ。こんな時に親から「朝見ちゃんの原稿をボツにするなんて！」と庇《かば》われても、却《かえ》って苛つくだけなのよ。

ああでもないこうでもないと考えているうち、どんどん気分が落ち込んできてさ。こういう時はもう、自分は何を書いても駄目なんじゃないかと思えてくるの。真っ向勝負をしたくても、すでに先行作家によってすべてが書き尽くされている気がする。自分はただ、名作の出来の悪いコピー作品を生み出すことしか出来ない。どうせ自分なんかいなくても、世の中は困らないんだ――ってね。

そんな時、四ノ宮家のご神石事件のことを耳にしたのよ。謎の美青年チェリスト、って面白そうじゃない。これはネタになるってピーンと来て、早速資料のために安物のチェロを買って森家へ転がり込んだわけ。

で、モモちゃんが借りてるっていう楽器を見たらさ、ストラド関係の資料で見たのと同じラベルが貼られてるじゃない。まあまずコピーだろうけど、面白いからちょっと脅かしてやろうと思ってさ。やー、真っ青になって丘の上へ飛んでったね。あわよくばあたしも一緒にくっついていければと狙ったんだけど、そこは駄目だったねー。

そのあと案の定、帰ってきたモモちゃんに「これはよく出来たコピー作品だったよ」と言われてさ。なんか胸にズキンと来たんだよね。自分で仕掛けた悪戯だったのに、『コピー』という言葉に敏感になっちゃっててさ。

ヴィヨームが恐ろしい執念で作り上げたストラドのコピーは、コピーでありながら傑作と呼ばれる――それは資料で読んだよ。

――出来のいいコピー。

コピーでも、出来が良ければ許されるのかな？　人に喜ばれるのかな？　ううん、それは楽器の話で、小説とは違う――。

まあとにかく何か美味しいネタを見つけようと、ひたすらクラシックの資料を読み散らかしてたんだけどさ、そしたらだんだん、弦楽器より管楽器の方が面白そうに思えてきちゃったのよ。ほら、ラッパの大きく広がった口、あの部分を『朝顔』って呼ぶのも、あたしのペンネームと一緒でいいじゃない？

それで興味が吹奏楽の方向へスライドして、その拍子に、高校生の頃に考えてたネタを思い出したのよ。『如月瑠璃子は死んだのですか』――本来なら、このタイトルが付いていたはずの物語。途中で詰まっちゃって完成させられなくて、だから落選続きのやけっぱちも手伝って、このタイトルを別作に付けて投稿したんだけど。無性に今、この『如月瑠璃子』の話を書きたくなったの。今ならちゃんと完成させられる気がして。

勢いで、改めてプロットを固めたものの、ふと我に返ったのね。

――でも、これを書いたとして、どうするの？

もうこの物語にぴったりのタイトルは使ってしまったのに。主人公の名前を、如月瑠璃子ではなく別の名前に変えればいい？　ううん、駄目。ずっとこの名前で温めてきたネタなのに。今さら名前を変えたら、自分の中のキャラクターイメージが崩れてしまう。それじゃあ書けない――。

れいらさんの書庫から自分の『如月瑠璃子は死んだのですか』を持ってきて、表紙を睨みながら唸ったわね。自棄《やけ》を起こして大切なタイトルを別の作品に付けた、昔の自分を呪った呪った。そこにモモちゃんが来たもんだから、咄嗟に資料本の中に自分の本を隠したの。その時は、そのまま持って帰っちゃうつもりはなかったんだけどさ。

れいらさんはさ、超速筆で、作風が幅広くて、あたしの憧《あこが》れなんだよね。あたしもあんな風になりたいけど、作品ごとに作風を変えるというのは案外大変で、結局いつも、これまでどおりの自分らしい話になっちゃうだけ。だからこそ、ストーリーとしての作風はこれまでどおりなのに、タイトルも普通に付けてしまったら、新鮮味もなく芸もなく、本当にまったく売れないいんじゃないかって不安になるのよ。

でも、そんなあたしの苦悩なんて、他人《ひと》にはわからないし、読者には関係ないんだよね。モモちゃんの目には、あたしのタイトルの付け方がふざけてるとしか見えないようにね。なんかモモちゃんと話してるうちに、開き直りの心境になってきちゃってさ。

──もういい、せっかく盛り上がった勢いを殺すのはもったいないし、とにかく如月瑠璃子の話を書こう。書くだけ書いて、タイトルはいつものように別のものを付ければいい。だってそうするしかないんだから。

家に帰って、原稿を一気に書き上げたわ。勢いさえ付けば、早いのよあたしも。

で、プリントアウトチェックまでして一息ついたあと、辺りに散らばった資料をふと見渡して、れいらさんの書庫から持ってきてしまった『如月瑠璃子』に気づいたの。それを見て、さーっと頭が冷えたわけ。

結局、プロットも見せないまま、勝手に書いてしまった。とりあえず書いたからと言って担当に送ってもいいけれど、これは本当に大丈夫なのか？　今さら如月瑠璃子を出して、大丈夫なのか。デビュー作から付いてきてくれている読者にとっては、如月瑠璃子は永遠に登場しない方が面白いんじゃないのか――。

どんどん不安になってきて、発作的に『如月瑠璃子』を抱《かか》えたまま家を飛び出してたのよ。途中で、財布は持ってきたけど携帯を忘れたことに気づいて、でも取りに戻るのも面倒だし、ひとりになりたいからいいや――と解放感を味わうことにしたの。

別に、初めから何日も家を空《あ》けるつもりじゃなかったのよ。遠くへ行くつもりもなかったしね。いつものように《黒猫》でお茶をしてみたり、気分転換にゲーセンで遊んでみたりしてただけ。ただ、漫画喫茶で読み始めた長編漫画が面白くて徹夜で読んでるうちに、家に帰るのが面倒臭《くさ》くなっちゃってさ。そのあとも目に付いたものを一頻《ひとしき》り読破して満足したら、今度は外を歩きたくなって、気がついたら母校の水野華に足が向いてたの。

ほら、あたし一応は作家先生になった卒業生として、図書室に著作を置いてもらってるからさ。ちょっと学園ものの取材をしたいんで～とか言えば、校内をうろつけるし。

すっかり曜日感覚がなくなってて、やけに生徒が少ないなーと思ってから今日が日曜だって気づいたんだけど、高等科の吹奏楽部は今日も元気に練習しててさ。水野華の吹奏楽部は昔からレベル高いもんね。去年もなんか賞獲《と》ったとか聞いたよ。

で、なんとなく合奏練習を見学させてもらってたら、懐《なつ》かしくなっちゃってさ……。吹奏楽部に友達がいたもんだから、高校時代はよく練習を見学しながら小説のネタを練ってたのよ。輝かしいトランペットの音を聴きながら、華族令嬢とラッパ吹きの青年との物語を思いついたのもその時よ。それと同時に、『如月瑠璃子は死んだのですか』というフレーズが、すとん、と落ちてきてね。ああ、これはタイトルだ――と思ったわ。つまり主人公の名前は如月瑠璃子だ、って。

それからしばらくは熱中して話を組み立ててたんだけど、途中で詰まっちゃって、他のネタを思いついたこともあってあっさり別作に鞍替《くらが》えしたのね。昔はこんな感じで、一作をきちんと仕上げられないことが多かったのよ。

でも、あたしはとうとう、如月瑠璃子の話を書き上げた。あれから十年経《た》って、やっと完成させた。――そう思いながらトランペットの音を聴いてたら感慨《かんがい》深くなって、泣けてきちゃって。隅っこでぐすぐす泣いてたら生徒たちに気づかれて心配されちゃって、使ってないらしい銅鑼の陰に避難したの。

で、引き続き物陰で感慨に耽《ふけ》ってるうち、眠気が差してきて――

「何度か生徒や顧問《こもん》の先生に声をかけられて、『ああ、帰ります帰ります』と答えて部屋を出た気がするんだけど……。モモちゃんの声で目が覚めたら、あの状態だったんだよね。寝ぼけてまたあそこに戻ってきて、楽器の陰に隠れて発見されないまま、鍵を掛けられちゃったのかなぁ？」

てへ、とオレンジ色の頭を搔いて笑う朝見さんを、私はじろりと睨んだ。

「要するに、創作上の苦悩により町の中をうろついた末、母校の吹奏楽部室の隅っこで寝こけていただけだった——と」

「モモちゃん、そうあっさり要約されると身も蓋《ふた》もないからやめてくれる。作家の生みの苦しみは海よりも深いんだから」

朝見さんはわざとらしく眉間《みけん》に皺《しわ》を寄せてみせる。

「苦悩が海より深かろうと山より高かろうと、人騒がせはやめて欲しいよ。朝見さんがぶよぶよの水死体になっちゃったんじゃないかって私、心配したんだから」

「や、ぶよぶよってのはそういう意味じゃなくて——エリック・サティのピアノ曲だよ。『犬のためのぶよぶよした前奏曲』とか『犬のためのぶよぶよした本当の前奏曲』とか」

「へ……!? なにそのふざけたタイトル……本当にそんな曲あるの？ なんで『本当の』って念押ししてるの……!?」

疑わしげに朝見さんを見る私に、奏子さんが苦笑しながら助け舟を出した。

「本当にあるのよ。サティは変わったタイトルの曲を作るのでも有名だったから」

そう言って奏子さんがうちのピアノで弾いてくれた『犬のためのぶよぶよした前奏曲』と『犬のためのぶよぶよした本当の前奏曲』は、全然ぶよぶよしていない曲だった。本当にぶよぶよしていない曲だった。

「タイトルと曲のテイストが全然関係ない……。まるで朝見さんの作風のような……」

私のつぶやきに、朝見さんが大きく頷く。

「そう！　サティのこれが許されるんだから、あたしの芸風だって許されていいでしょう！　サティが通ったというモンマルトルの文学酒場《黒猫》を思いながら、あたしだって町の《喫茶・黒猫》で己《おのれ》の文学について深く考察しているのよ……！」

「えっ……」

朝見さんが《黒猫》の常連なのって、そういう理由があったの……!?

朝見さんはずっと前から、自分の作風に悩んでいたのか――。

何も知らずに今までいろいろ責めちゃって悪かったな、と私は少し反省して朝見さんを見た。

「――私、朝見さんの小説は面白いと思うよ。私は全世界に存在する物語を余すところなく読み尽くしているわけじゃないから、他の作品と似てるところがこれっぽっちもないとか無責任な太鼓判は押せないけど、誰かのコピーとかまで思いつめる必要はないと思うし。

如月瑠璃子さんのお話、私ああいうのすごく好きだし」

「……ありがとね」

朝見さんは照れたように目を瞬《またた》かせた。

「ま、原型は高校生の時に考えた話だから、青臭いしベタベタな展開だけどね」

「私、王道大好きだもん。あとはタイトルさえちゃんと付けてくれれば」

「そこは、大人の事情があるんだよ」

ため息をつく朝見さんに、原稿をぺらぺら見ていた奏子さんが言った。

「──なるほどね、わかったわ。朝見、あなた『メーテル』なんて言ってないでしょう？」

『メヘテル』って言ったのよね？」

「うん、そうだけど」

「へ？」

「そうよ、『へ』よ」

間抜けに訊き返す私に、奏子さんは真面目に頷いて説明した。

「十六世紀以降、ヨーロッパにはオスマントルコの波が押し寄せることになったわけだけど──その時のトルコのすんごく強い軍隊『イェニチェリ』が連れていた軍楽隊を、『メヘテル』というの。世界で一番古い軍楽隊と言われているわね。そして、そのメヘテルが演奏する音楽のことを、『メヘテルハーネ』というの」

つまり、あの時の酔っ払った朝見さんは、「メーテルはね」じゃなくて、「メヘテルハーネ」と言ってたということ？

「メヘテルは行進の伴奏とか戦闘のBGMを担当していて、その派手な衣装と威勢の良い音楽に初めて触れたヨーロッパの人たちは、『カッケー！』『アガるー！』って興奮して、真似をし始めたわけね。それがやがて吹奏楽《ブラスバンド》になってゆくんだけど。モーツァルトやベートーヴェンの『トルコ行進曲』もメヘテルから来てるのよ」

たぶん、世界史とカタカナが苦手な私のために奏子さんはかなり噛み砕いた言い方をしてくれたんだろうけれど、この話に喰いついてきたのは、それまで呆れ顔でソファにもたれていた圭太だった。

「マジか!?　戦闘にBGM!?　生演奏!?　昔の奴ら、やるじゃん！　そうか、リアルでそうなら、ゲーム中のバトルに音楽がかかるのは当然の仕様ってことか……」

「でしょ、あたしもその辺が面白いと思ってさ。ついゲーセン行きたくなったんだよね」

「誰がゲームの話をしてるのよ！」

ゲームの話で盛り上がり始めた圭太と朝見さんを、奏子さんが叱《しか》る。佳映子さんは微笑ましげに閻魔帳（と呼ばれる覚書）を付けている。

私は一件落着後の緩《ゆる》んだ空気を吸い込みながら、それを大きく吐き出した。

——結局、デパートのマシュマロ・オブジェを見たのかどうか、玲央名さんは答えてくれなかった。でも今回もやっぱり、ヒントがあったから朝見さんの居場所を推理出来たということなんだよね？

つまり玲央名さん――ヴォルフは、「ぶよぶよになりたい」という朝見さんの発言からぶよぶよ作曲家のサティを連想して（ついでに作家・夜桜先生の悩みも看破《かんぱ》した？）、私が訴えた身投げ願望疑惑は無視し、原稿に出てくる軍楽隊やラッパという要素から『メーテル』が『メヘテル』のことだと考え、失踪後の目撃情報なども加味して《黒猫》はともかく、まさかゲーセン立ち寄りもヒントになった!?）、最終的に《ヴォルフ》の奏でるFの霊感に超推理を導かれ、母校の吹奏楽部室にオレンジ頭あり――と読んだ？

「同じ情報を持っていながら、メーテルで銀河鉄道で宮沢賢治で岩手でぶよぶよの水死体……という連想に行った私とは大違い……」

そう、今回のこれも、断じて超能力なんかじゃない。持っている情報は同じでも、私と玲央名さんとでは音楽の基礎知識量が違うから、発想に差が出てしまうだけだ。たとえば初めから音楽知識のある奏子さんに相談していたとしたら、奏子さんも玲央名さんと同じ推理をしたかもしれない。

縋《すが》るように奏子さんを見ると、「ん～」と言って首を捻《ひね》った。

「それはどうかしらね。朝見があそこで見つかって、事情を聞いたあとだから確かめ算的にわかったけど、朝見を知らない人がモモちゃんの話だけを聞いてそこまで読み通せるかといったら――難しいんじゃない？」

　奏子さんは、玲央名さんを超人的な存在に祭り上げたいのだ。だから玲央名さんには不思議な力があるのだと思いたがる。でも私は、そういうのは信じたくない立場なのだ。

　そこへ、圭太がつまらなさそうに口を挟んできた。

「なんだかなー。普通はこういう場合、名曲の陰にあるエピソードを見立てたような事件が起きて、あいつがチェロとかクラシックとかの蘊蓄《うんちく》を垂れながら謎を解いて事件を解決――となるものだろ。もちろん、関係者一同の前で派手にチェロを弾いてみせる場面もお約束だよな。そんなあれこれもなく、ただ家で地味にチェロを弾いて失《う》せ物を見つけて謎も解かずに帰るだけって何なんだよ。探偵としても中途半端《はんぱ》だし、わざわざ天才チェリストとして登場した意味があるのかよ」

　私はむっとして圭太を睨んだ。

「玲央名さんは探偵じゃないもん。天才だけど静養中のチェリストだもん、人前でなんか演奏しないよ。大体、そんなテレビドラマや推理小説みたいな無駄のない展開、現実に起こるわけないでしょ。お医者さんがお客に来たら、病人が出なきゃいけないの？　推理作家が来たら、ネタになるような事件が起きなきゃいけないの？　世の中、そんな都合よく出来てるわけないじゃない」

　確かに私も、玲央名さんがヴォルフになる時に弾く曲には何か意味があるのではないかと深読みしてしまったりした。意味などないと翡翠さんに言われて、拍子抜けした。けれど、それを人に突かれるとなんだか面白くなかった。行動にも登場にも意味なんかなくていい。玲央名さんはこれでいいんだと庇いたくてたまらなくなった。

そんな私の耳に、朝見さんの能天気な声が飛び込んできた。

「なるほどねえ。いっそ裏をかいて、ひたすら都合がいいだけの話を書いてみるってのもありかなあ——よぅし、次は……」

「なに呑気《のんき》に次回作を練りに入っちゃってるの⁉　朝見さんはちょっとは反省して！」

その後——。

如月瑠璃子さんのお話は、「何ヶ所か直しは入ったけど、ＯＫ出そうだよ」とのことで、無事に本になりそうだった。タイトルはといえば、やっぱり全然違うものを付けるという基本姿勢は変わらないらしい。

そうして水鹿上町が誇る作家・夜桜朝顔先生は、『タイトルと内容がまったく違う作家』から、『タイトルと内容がシャッフルされている作家』に進化（？）を遂《と》げたのだった。

第三話　夏休みの幽霊は全力疾走する

――私、ここで何やってるんだろう?

ふと我に返り、苦笑いしてしまった夏休みの初め。

私は通い慣れた貴那崎《きなさき》家の居間で我が家のようにくつろぎ、翡翠《みどり》さんと一緒に高校野球をテレビ観戦していた。なぜこんなことになっているのかというと――

夏休みに入り、またレッスン回数を増やしてもらったのだ。けれど季節が夏になってもしつこく『春の小川』を弾《ひ》き続けている私に、翡翠さんが別の曲をやってみようよと提案した。同じく童謡・唱歌系から選ぼうということで、新しくもらった曲は『海』。「海は広いな、大きいな」の『うみ』ではなく、「松原遠く、消ゆるところ」から始まる方である。

もちろん、一オクターブ下げないと弾けないのはお約束。

『春の小川』にはFの音がひとつもなかったけれど、『海』は最初の音がFだった。一オクターブ下げているので、二弦《にげん》の二の指で押さえるファなわけだけど――これが、ふとした拍子《ひょうし》にこの場所だけぶるぶるっと弦が震えて音が出にくく感じることがある。どうやらこれが、軽いウルフ現象らしい。

チェロという楽器は、構造的・音域的にウルフが出るのは仕方がない、当たり前のことなのだという(ヴァイオリンやヴィオラにもウルフ現象はあるのだけれど、音域的にチェロほど目立たないらしい。さらにいえば、管楽器にもウルフが出るものはあるそうだ)。

良く鳴る上等な楽器ほどウルフに苦労するとも言われ、《ヴォルフ》はそれの本当に極端な例のようだった。私が使っている楽器は唸《うな》るところまでは行っていないので（おとなしい狼《おおかみ》さんだ！）、現時点では特に対処も必要ないだろうと、そのまま弾いているのだけれど、自分でもちょっとウルフを体験出来て嬉《うれ》しかったりする私なのだった。

それはともかく、この曲の問題は、シ♭《フラット》が出てくるということである。一弦の第一ポジションでこの音を押さえるのは、初心者には難しい。

ただのシなら、一番目のテープの場所を押さえればいい。でも『♭』はそれより半音低いということだから、一の指を半音分、上に持って行かなければならない（そう、音を低くするなら上！）。そうしながらも、二の指以下は既定《きてい》のポジションにいなければならない。弦を押さえるのは一の指だけでも、他の指もきちんと定位置の上で待機していること——それが重要な指の訓練であると玲央名《れおな》さんから厳命が下っているのだ。

きちんと二の指をド、三の指をレ♭、四の指をレの位置に待機させたまま、一の指をいつもより大きく開いてシ♭の場所を押さえるというのは、かなり難しい。

誰の指だってそうだと思うけど、二の指（中指）と三の指（薬指）は仲がいい。弦を押さえた状態ならともかく、上空で止まっているだけとなると余計にくっつきたがるこのふたりの仲を引き裂きつつ、正しい形でシ♭を押さえるのはめちゃくちゃ難しい。——もっとも、その勉強のために玲央名さんはこの曲を選んだんだろうけど。

新たな課題にぶつかった一方で、地道な練習の成果が出て、四弦を押さえられるようになったという嬉しい成長もあった。おかげで、一番低いドからその上のド、さらに上のド、その隣のレまで――第一ポジションで弾ける約二オクターブの音域がカバー出来るようになった。

嬉しくなった私は、これなら簡単な曲だったらいろいろ弾けるかもしれないと、小学校の時の音楽の教科書を引っ張り出してきた。そして気づいたのだ。童謡を歌うのに二オクターブも要《い》らないのだと。大体一オクターブそこそこで事足りるのだ。

そうか――子供でも簡単に歌えるように、童謡や唱歌って極端に高かったり低かったりする無茶な音はないんだ。つまりそれは、約二オクターブの音域しか弾けないチェロ初心者の私にとって、余裕を持って弾ける有り難いジャンルということ……！

楽しい遊び場所を見つけた気分でテンションが上がり、さらにやる気満々になった私とは対照的に、最近、玲央名さんのテンションが低いのが心配だった。

もともとハイテンションな人ではないけれど、春に出会った時よりも体温が低いというか（触ったわけじゃないけど！）、より元気がない感じに見えるのだ。どうかしたのかと訊《たず》ねても「なんでもない」とぶっきらぼうに返されるだけなのだけれど、御年《おんとし》九十の翡翠さんの方が、夏バテもせず血色も良く、よっぽど元気に暮らしていると思う。

そんな玲央名さんの様子が気になりつつ、いつものようにレッスンに伺《うかが》った今日――七月二十九日（水）。珍しくも貴那崎家にお客さんがいた。二十代半ばくらいの男の人で、名前は榊原涼《さかきばらりょう》。例の翡翠さんの知り合いである『現代のヴィヨーム』の孫で、祖父や父と共に弦楽器の製作・修復師をしているのだという。

「例のチェロは、今はこのモモちゃんに貸してるんだよ」

「あ、初めまして、森百《もりもも》です。木が三つの『森』に、漢数字の『百』と書いてモモです。まだ全然うまく弾けないんですけど、図々しくお借りしてます……！」

「へえ、そうなんですか。弾いてもらえてるならよかった」

にっこり笑った榊原さんは、クラシックな職人さんには見えない今風のイケメンさんだった。玲央名さんの楽器の調子を見に来たとのことで、練習室に移動して、いくつもあるチェロを診断しながら、気さくにあれこれ世間話をする（結構口数の多い人だ。親しみを感じる！）。それを聞いているうち、とんでもないことが判明した。

榊原さんは、三月初めにも楽器の調整のために玲央名さんのところへ来ているのだという。ちょうど、玲央名さんたちが鹿上《かのえ》市街のホテルに滞在していた頃のことである。

「その時ついでに、親父が作った人形の配達も引き受けてね。アイドルみたいなイケメン少年人形だったよ。あんまり出来がいいから、ついお客さんに渡す前に玲央名にも見せちゃったよね。まあ安定の無関心だったけど。喰いつかれても困るけどさ」

なんと、圭太《けいた》のドラマティック妄想《もうそう》を刺激することになった『早緒里《さおり》さんがデパートの喫茶店で会っていた青年』というのは榊原さんだったのだ。榊原家は親子三代、弦楽器製作・修復の傍《かたわ》ら、人形も作っているのだという。

ということは――私の話を聞いた時点で玲央名さんは、圭太が見かけた青年が榊原さんだって見当が付いてたんじゃ？

《七つの祝い》の時、早緒里さんは圭太の人形を作らせた――私はその情報に大した重要性を感じて話したわけではなかったけれど、玲央名さんは初めから『人形』を重要ポイントとして捉《とら》えていたとしたら？　四ノ宮《しのみや》家では七歳と十六歳の時に特別な祝いをする。ならば今回も人形を作らせたかもしれない――と思考が転がっていってもおかしくはない。

でもこれは、新聞で見たマシュマロのオブジェと同じパターンだ。圭太が見かけた青年の正体と紙袋の中身に予《あらかじ》め見当が付いていたからといって、ご神石の在《あ》り処《か》を見つけられた理由にはならない。ただこうして少しずつ、玲央名さんは事件に関して実は私よりも多くの情報を持っていたのだとわかってくると、これからもっと種明かしが進んで、すべてが根拠のある推理だったということで説明がつくのではないかと期待したくなるのだ。

考え込んでいる私の一方、一通り楽器の調子を見た榊原さんは、「特に問題なし」と明るく言った。

「この辺はそこまで心配するほどの湿気もないみたいだし、さほど神経質な対応は必要ないと思うよ。モモちゃん家《ち》のチェロも、そのままタオルケットを掛けておけばいいから」

「あ、はい。わかりました！　ありがとうございます！」

「モモちゃん、ハキハキしてて気持ちがいいねえ。玲央名もうちょっとこういうところ見習った方がいいよ」

榊原さんに肩を小突かれて、玲央名さんは不愛想に横を向く。

友達と言えるのかどうかわからないけれど（榊原さんの方は絶対に玲央名さんを友達と認識してると思うけど！）、玲央名さんにもきちんと同年代の知り合いがいて、こんな風に気安く接されたりしてるんだと思うと、なんとなくほっとした。嬉しくなったついでに、私は重要事項の確認を試みた。

「あの――ちなみに、榊原さんのお父さんとおじいさんのお名前は？」

「名前？　祖父が榊原伶《れい》で、父が榊原類《るい》だけど」

よし来た、ら行の一文字名前で揃《そろ》えるパターン！　ありがちだけど好きだ！

小さくガッツポーズを取る私を榊原さんは不思議そうに見つつ、「また来るよ」と言って帰っていった。

そのあと、そのままレッスン開始となったのだけれど――やっぱり、玲央名さんの調子はおかしかった。正直なところ、楽器のお医者さんより玲央名さんを診《み》てくれるお医者さんを呼んだ方がいいのではないかと思ってしまう。

具体的にどうおかしいのかといえば、指が動かなくなる頻度《ひんど》が極端に増したのだ。

これまで私が見る限り、難しい曲の練習中に玲央名さんの指が変な止まり方をすることはあった。でも私に教えるような簡単な曲でそんなことはなかった。それが最近、初歩中の初歩の教本をお手本に弾いてくれている時にも、指が止まるのだ。

突然、右手が動かなくなって弓を落としたり、弦を押さえる指がピタッと止まったりして、玲央名さん自身、驚いたような顔で自分の指を見る。

今日もその状態になってしまい、開始早々レッスン中止と相成《あいな》ったので、翡翠さんに誘われるまま居間でおやつをいただきながらテレビを見ている次第なのである。

「あの……玲央名さん大丈夫ですか？　もしかして私のレッスンが負担になって、指に支障が？　休みに入ったからって回数増やしてもらっちゃって、図々しかったでしょうか」

「モモちゃんのせいじゃないよ」

翡翠さんは頭《かぶり》を振り、「たぶん、時期のせいだよ」と言った。

「時期？」

「クラシックのシーズンはね、九月始まりの六月終わり。本来、七月と八月は演奏家にとって夏休みだったんだけど、遊んでる演奏家を保養地に呼んでイベントを開いてお客さんを集めよう――なんて動きがどんどん盛んになっていってね、今や夏は各地で音楽祭が開催されるのが当たり前になった。玲央名も、今年出演予定の音楽祭がいくつもあったんだけどね、全部キャンセルしてしまったから」

「楽しみにしていてくれたお客さんを裏切ってしまった罪悪感……普通に起き上がれるの

に学校休んじゃったみたいな居心地の悪さ……という心境になってるってことですか？」

「そうだね。自分はこんなところで何をしているんだろう――と思うんだろうね。そういう心の落ち着かなさが、指を動かなくさせる原因だと思うよ」

「じゃあ、どうしてあげれば？　私に何か出来ることはありますか」

　玲央名さんが巻き込まれたという事件について、玲央名さんに静養が必要となった理由を、私は未《いま》だ知らない。だから玲央名さんに迂闊《うかつ》なことを言うことも訊《き》くことも出来ず、何も出来ずにいるのがもどかしかった。

「モモちゃんは、ただいつもどおりにしていてくれればいいんだよ」

　翡翠さんがそう言った時、玲央名さんが居間へやって来た。今日は完全に、自分の練習も切り上げたらしい。お手伝いさん（今さらの紹介で恐縮だが、木田春子《きだはるこ》さん・五十四歳・春生まれ。ちなみに佳映子《かえこ》さんの口利《くちき》きで貴那崎家に通っている）がおやつの水羊羹《みずようかん》を用意する。玲央名さんは結構甘いものがイケる口なのだ。

　楊枝《ようじ》を持つ玲央名さんの指は普通に動いている。あの指は、チェロを弾く時だけ、動かなくなるのだ。切ない気分になりつつも、これはどこかおかしみを誘う光景でもあった。

　洋館の洋風の居間で、無言で水羊羹を味わう栗色髪《くりがみ》にブルーグレイ・アイの美青年。非日常的《シュール》だ――と思いながら横目で玲央名さんを見ている私に、翡翠さんが訊いてきた。

「そういえば、ドラマくんは元気？」

「え、圭太ですか?」

翡翠さんは以前の宣言どおり、本当に圭太を『ドラマくん』と呼ぶ。優しい顔して、やっぱりSだと思う。

「圭太はですね、今、高校総体《インターハイ》に行ってます。あいつ、一年生ながら一丁前に空手部のエースなんで」

「へえ、すごいんだ」

「全然すごくないです。ただ小さい頃からやってただけです。くれぐれも本人の前で、すごいなんて言わないでくださいね、調子に乗るんで! あいつを調子に乗らせると面倒臭《くさ》いんで!」

私が心から面倒臭げな顔をしてみせると、翡翠さんは肩を竦《すく》めて笑ったあと、玲央名さんをちらっと見ながら言った。

「なるほどね……。モモちゃんは面倒臭い男の面倒を見る星回りなのかもしれないねえ」

どういう意味ですかそれ。

面倒臭いプラス心外な表情を作る私に、翡翠さんは話題を変えた。

「ところで、モモちゃんが一番初めに名前に惚《ほ》れ込んだ人ってどんな名前だったの?」

「――え、唐突にそれを訊きますか」

私は面喰らいながらも真面目《まじめ》に答える。

「そうですね……小学三年生の時の、まさにこの時期のことです。たまたまテレビでやっていた高校野球を見るともなしに見ていたら、『綾小路紗留々《あやのこうじしゃるる》』という名前のピッチャーが出てきたんですよ」

「おお、それはまたモモちゃんの好きそうな」

「ええ。思わず身を乗り出しましたね。そしてこれがまた、投げて良し打って良しの漫画のヒーローみたいな人で。実況のアナウンサーもつい連呼したくなる名前なのか、紗留々コールの連続で、私のハートも白熱するばかり。残念ながら準決勝で敗《ま》けちゃって、その後、プロにもならなかったみたいなので、今は何をしてるのかわからないんですけどね。ていうか、親は絶対、スポーツ選手にさせるつもりじゃなかっただろうなあと窺《うかが》える名前ですよね。なんかこう、文化・芸能方面に行かせたかったんじゃないですかねえ」

ともあれ、それまでは自分の名前に不満たらたらで己《おのれ》の不幸ばかりを呪っていた私だったけれど、綾小路紗留々選手との出会いで、興味が他人の名前にも向《ふ》くようになった。積極的に自分好みの名前を探すようになり、字面《じづら》から勝手な想像を膨らませるようになり、どんどん名前へのこだわりが深くなっていったのだった。

「もしかしてそれがモモちゃんの初恋だったりして？」

「恋……？　顔も覚えてませんけど。テロップの名前しか見てなかったんで」

「うん、徹底してるね。それぞ面喰いならぬ字喰い」

妙な褒《ほ》められ方をされて、とりあえず「ありがとうございます」と答えておいたあと、そういえば、と思い出して訊ねてみる。

「玲央名さんのお父さんとおじいさんは、なんていう名前なんですか？　代々、国籍は日本だって聞きましたけど、やっぱり漢字名前ですか？」

「父親の方が菫《すみれ》で、祖父は綸子《りんず》だよ。僕からすれば、孫と息子だけど」

翡翠さんがメモ帳に字を書いてくれた。

「こ、これはまたお洒落《しゃれ》なお名前で……！」

瞳《ひとみ》を煌《きら》めかせてから、私ははたと気づく。

「あれ——でも、玲央名さんのお父さんて何年生まれですか？　その頃、『菫』って漢字使えました？」

「うん、戸籍上はひらがなだよ。でも本人はひらがなだと女の子と間違えられると言って、普段は漢字で名乗ることが多いんだよね」

「やっぱりひらがななんだ——。ですよね。一九四八年の戸籍法改正で、人名に使える漢字が制限されて以降、『菫』という字が人名用漢字に入ったのって結構最近で……たぶん一九九〇年あたり？　いえ、うちの母も、本当は『麗羅《れいら》』って漢字で付けたかったのが、当時は『羅』が駄目で、結局ひらがなになったという経緯《いきさつ》らしいんです。『羅』が常用漢字に追加されたのって一九八一年なんで」

「……」

水羊羹を食べ終えてこちらを向いた玲央名さんの表情があからさまに、「この子は世界史の年表は覚えられないのに、そういう年数は覚えているのか」と語っている。ええ。関心のある数字は覚えられるものなのです。

そして、こんな余計なことだけは覚えてしまう頭を持っている私にとって、歴史物や、この間の如月瑠璃子《きさらぎるりこ》さんくらいの時代のお話などはまことに読みやすい。うっかり現代が舞台のお話だと、「このキャラの名前……この漢字は常用にも人名用にもないんじゃ？」とか余計なことを考えてしまい、物語に集中出来なくなってしまうのだ。

大抵の小説や漫画は、本の隅っこに『この作品はフィクションです』と書いてある。私はこれを『戸籍法を無視してるけどフィクションだから許してね』という意味だと理解しているのだけれど、理解しているつもりでも、やっぱり常用・人名用漢字にない名前が出てくると、ストーリーに乗れなくなってしまうのだった。

己の切ない習性にため息をついてから、気分を変えるため、貴那崎家の素敵な名前を翡翠さんから順番に頭の中に並べてみる。そうしてみて、私は大変な事実を発見した。

翡翠、綸子、菫、玲央名――みどり、りんず、すみれ、れおな――

「はっ……!?　しりとりになっている……!?」

「ふざけてるだろう」

玲央名さんが面白くもなさそうに言った。

「ふざけてるなんてとんでもない！　素晴らしい遊び心です！　何なんですか、貴那崎家は代々揃って私を萌《も》え殺すつもりですか、一生付いていってもいいですかっ」

「付いてこられても……」

迷惑そうな顔をする玲央名さんだけれど、私のワクワクは止まらない。

玲央名さんの子供は『な』から始まるどんな名前になるんだろう。代々受け継がれたセンスによって、きっと素敵な名前が付けられるに違いない。これは貴那崎家の子々孫々に到るまで、見守らずにはいられない……！

「いやあ、小さい頃から、やれ神童だ将来が楽しみだと言われてきたけど、そういう方向で将来が楽しみだと言われたのは初めてだなあ、玲央名。さすがモモちゃんは目の付け所が違うねえ」

そんな話をしているうちに延長戦までもつれ込んでいた第三試合が終わったので、きりの良いところで私は貴那崎家から失礼したのだった。

◇――＊◆＊――◇

我が家に事件が舞い込んだのは、その夜のことである。

夕ごはんを終え、居間でちょっとテレビを見て、そろそろお風呂に入ろうかなーと腰を上げたところへ、台所で糠床《ぬかどこ》の様子を見ていた佳映子さんが来てささやいた。

「モモ。裏庭から妙な物音が聞こえるんだよ。なんだか人の気配も感じるような――ちょっと見てきておくれよ」

「物音？　まさか泥棒？」

「こう明々と電気が点《つ》いてる家に、泥棒は入らないだろ。そんなんじゃなくてさ、幽霊かもしれない……シーズンだしさ」

「幽霊!?　シーズンってなに、そんなのいないでしょ！　私、そういうの信じないし。大体、死んだ人は人の気配なんて発しないいんじゃないの？」

「だから、あんたに見てきてくれって言ってるんだろ。あたしはそういうの信じる方だからさ、怖いじゃないか。ほら、行った行った」

佳映子さんに背中を押され、私は勝手口から外へ押し出された。

「ちょっ……佳映子さん今までずっと、お化けや幽霊なんていない、そんなの信じないって言ってたでしょ!?」

「女心と秋の空は変わりやすいんだよ。今のあたしは幽霊を信じてるんだ。でもあんたは幽霊なんて信じないんだろ、その強気で様子を見てきな！」

信じられないのと、怖くないのとは別問題である！　白状しよう。怖いから、私はそういうのを信じたくないだけなのだ。

――ああ、こういう時に圭太がいれば役に立つのに！　どうでもいい時に転がり込んできて、必要な時にいないんだから――！

気を紛《まぎ》らわすために圭太に八つ当たりしながら、私は懐中電灯を持って恐る恐る裏庭を進んだ。月は出ているけれど、雲が多いので月明かりは頼りにならない。

息を殺し、古い物置がふたつ並んでいる場所まで来た時、確かにその裏の方から人の気配のようなものを感じて、私は全身を総毛立たせた。

「だ……だ、だだだ誰かいいぃるの？」

情けないほど震えた声を投げかけてみる。

沈黙。私が息を詰めているのと同様に、物置の裏に息を潜《ひそ》めた誰かがいるのを感じる。

ずっとこうしていても仕方がないと肚《はら》を括《くく》った私は、思い切って物置の横に回り、懐中電灯を物置の裏側に向けた。そこで眩《まぶ》しさに顔を背《そむ》けたのは――

「え……永美《えいみ》さん!?」

櫻川《さくらがわ》永美さんは、水野華《みのか》学院高等科二年生。私の一年先輩であり、あ、あのお騒がせ作家・朝見《あさみ》さんの妹でもある。

ちなみに朝見さんの名前の由来《ゆらい》は、朝方に生まれたからということらしい。妹の永美さんは、姉妹お揃いで『み』の付く名前にしようと考えて、『永く美しい』という字になったとのこと。ふたりとも真っ当な理由のある名前で、実に羨《うらや》ましい。私も『百美《ももみ》』とか『み』の付く名前だったらどんなによかっただろう。

そう、私は『み』の付く名前に憧《あこが》れている。森百美。モリモモミ。ま行がちょっと多いけど、語感は結構可愛いんじゃないかと思う。少なくとも鶏《とり》モモ感は薄れると思う（え、今度は鶏ササミっぽい？　なかなか鶏肉から離れられない……！）。

いや——そんなことはともかく。今の問題は永美さんだ。

永美さんという人は、文系の姉・朝見さんと違って、バリバリ体育会系の人である。小学生の時から短距離走で全国レベルの記録を次々に生み出し、ジュニアオリンピック、高校総体、国体、様々な大会で活躍している地元の有名人だ。顔立ちも、くりっとした大きな目が可愛い人で、さらさらのショートカットに日焼けした小麦色の肌、健康的な魅力でローカルテレビ番組に出る度《たび》にファンを増やしているらしい。

でも永美さんは今年の初め、練習中に怪我《けが》をしてしまった。それ以来、治療とリハビリの日々で、試合には出ていないようだった。今も本当なら総体に行っているはずなのに、居残っているということは——まだ怪我が快《よ》くなっていないのだろうか。

家に帰りたくない、両親の顔を見たくない、と言う永美さんをひとまず空《あ》き部屋に通して、佳映子さんは事情を探るべく櫻川家へ向かった（幽霊相手でなければ腰が軽い！）。私も朝見さんにメールをしてみた。返事はすぐに来たけれど、素《そ》っ気《け》ないものだった。

『あ、エイミ今そっちにいるの？　まあよろしく頼むね』

朝見さんと永美さんは十歳齢《とし》の離れた姉妹で、その年齢差のせいか、仲良く遊んでいる印象もなければ、喧嘩《けんか》をしている印象もない。でもこの間、朝見さんが行方《ゆくえ》不明になった時は、永美さんはちゃんと姉の心配をしていたのに（他人様《ひとさま》に迷惑かけていないか、という方向の心配だったけど！）。

ぶっ飛んでいる朝見さんと違って、永美さんは優等生という印象だ。小さい頃から陸上の試合であちこち飛び回っていたけれど、自分で出来ることはなんでもテキパキやって、親に心配をかけることもない――とご町内でも評判の『よく出来た子』。才能と人格に恵まれた、幸福な人だという風に私の目には映っていたのだけれど――。

そんな永美さんが家出なんて、何があったんだろう？

やがて《ベーカリー・ぶろっさむ》のパンをお土産《みやげ》にもらって帰ってきた佳映子さんから、事情を聞くことが出来た。

なんと、永美さんはとっくに怪我が治っているのに、ずっと仮病で部活を休んでいたらしい。そのことが今日、両親にばれて喧嘩になり、家を飛び出したということだった。櫻川家の方では、永美さんが暗くなっても帰ってこないので交番に届け、明日になっても見つからなければ佳映子さんのところにも相談に来るつもりだったようだ。

例によって親バカの櫻川夫妻は、長女の朝見さんがいつか直木賞《なおきしょう》を獲《と》るのを疑っていないのと同様に、次女の永美さんがオリンピックで金メダルを獲ることも疑っていない。そんな親の期待が鬱陶《うっとう》しくなる気持ちもわからないではないけれど、陸上部の方にまで嘘をついていたのはどういうことだろう。今回の総体も、まだ調子が悪いと言って、帯同《たいどう》すら断ったのだという。

「まあ、ちょうど夏休みでもあるし、しばらく我が家で永美ちゃんを預かることになったよ。くれぐれもよろしく、って当座の食費も渡されたしね。――だからモモ、あんたはとにかく永美ちゃんに人懐《ひとなつ》こく話しかけて、事情を聞き出しな」

そう来るとは思ったけれど、案の定の指令が下った。

私はもうお節介役は卒業したいのに。でも永美さんが心配なのも確かだった。水野華が誇るスポーツエリートに何が起きたのかは気になるし、早く競技に復帰して欲しいとも思う。何せ超鈍足人間の私からすれば、永美さんはとても羨ましい人なのだ。

それでも、とりあえず数日は様子を見ようと、何も訊かずにそっとしておくことにした。

私の観察では、永美さんはどこかへ出かけるでもなく、見るともなしにテレビを見ていたり、書庫の本を気もそぞろにぺらぺらめくりながら、退屈そうにしていた。たぶん今まで、土日や長い休みはいつも練習か試合だったんだろう。休むことに慣れていない感じで、少なくとも、サボり癖《ぐせ》がついて遊びたくなった――という風には見えなかった。

とうとう暇《ひま》を持て余した永美さんは、私のチェロの練習を見学するようになった。

「お姉ちゃんもこないだ小説の資料とか言ってチェロを買ったんだけど、すぐに飽きちゃって……でもいつか役に立つかもしれないからって、処分はしないの。うち、そんなお姉ちゃんが集めたガラクタだらけだよ」

そんなことを言う永美さんに、「ちょっと弾いてみません？」と言ってチェロを構えさせてみた。

「弓をこう当てて、この弦を――」

二弦の開放弦の音が綺麗に鳴った時、永美さんが「わっ」と声を上げ、びっくりした顔を見せた。その反応を見て、私も嬉しくなった。そう、自分の鳴らした音が骨に直接響いてくるこの感じは、実際に体験してみないとわからない感動があるのだ。

「へえ……チェロってすごいね。でも、いつもこれを一式持ってレッスンに通うの？　雨の日とか大変じゃない？」

「よくぞ言ってくれました！　そうなんです、大変なんです」

私は手を額《ひたい》に当て、トホホと泣き真似をした。

運動音痴《おんち》な私は、運動会も水泳大会もマラソン大会も全部雨で中止になればいいのに、と祈るような人間だったけれど、チェロを習い始めてから一転、雨を憎むようになった。

もちろんケースがちゃんとしているから、ちょっと雨に濡れたくらいで中まで水浸《みずびた》しになることはないけれど、ほぼ自分と同じサイズのものを肩に担《かつ》ぎながら傘を差して歩く難儀さを想像してみて欲しい。ついでに、その大きいブツを抱《かか》えて雨の日の混み合ったバスに乗る肩身の狭さも。

出来ればレッスン日は全部晴れであって欲しい。そう祈りながら、週間天気予報をチェックするのが習慣になった。恐怖の梅雨時《つゆどき》は乗り切ったけど、まだ台風シーズンとの戦いが残っている。どうかお手やわらかに——と、お空にいる雷様に手を合わせる日々なのである。

そんな話をしつつ、しばらく一緒にチェロを弾いて楽しんだあと、夕食の支度をする時間になった。今日は永美さんの食事当番の日なのだけれど、買い物は私が午前中に済ませていた。鶏モモ特売を大声で宣伝する肉屋さんをスルーした結果、今夜のメインは魚だ。

「サケの切り身が安かったんで買ってきたんですけど」

「……」

冷蔵庫の中を覗《のぞ》いてサケを確認した永美さんは、しばし不思議な沈黙を置いたあと、冷蔵庫を閉めて頷《うなず》いた。

「じゃあ、ホイル焼きにでもしようか。チーズもあったね、あれも乗せよう」

永美さんは普段も、店が忙しい両親やぐうたらな姉の代わりによく料理を作っていたという。サケと一緒にホイルに包む具やサラダに使う野菜を手際《てぎわ》よく切り始める永美さんの横で、私ももやしのヒゲを取る手伝いをしながら、世間話からの流れでなんとか陸上関係に話を繋《つな》げた。

「――でも、足が速いってすごいですよね。羨ましいです。私なんて、タイム測定の時にふざけてるのかって先生に怒られるくらい遅くて」

「モモちゃん、一〇〇m何秒なの？」

耳元にこっそり最新のタイムをささやくと、永美さんは真顔で私を見た。

「踊りながら走ってるの？」

「全力で前だけを見て走ってますっ」

自分ではこれ以上出ないくらいの力を振り絞って走っているのに、いつも一番ビリなのだ。私の足は一体、どういう性能になっているのか。

「永美さんは、一〇〇mだけじゃなくて、二〇〇mも速いんですよね？　なんか去年、四〇〇mでも優勝したとかって聞きましたけど。短距離だけじゃなくて中距離も速いなんてすごいですね」

「四〇〇は短距離だよ」

「えっ？　四〇〇mって中距離走の仲間なんだと思ってました」

「うん、よく誤解されるんだけどね。一応、四〇〇まで短距離種目《スプリント》なんだよ。スターティング・ブロックも使うしね」

「スターティング……ああ、あのスタートの時に膝《ひざ》を着いた足を支えるやつ」

自分には縁のないスポーツ器具をぼんやりと脳裏に思い浮かべる私に、サケのパックを開けながら永美さんが言った。

「――モモちゃん、人の筋肉には三色あるって知ってる？　遅筋《ちきん》と呼ばれる赤い筋肉と、速筋《そっきん》と呼ばれる白い筋肉。その中間に当たるピンク色の筋肉」

「チキン……って鶏肉じゃなくて。えっと、赤身の魚と白身の魚……みたいな？」

「そう。海で絶えず泳いでいるマグロやカツオは赤身で、川魚や普段は静かにしてて何かあればパッと逃げるヒラメやカレイは白身でしょ。海でも川でも泳ぐサケなんかはピンクね。要するに、赤身の遅筋が多い人は持久走向きで、白身の速筋が多い人は短距離の一〇〇や二〇〇向き。持久力と瞬発力をそこそこ兼ね備えてるピンクは四〇〇とか八〇〇……サッカーやテニスなんかの球技にも向いてるらしいわ」

「へえ～」

「白い筋肉を赤い筋肉に変えるのはトレーニングで可能だけど、赤い筋肉を白くするのは難しいらしいわ。つまり、マラソン選手には努力次第でなれるけど、短距離選手《スプリンター》になるには、生まれつき白い筋肉をたくさん持っているに越したことはないということ」

「へえ～、へえ～」

　全国から出てくるスポーツ選手にはいろんな名前の人がいるので、名前を楽しむという意味でスポーツ中継は見逃せないポイントのひとつだ。でも小さい頃から運動音痴として生きている私は、ルールや医学的な知識には今ひとつ疎《うと》いのだった（とにかく選手の名前をチェックするのが最優先だから！）。

感心しながら聞いている私に、永美さんが少し脱力したような笑みを見せた。

「……モモちゃんて、得な子だね」

「へ？」

「なんかこう、適度にバカで、教えて教えてーって懐《ふところ》に入り込んでくる感じで、でも一応気を遣《つか》うということも知ってるみたいで、話しやすい」

それは、褒められているのでしょうか貶《けな》されているのでしょうか。

「うちの親と佳映子さんに、仮病の理由を聞き出せって言われてるんでしょ」

「――あ、あの、でも私、人に言いふらしたりはしないんで！」

もやしを持つ手をぶんぶん振ると、永美さんは頷いた。

「知ってる。佳映子さんの閻魔帳《えんまちょう》に書かれるだけだよね。――いいよ、私も、誰かにぶっちゃけたいという気持ちはあるんだ。それに、そんなに大層な話でもないしね」

小さくため息をついてから、永美さんは改めて口を開いた。

「この間は、お姉ちゃんが面倒かけてごめんね。うちはさ、お姉ちゃんがあんなだから、私がしっかりしなきゃ――って思うんだよね。ほんと、人の迷惑顧《かえり》みず、好き放題に生きてるでしょ、あの人。本人は楽しいんだろうけど、周りはたまったもんじゃないよね」

そんなことないですよ、とここで咄嗟《とつさ》に返せない程度には、私は正直者で、朝見さんの被害者でもあった。そんな私の反応を、永美さんは気にした風もなく続ける。

「だから私は、人に迷惑かけない人間になりたかったし、お姉ちゃんとは違う道で頑張りたかった。たまたま私は小さい頃から足が速くて、運動会ではいつも一番だった。特別な練習をしているわけでもないのに、どんどんジュニアの記録を塗り替えて、全中やジュニアオリンピックでも一〇〇と二〇〇の二種目で優勝した。そのせいで県外の陸上強豪校からもいろいろ誘われたけど、私が家を出たら両親とお姉ちゃんの間に入る人がいなくなって大変なことになりそうだし、いろいろ考えて地元の水野華に進んだの」

「永美さんが水野華を選んだのって、朝見さんが理由だったんですか！」

当時は、大事な陸上界のアイドルを県外に奪われるか、と地元の陸上関係者がピリピリしていたという噂《うわさ》を聞いたことがある。まさか引き留《と》めに成功した理由が、あの面倒臭い朝見さんにあったとは。

「それが全部じゃないけどね。私自身、親元を離れるのが怖かったというのもあったと思う。それに――中学の終わり頃から、ちょっとタイムが振るわなくなってきて、このまま競技を続けていけるのかって不安も芽生え始めてて」

朝見さんはホイルの上に置いたサケの切り身に目を落とした。

「さっきの筋肉の話だけど――私も子供の頃は、白い筋肉が優勢だったのね。だから一〇〇や二〇〇でどんどん勝てた。それが、次第に赤寄りへ変わっていっちゃったのかな……高校へ上がってから、一〇〇のタイムが伸び悩んだ。去年の高校総体《インハイ》では、一〇〇は県予選を通過出来なくて、二〇〇と四〇〇と四×四〇〇《マイルリレー》のエントリーだった。結果としては、個人四〇〇とリレーで勝てたけど……」

　朝見さんはくちびるを噛んだ。

「私の筋肉は、ピンクになっちゃったのかな。ピンク筋《きん》が有利になる種目や競技もあるし、それが必要で、望んでピンク筋を鍛える人もいるだろうけど、でも私は、白い筋肉が欲しかった。一〇〇で活躍したかった。試合のあと、マスコミはやっぱり一〇〇の優勝選手の方へ集まる。今まではあの中心に自分がいたのに、ってどうしても思っちゃって」

「永美さん……」

「でも、現実的に見て、結果が出ているのは四〇〇の方。だったら四〇〇に絞った方がいいのかな――でも四〇〇ってすごく苦しいの。死にそうなくらい辛《つら》い種目なの。もともと日本人には向いてないとも言われてるし、世界で見ても、女子ではここ三十年くらい世界記録が更新されてない。そんな種目に飛び込んで、将来があるのか――って思うと、どうせ難しいなら好きな一〇〇の方を頑張りたいって……」

　顧問の先生の目を盗んでまで、ひたすら練習に打ち込んだ。赤くなろうとする筋肉をなんとか白く戻せないかと足掻《あが》いた。その結果、練習のし過ぎ《オーバーユース》を引き起こし、年明けにとうとう、右足の中足骨《ちゅうそくこつ》が疲労骨折したのだと永美さんは語った。

「中足骨？」

「足首と足の指の間にある骨。走る時は爪先《つまさき》で地面を蹴るから、一番負担がかかりやすいところ。陸上選手はやりやすい怪我だって病院でも言われたわ」

そう言いながら永美さんは、スリッパを履《は》いた右足をぶらぶら振って見せた。

「ちゃんとスポーツ医学に詳しい先生に診《み》てもらって、言うとおりに治療とリハビリをして、怪我は順調に治ったの。――でも、しばらく練習を休んでるうちに、不安ばっかり膨らんじゃって……」

永美さんは泣き顔に近い顔で笑った。

「ほら、モモちゃんも知ってるでしょ？　うちの親のバカっぷり。私がオリンピックに出たら、金メダルパンを焼くなんていつも言ってるの。それに――いくつかの大学の陸上部からも、どこまで本気かわからないけど、うちへ来ないかって声をかけられたりもしてる。でも、正直な話、このまま競技を続けても、オリンピックでメダルを獲るなんて無理だと思わない？　見切りをつけるなら早い方がいいでしょう。そうでなくても、うちにはああいうお姉ちゃんがいる。私まで潰《つぶ》しの利かない人生を歩むより、陸上なんてすっぱりやめて、家のパン屋を継ぐ方向に進路変更した方がいいんじゃないかって思えてきて――部活に出ようとすると、気分が悪くなったり、足が動かなくなったりするの。本当よ、本当にピタッと動かなくなるの。歩き方を忘れちゃったみたいに」

　真剣に念を押して説明する朝見さんに、私も「わかります、そういうことってありますね」と真剣に頷いた。玲央名さんとまるで同じだったからだ。そう、チェロの弾き方を忘れちゃったみたいに指がピタッと止まる玲央名さんと。

　私の神妙さに少し不思議そうな顔をしながらも、朝見さんは肩を竦めた。

「――ね、本当に、そんな大層な話じゃないの。ただ、所詮《しよせん》は凡人だった人間が、身体の変化とプレッシャーに負けたというだけの話なの。挙句、他人様《ひとさま》に迷惑かけないように生きてきたつもりが、こうやってモモちゃん家《ち》に迷惑かけて。……ごめんね」

　サケと野菜をホイルに包みながら絞り出すような声で謝る永美さんに、私はどう答えていいのかわからなかった。私が鶏モモに複雑な感情を抱いているのと同様に、永美さんはピンクの身を持つサケに複雑な感情を抱いていたのだ。そうと知っていれば、サケなんて買ってこなかったのに！

　切ない気持ちで夕食を済ませたあと、私は永美さんの事情を佳映子さんに話した。

「そういうことだったら、部活の復帰を無理強《じ》いしてもしょうがない。本人の気持ちに整理がつくまで、そうっとしておくしかないねえ。永美ちゃんの人生なんだから」

　佳映子さんの言葉に、私も同意するしかなかった。だって私は何の答えも持っていないのだから。

このまま陸上を続けて、永美さんがオリンピックに出られるかなんてわからない。でも、大きな夢がなかったら前に進む力は生まれないとも思う。そうはいっても、あまり無責任に、頑張れなんて言えない。

そりゃあ凡人の私が率直な意見を言うなら、人から期待されるような才能を持っているなんて羨ましいことで、それを捨てようとするのはもったいないないと思う。

大体、短距離も長距離もあらゆる種目において足が遅い私の筋肉は一体何色なんだ、という話で（消費期限が切れた鶏モモみたいな危険な色をしているのかもしれない！）、望んだ色じゃなくてもせっかく性能のいい筋肉を持っているなら、短気を起こす前に、やれるだけ頑張ってみればいいと思う。

でも――。『もったいない』はいい日本語だと言われるけれど、永美さんのような立場の人には、無責任で重い言葉なのかもしれない。言われたくない言葉なのかもしれない。そんな風にも思うから、「せっかくの才能がもったいないですし、もう少し頑張りましょうよ」なんて気軽に言ったりは出来ない。

悶々《もんもん》と考えながらお風呂を出て、なんとなく圭太にメールをした。もう総体からも帰ってきてるはずだ（そこそこ勝ったらしい）。

『圭太は、将来のこととか考えてる？』

『庄内った、将来ってなあaんだよ？　オレとの将来とあ考えてるねかよ!?』

間髪《かんはつ》を容《い》れずに、誤字りまくりの返事が来た。あいつ、寝ぼけてるのかな。

『なに言ってんの？　自分の将来のことだよ』

『空手でオリンピックに出る！』

『あっそう、あんたは幸せだね。おやすみ。いい夢見てね』

◇――＊◆＊――◇

丘の上へレッスンに行っても、玲央名さんの前で、世間話にでも永美さんのことを話す気にはならなかった。

玲央名さんと永美さんは同じ苦しみに取り憑《つ》かれているんだと思う。自分にはもっとやりたいこと、出来ることがあるはずなのに、それがうまくいかなくて迷路に迷い込んで、こんなところで何をしているんだろう――そう思いながらも心の中に広がる深い沼に身体が沈んで動けなくて、もがいているのだ。

だから、迂闊に永美さんのことを話して、その悩みに共鳴して玲央名さんの指がもっと動かなくなってしまったら大変だ。我が家のお客さんのことは黙っておこう。そう思っていたのに――。

いつものように商店街へ買い物に出た帰りのことだった。

日用品の特売に釣られ、両手に買い物袋を提《さ》げて手芸店の前を通り掛かった時、なっちやんとばったり出くわした。

瀬下夏南《せしたなつな》――なっちゃんは私の幼なじみで同級生である（もちろん夏生まれ）。背が小さくて、色が白くて、普段からレースやフリルひらひらの服を着ていて、お人形さんのように可愛い。ぐふぐふ笑いながら漫画やアニメを見る癖があるのが難だけど（せっかく美少女なのに！）、手芸が趣味で、自分で服とか作ってしまうのはすごいと思う。今日も手芸店で買ったらしい大荷物を抱えていた。

「もうすぐ合戦《かっせん》だからさ、友達にいろいろ頼まれちゃってねー」

そういえば、去年も夏休みのお盆時期、なっちゃんは「合戦じゃー！」と叫びながら大きなトランクを転がして東京へ出かけて行った。私にはよくわからないけれど、その時期、東京のどこかで戦《いくさ》が行われるらしい。

と、なっちゃんと立ち話をしているところへ、

「おや、可愛い女の子をふたり発見。何の話をしているのかな」

横から軟派な声をかけられた。すごく知っている声だったのでびっくりして顔を上げると、やっぱりそこにいたのは玲央名さんだった。

「え……違う、でも――外に出てるってことは、ヴォルフ……!?」

目を白黒させている私になっちゃんが訊いてくる。

「えー、ちょっとモモ、この人誰!?　知り合い!?」

「あ、えっと、チェロを教わってる先生……というか」

「この人が!?　マジでモモ、こんなイケメンにチェロ習ってんの!?　えー、私も習いたい！　何曜日なら空《あ》いてますか〜!?」

手芸店の袋を抱きしめて悶《もだ》えながら騒ぐなっちゃんに、ヴォルフはイケメン俳優顔負けのスマイルを向ける。

「ごめんね。生徒はひとりしか取らないんだ。今の僕は、モモちゃん専属の先生だから」

バチン、と音がしそうなウインクがこちらへ飛んできた。

「モモー！　どんだけ課金したらこんな美味《おい》しいイベントが起こるわけ!?　あんたもう一生分の運を使い果たしたわね、これからの人生は出がらしよ！　大体、圭太くんのことはどうすんのよー！　立てたフラグはちゃんと回収しなさいよねー！」

よくわからないことをギャンギャン叫ぶなっちゃんと別れ、私はなぜかヴォルフと並んで商店街を歩く羽目になっていた（田舎《いなか》の寂《さび》れた商店街に、栗色髪にブルーグレイ・アイの美青年。シュールだ――）。

「あの――私の先生は玲央名さんで、あなたじゃない気がするんですけど」

「どっちでも同じだよ。同じ手でチェロを弾くんだからね。しかも今は僕の手の方がよく動くよ。そうだ、今日は出張サービスでレッスンしてあげよう」

「えっ――うちに来るんですか!?　でも、今ちょっとうち、お客さんが来てて――」

「ふうん？　また何か訳あり系の？」

ヴォルフは悪戯《いたずら》げに眉《まゆ》を動かし、私の両手から買い物袋を奪い取った。

「荷物持ってあげるから、そのお礼として僕にお客さんの事情を説明しなさい」

「はっ？　なんですか、その理屈!?　自分で持ちますから返してください」

私が買い物袋を取り返そうとするのを、ヴォルフは身軽に身を躱《かわ》して逃げる。

「あのですね！　大体、そんなことより、まずあなたが私に話してくれてもいいことがたくさんあると思います！　四ノ宮家のご神石事件の時とか、朝見さんを見つけた時とか、どうやってわかったんですか？　詳しいことをちゃんと教えてください。『見えた』って何なんですか？　本当に目に見えたんですか、千里眼みたいに？　そんなことあり得ないですよね、推理したんですよね？　超能力とかじゃないですよね？　翡翠さんにはいつも『モモちゃんは若い割に頭が固いねえ』なんて言われますけど、普通に考えたら、行ったこともない場所に捜し物があるのが見えるなんて、信じられないですよね？」

「よく喋《しゃべ》る口だなあ。そのくちびる、塞《ふさ》ぎたくなるね。でも今、両手が塞がってるから、どうしよう？　手を使わずに塞いでもいい？」

「は」

言葉の意味を摑《つか》みかねてきょとんとする私に、身を屈《かが》めたヴォルフの顔が近づいてきた。

綺麗なブルーグレイの瞳が目の前にある。

「っ⁉」

顔と身体を固まらせる私を見て、ヴォルフは身体を折り曲げて大笑いする。

からかわれている。完全にからかわれている。

もう……商店街の真ん中で何を考えているんだこの狼は。イタリア製のチェロに棲《す》んでいる狼は、ちょい悪イタリア男なんだろうか！（名前はドイツ名前だけど！）

私はため息をついて、「わかりました」と答えた。

どちらにせよ、このまま家まで付いてこられるなら、永美さんのことを話さないでおいた方が面倒なことになりそうだ。玲央名さんの自己申告によれば、ヴォルフになっている間の記憶はないというし、だったら神経の太そうなヴォルフに話すならいいか――。

そう自分を納得させ、永美さんの事情を話した。しつこく話を聞きたがった割に、ヴォルフは私の話を聞き終えたあと、「ふうん」とつまらなさげにつぶやくだけだった。

ヴォルフの中で眠っている（？）玲央名さんの反応らしきものはなく、一安心したのも束《つか》の間《ま》。

我が家に着くなり、ヴォルフはいつものようにずかずかと人の家に上がり込んだ。ちょうど永美さんは、私が貸したチェロを居間で弾いていた（勘《かん》のいい人で、すぐ音階も弾けるようになってしまった！）。

「え、なに？　――この人、誰？」

戸惑《とまど》う永美さんに、私がチェロを習っている先生だと説明すると、ヴォルフは永美さんからチェロを取り上げ、「今日は特別レッスンをしてあげよう」と言った。

椅子に座ってチェロを構えたヴォルフは、低い方の二本の弦を少しいじって調弦をし直した。玲央名さんのところから借りたチューナーを使って、ちゃんと音は合わせたつもりだったけど……狂ってたのかな、と私は苦笑した。

一呼吸置いてからヴォルフが弾き始めたのは、初めて聴く曲だった。翡翠さんがいないので、これがなんという曲なのかを教えてくれる人はいない。私好みのメロディは出てこない曲で、でもとにかく超絶技巧の難曲なのだろうということはわかった。ヴォルフの右手も左手も、私には到底理解の及ばない動きを見せている。

その曲は、三十分近くあっただろうか。目の前で繰り広げられる超絶技巧演奏に目が離せなかったけれど、感心や感動をするよりも先に、――ひどい、と思った。素人《しろうと》にわかりやすい曲を弾いて楽しませようなどという配慮は欠片《かけら》もない、容赦《ようしゃ》のない演奏だった。

最後の音を低く鳴らしたあと、ヴォルフは弓を下ろして永美さんを見た。

「コダーイの無伴奏チェロソナタ。こんなのとか、弾けるようになりたいんだ？　これから始めて、弾けると思う？」

訊ねられた永美さんは、強張《こわば》った表情でしばらく黙り込み、かと思うと不意に身を翻《ひるがえ》して部屋を飛び出していってしまった。

「永美さん！」

私は慌てて追いかけたけれど、家の外へ出られてしまうと、一〇〇ｍの中学生記録を持っている人の足に追いつけるわけもなく、簡単に姿を見失ってしまった。

――ほんと、永美さん、怪我は完全に治ってるよ！

しばらく捜し回っても見つからず、とぼとぼ家に引き返す途中、公園のブランコに座っている永美さんを見つけた。

「あー！　こんなところに！」

隣のブランコに座って、「急にどうしたんですか……？」と機嫌を取るように訊ねると、永美さんはやっぱりしばらく黙り込んでいたけれど、やがてボロボロ泣き出した。

「悔《くや》しい～……！」

「く、悔しい？　何がですか」

「自分に悔しいの！」

永美さんは自分の膝《ひざ》に拳《こぶし》を叩《たた》きつける。

「どうせオリンピックになんて出られるわけないし、潰しも利かないし、陸上なんて続けてても意味ないって思うのに……。今、こうしていることの方が全然無意味なんじゃないかって思えてきてる自分が悔しいの！　こんなところでチェロなんか弾いて、私、何やってるのかって……！　こんな、椅子に座ってちまちま腕を動かしてたって、何も面白くない。足を動かして走る方がずっと楽しいのに、って」

「そりゃあ……何をどうしたって速く走れない私と違って、永美さんは足を交互に動かせば速く走れるんですから、絶対楽しいと思います。はい」

真顔で頷く私に、永美さんは拗《す》ねたように頭《かぶり》を振った。

「――こんなはずじゃなかった。もし、競技に戻るつもりになるとしたら、その時は何かドラマみたいな大事件があって、世界が変わったみたいな気持ちになって、新しい自分になった気分でトラックに戻るんだと思ってたのに……！　こんな、何の意味もない日々を過ごすことに飽きて、寂しくなって、走りたくなるなんて……」

「それはつまり、永美さんのドラマはもっと先に待ってるってことですよ！　こんなところでドラマポイントを無駄に使わないで、もっとがっつり貯め込んで、オリンピックで大盤振る舞いしろってことですよ！」

「……人生のドラマって、ポイント消費で起こるイベントなの……？」

永美さんは呆《あき》れたような顔で私を見たあと、その顔をくしゃくしゃにして笑った。

「やっぱモモちゃんのキャラ、得だわ。なんか妙に励まされる。ドラマポイント貯め込みたくなったわ」

やっと笑ってくれた永美さんを連れて家に帰ると、ヴォルフはもういなくなっていた。

その日の食事当番だけはきちんと務めて、翌日、永美さんは家に帰っていった（当番日の朝を狙《ねら》って帰る朝見さんとはえらい違いだ！）。

◇――＊◆＊――◇

永美さんを見送ってから丘の上へ行くと、珍しく玲央名さんが庭に出ていた。周りには近所の子供たちが集まり、チェロを弾いてあげているようだった。

びっくりしたけれど、「ヴォルフだよ」と翡翠さんに言われて、納得した。

ヴォルフは傍若無人《ぼうじゃくぶじん》なちょい悪イタリア男だけど、物的な失《う》せ物だけではなく、迷子になった人の心も見つけ出させてくれる。相手に合わせて、相手に必要なものを弾くということを知っている人なのだ。

昨日、永美さんには容赦なく難しい曲を弾いてみせたのに、今日、子供たちには童謡やアニメソングを弾いてあげている。曲に興味を持っている子、楽器に興味を持っている子、弓に嵌《は》め込まれた宝石に興味を持っている子――それぞれにそれぞれの説明をしながら。

でも、玲央名さんだって私の前で私が喜ぶわかりやすい曲を弾いてくれたりする。これなら私にも弾けそうだな、頑張れそうだなって思わせてくれる。

性格が全然違うように見える玲央名さんとヴォルフだけど、実は似たような優しさを持っている。同じ身体を動かして同じ声で喋るんだから、やっぱりふたりはどこかで繋がっているんだよね――？

第四話　小さな金色の古時計

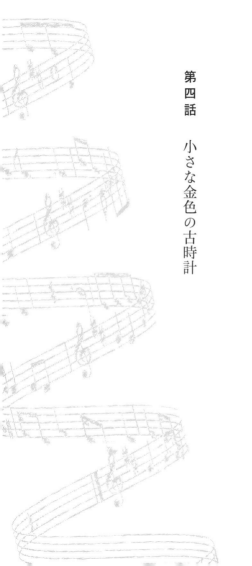

た八月十八日（火）。

　諸事情で家の中がバタバタしていた時期が過ぎ、ほっと一段落した気分で丘の上を訪ね

　夏の初めは調子が悪かった玲央名《れおな》さんだけれど、このところ少しずつ復調しているのを感じる。永美《えいみ》さんに「君はこんなところでこんなことしてる場合じゃないよ」とチェロを弾《ひ》いて諭《さと》したヴォルフ。それは玲央名さんに対するメッセージでもあったのかもしれない。これだけ超絶技巧が弾けるのに、おまえこそこんなところで何やってるんだ——と。

　あのあとから、玲央名さんの指が止まる頻度《ひんど》が減った気がする。玲央名さんに「永美さんってわかりますか？」と訊《き》いても、知らないと言われてしまうばかりだけど。絶対にあの一件は、玲央名さんにいくらかの影響を与えたのだと私は信じている。

　今日もシ♭《フラット》に悪戦苦闘し、愛し合う二の指と三の指との仲を引き裂く無情なレッスンを終えた後《のち》（音がきちんと鳴らないことより、指の形が崩れることの方に玲央名さんはうるさいのだ！）、私は居間で玲央名さんと一緒におやつの心太《ところてん》をいただいていた。今日の玲央名さんも洋館の洋風の居間で以下同文のシュールさだった。

　なんとなく点《つ》けられているテレビでは、芸能人の夏休み特集が流れていた。そういえば、と翡翠《みどり》さんが私を見た。

「この夏休み、モモちゃんはどこかへ遊びに行ったりした？」

　私は心太をつるっと吸い込んでから頭《かぶり》を振った。

「友達と近場へちょっと出かけたりはしましたけど、家族旅行っぽいものとは縁がないんです、うち。佳映子《かえこ》さんも母も姉も、自分が行きたいところに気の合う人と一緒に行っちゃう人たちだし、父は仕事が休みの日は家でまったり読書という人だし……。それに、父は実家と絶縁状態になってまして、そっちの田舎《いなか》に行くということもないですし」

「絶縁？」

穏やかじゃないね、と翡翠さんが軽く目を瞠《みは》った。

「ひとり娘で婿取《むこと》り限定だった母との結婚に、いい顔をされなかったらしくて……だから、うちの父、親の反対を振り切って森《もり》家に婿に入ったんです。それで絶縁状態になって、私、父方の実家に行ったことないし、向こうの祖父母や親戚の顔も知らないんです」

勅使河原日佐比古《てしがわらひさひこ》。父が結婚する前の名である。

魅惑《みわく》の四文字名字を捨て、森家へ婿養子に入った父。どうして婿取り娘の母なんかを選んだのか。条件的にも人格的にも、もっといい相手はいくらでもいただろうに！

「でもね、モモさん。僕は八文字の名前から解放されて、とても嬉《うれ》しいのですよ」

子供に対しても丁寧《ていねい》に喋《しゃべ》る父は、おっとりとそんなことを言う。父はずっと長い名前を厭《きら》っていたらしく、婿養子に入って名字だけでも短くなったのを喜んでいる。名前なんて短くてシンプルなのが一番だと言う。まあ確かに、テストの度《たび》に答案用紙に八文字名前を書くのは面倒かもしれない。でも、私はそんな苦労なら買ってでもしたい！

それに、もしも母が勅使河原家へ嫁に行っていたとしたら、娘に『百《もも》』なんて名前を付けようとした時、せめて下に『子』を付けたらどうかと助言してくれる親切な周囲の人がいたかもしれないではないか。『百子《ももこ》』だったら名前に見える。普通に『モモコ』とも読んでもらえるだろう。ああ、そんな名前をもらえていたらどんなによかったか――。

そう、私は『み』の付く名前に憧《あこが》れているけれど、『子』の付く名前にも憧れている。でも奏子《かなこ》さんは、『秦子《しんこ》』とか『素子《もとこ》』と読み間違えられるのが悩みらしい。そう考えると、『子』が付いて、且《か》つ読み間違いのない字面《じづら》が望ましい。

ちなみに、小野妹子《おののいもこ》はせっかく『いもうと』と四文字で読む字を二文字に縮めているから、とっても残念だと思っている。当時は『いも』と読むのが一般的だったとしても、やっぱりよみがなの字数は多い方がときめきも多いと思うのだけれど如何《いかが》なものだろうか！

……などと脳内で埒《らち》もない主張をしながら、私は聞かれるともなしにお盆時期の我が家について話し始めた。

「盆暮れ正月は、両親が転勤先から帰省するんです。ついでに親戚も大勢集まってくるんですけどね――」

森家の直系で、今、本家と言われる家に住んでいるのは佳映子さんと私だけだけれど、親戚の数は多い。私の母のれいらはひとり娘だったものの、その母（つまり私にとっての祖母。佳映子さんにとっては娘）は四人姉妹で、そこで一気に枝分かれして、親戚の人数が増えているのだ。

どうやら森家は女系の一族らしく、女が多く、女が強い。お盆や正月に大集合する森一族の女たちはパワフルに呑《の》んで喋り、婿たちは隅っこで静かに酒を酌《く》み交《か》わしている……というのが定番の光景である。

お酒が回りすぎて大騒ぎになる前、宴会の序盤のうちに親戚のおばさんたちの間を挨拶《あいさつ》しながらお酌して回る父の痩《や》せた背中を見ると、ため息が出てくる。私は確実に父親似である。全体の様子を見ながら料理の追加を運ぶことばかりが気になって、全然宴会を楽しめない。母は初めからお客さんを決め込んでいて、お酒がなくなれば「おかわりー！」と叫ぶだけだ。そして姉は、大学の研究が忙しいとやらで帰ってこないのがいつものことである。

超マイペースな母と姉。父と私はその分、気を遣《つか》わされて生きてきた。たぶんこれから先もそうやって生きてゆくのだろう。

この間は永美さんと朝見《あさみ》さんの姉妹関係にちょっと言及したけれど、実はうちの姉妹関係もそう大差ない。五つ年上の姉・亜弓《あゆみ》と私も、べったり仲がいいわけでもなければ、喧《けん》嘩《か》らしい喧嘩をした覚えもない。

姉はマイペースな上にクールだ。『亜弓』という名前は、千の仮面を持つ少女が主人公の某有名少女漫画の登場人物から取ったらしい。魅力的なキャラクターではあるものの、なぜ主人公じゃなくてライバルの名前⁉　と私なら文句を言いたくなるところなのに、姉はまったく意に介していないようだ。

漫画に出てくる女優の名前を付けられた姉は、その名のとおり芸能の道へ進んだのかといえば、さにあらず。姉は子供の頃から植物が好きで、夏は早起きして朝顔の交配実験をしたりしていた（あれは、花が開く前に処置しなければならないらしい）。おそらく、その延長線上のもっと高度な研究をしたいのだろう。県外の農大へ進学した。

姉のアパートに顔を出したことがある母の証言によると、部屋中、野菜を植えたプランターだらけだったとのことで、いつかとんでもないキメラ野菜を作り出すのではないかと恐ろしくてならない。姉が高校を卒業する時、同級生からの寄せ書きに『立派なマッド菜園ティストになってね』と書かれていたのを私は知っているのだ。

そんなこんなでどんちゃん騒ぎの宴会翌日、母は二日酔いで使い物にならなくなる。文句を言っても馬耳東風《ばじとうふう》なので、黙って父と一緒に、母が別便でどっさり送りつけてきた使用済みの資料本を書庫に運んで整理する。これも毎年のことである。

なお、母屋《おもや》の母の部屋にも書棚がある。自分の著作が並んでいるのはいいとして、それ以外のものは、小説だったり図鑑だったり編み物の本だったりと分野がバラバラで、書庫に置いている資料とどういう区別があるのか私にはわからない。

お気に入りでいつも読みたい本なら、父の転勤先に持って行けばいいのにそうするでもなく、でも勝手に動かすなと言う。それでいて時々、そこの本を要求するメールを寄越《よこ》す。母の考えていることは本当にわからない。

私個人としては、母の部屋の書棚は好きではない。ここに、例の『モモ』というタイトルの本があるからだ。作者名がカタカナだという時点でまったく手に取る気になれないので、内容は知らない。ただこのタイトルが目に入る度、どうしても自分の名前に対する不満が湧き上がるのだ。この本に罪はないことは重々承知しているけれど、腹の底がふつふつしてくるのである。

そんな私の嫌いな書棚のある部屋で一日ぐうたらしていた母は、次の日には元気に復活して、父と共に転勤先へ戻っていった。本当にただ呑んで食べて、ほんのついでにお墓参りをしに来ただけの三日間だった。母は果たして、娘がチェロを習い始めたことに気づいているのかどうなのか――。

「――ね、ほんと、『夏休みの家族旅行』なんてどこの世界の言葉？　って話ですよ。うちの夏休みと冬休みは大体こんな感じなんです」

そうしてお盆が過ぎ、両親と親戚がいなくなり、森家に静寂《せいじゃく》が戻った。ちょうどそんな時、奏子さんからとあるメールが舞い込んで来たのだけれど、それは玲央名さんには話せないことだった。

　私はゴホンと咳《せき》をして、話題を変えるべく玲央名さんに質問した。

「そういえば玲央名さん、最近はドヴォルザークブームなんですか？　よく弾いてますよね、ドヴォルザークのチェロ協奏曲。協奏曲って、オーケストラと一緒に弾く曲ですよね。こないだの弦楽四重奏曲とか、みんなで弾く曲が好きなんですか？」

　私ももっとうまく弾けるようになったら合奏に挑戦してみたいな――チェロに興味持ってる友達もいるし、ここへ呼んで一緒にいろいろ教わってもいいですか――？　なんて、賑《にぎ》やかしの幅を広げる方向へ話を持って行こうとしただけだったのだけれど、玲央名さんはぶっきらぼうに言った。

「別に、独奏曲も弾くよ。ただ、チェロは有名な独奏曲がそんなに多くないから、僕が弾いていても君が気づかないだけだろう」

「……え、そうなんですか？　まあ確かに、チェロがひとりで弾く曲って、有名なバッハのやつくらいしか私には聴き覚えがありませんけど……あとは『白鳥』とか『愛の挨拶』とか」

　玲央名さんはバッハの無伴奏組曲を弾いていることもあって、一番のプレリュードはいろいろなところで聴く曲なので私にもわかる。でも他の普段弾いている曲のほとんどは、練習曲なのか独奏曲の一部なのか合奏曲の一部なのか、私には判別がつかない（シューベルトの十五番は覚えたけど！）。

「不勉強ですみません……」

私は頭を下げてから訊《たず》ねる。

「でも、どうしてチェロの独奏曲ってそんなに少ないんですか？　こんなにいい音がする楽器なのに……。そういえば協奏曲もあんまり知りませんけど」

初心者向けに有名な曲ばかりを集めたクラシックＣＤを奏子さんから借りてあれこれ聴いた時、ドラマや映画の音楽だと思っていたものが実はクラシックの曲だったとわかって驚いたりもした。でもそういう耳馴染《みみなじ》みのある曲の中に、元がチェロの曲だというものは少なかった気がする。逆に、本来はチェロの曲じゃないものをチェロ用に編曲して弾いているというＣＤはいろいろあった。

「ないわけじゃないよ」

「え」

「一般的に有名なものが少ないだけで、独奏曲も協奏曲も曲自体はたくさんある。特に近現代のものならね。でもクラシック音楽として一般聴衆が喜ぶような作曲家の作品、となると少なくなる」

「モーツァルトとかベートーヴェンってチェロが嫌いだったんですか？」

私の素朴《そぼく》な疑問に、玲央名さんはふっと口を噤《つぐ》んだ。

「――……」

横を向いて少し黙ったあと、皮肉げな顔になってこちらを見る。

「チェロについて、また初めから説明する？」

「え」

「――チェロという楽器は、十六世紀前半に作り出されたと考えられている。十七世紀中頃までは『ヴィオロンチーノ』『バッソ・ディ・ヴィオラ・ダ・ブラッチオ』『バス・ド・ヴィオロン』などと呼ばれていて――コレッリやタルティーニは――一六八九年にボローニャのドメニコ・ガブリエリが――オーギュスト＝ジョセフ・フランショームがショパンに――ショスタコーヴィチはムスティスラフ・ロストロポーヴィチに――」

玲央名さんの口から止め処《ど》なく流れ出るカタカナ名前の呪文に、敢《あ》え無く目を回して撃沈した私だった。

◇――＊◆＊――◇

奏子さんからのメールは、ドイツからエレーナさんが遊びに来たという知らせだった。

エレーナさんは奏子さんがドイツに留学していた時の友人で、日本の漫画やアニメへの愛が昂《こう》じて日本語がペラペラになったという人である。奏子さん自身は別に漫画やアニメに詳しいわけではないけれど、日本人だということで話しかけられて、日本語で話せる嬉しさもあって仲良くなったらしい。

そもそも奏子さんが玲央名さんのファンになったのも、チェロを専攻していたエレーナさんに誘われて行った演奏会がきっかけだという。だから春にも、玲央名さんについて何か知らないかとエレーナさんに問い合わせたりしていたのだ。

二年前、奏子さんの結婚式の時にもエレーナさんはこの町に来たことがあるのだけれど、今回はエレーナさんの結婚が決まり、独身最後の一人旅として日本へ遊びに来たのだそうだ。初めに東京へ寄って合戦《かっせん》に参加してから（なっちゃんも突撃した合戦!?）、こちらへ来たらしい。ホテルではなく、奏子さんの家に滞在しているとのことだった。

ちょうど、二十一日の夜には町の夏祭りがある。私は奏子さんとエレーナさんに誘われて、一緒にお祭りへ行くことになった（徐行《じょこう》さんは仕事らしい。最近真面目《まじめ》だ！）。

まったくの普段着で待ち合わせ場所へ行った私と違い、ふたりは浴衣《ゆかた》で決めていた。夜店が並ぶ公園通りで、浴衣を着た和風美人の奏子さんと長身で金髪碧眼《へきがん》美女のエレーナさんはやはり目立っている。ここに玲央名さんも交ざったら目の保養がさらに倍率ドン――と思うけれど、誘った瞬間に断られてしまったので、想像しても意味のないことだった。

「そっか～、レオナはやっぱり来てくれなかったか～」

エレーナさんはがっかりしながら焼きトウモロコシを齧《かじ》っている。ちなみに翡翠さんも誘ったのだけれど、都合が悪いといってこちらもあっさり断られてしまった。玲央名さんと違って、翡翠さんはお祭りとか好きそうだと思ったんだけど……。

「兎角《とかく》レオナは人嫌いで気難しいって評判だったけど、その一方では、いろんな女性と浮名《うきな》を流してるって噂《うわさ》もあったりして、二重人格なんじゃないかとささやかれてたりもしたのよ。狼《おおかみ》さんでも偏屈さんでも、どっちのレオナでもいいから会ってみたかったんだけどな～」

奏子さんはエレーナさんに、玲央名さんの秘密をばっちり話してしまっているらしい。私の視線から逃げるように、奏子さんは横を向いて少しばつの悪い顔をしている。

「あ、奏子を責めないでよ。私が問い詰めたのよ。レオナがどうしちゃったのか、気になってたまらなかったのよ。だからこそ、直接会ってみたかったわ～。せっかく同じ町にいるのに、もどかしいったら！　可愛い生徒のモモちゃんが頼めば、もしかしてもしかしたら気軽に出かけてきてくれるかな～なんて期待しちゃったりしたんだけどな～」

エレーナさんは顔のパーツがそれぞれ大きくはっきりした人で、その上に表情が豊かで、さらに加えて流暢《りゅうちょう》な日本語であからさまに落胆を表されると、「ご期待に添えず、すみません！」と謝らずにいられない私だった。

――でも、ウィーンでもヴォルフは絶好調だったんだ……。

ヴォルフが出てきたあと、玲央名さんが不機嫌になるのも無理はない。謎解きだけじゃなくて、女遊びの始末まで丸投げされたら、そりゃあやってられないよね……。

私はかき氷（レモン味）を突《つつ》きつつ苦笑してから、エレーナさんに説明した。

「本物の玲央名さんは確かに社交的な性格じゃないんですけど、音楽祭をキャンセルしちゃったからって落ち着かない感じだったし、合奏曲を弾くのが好きみたいだし、絶対にまた人前で演奏する場に戻りたいんだと思うんです」

「そりゃもちろん、戻ってもらわなきゃ困るわよ。ねえ、奏子」

「本当よ。録音しない姿勢を貫《つらぬ》くつもりなら、ライブで姿を見せてもらわないと」

「まあもともと、チェロの演奏は生で観《み》てこそ、ってところはあるけどね。特にレオナみたいな見目麗《みめうるわ》しい男性演奏家はね。あの官能的ヴィジュアルは、録音じゃ味わえないわ」

「か、官能？」

うふ、とエレーナさんは微笑《わら》った。

「チェロって、サイズ的にも、ウエストのくびれた形状的にも、女性の身体に似てるでしょ。男性がチェロを弾く姿って、女性を後ろから抱きしめて可愛がってるみたいで、色気を感じるじゃない。しかも演奏会なんて、公衆の面前でよ？　何かイケナイものを見せられてるみたいで、得《え》も言われぬ興奮が湧き上がってくるっていうか。ねえ、奏子」

「うん、あれは一度見たら病《や》みつきになるわよね。彼に《レディ・サラ》を弾かせたくなった財団会長の気持ちがよくわかるわ。確かあそこの会長って女性よね。貴那崎《きなさき》玲央名には女性の名を持つチェロが似合うものねえ」

「……そういう観点から玲央名さんの演奏を見たことはありませんでした……」

ただ、指がよく動いてハイポジションまで巧《うま》く弾けてすごいなあ、としか思っていなかった。見ようによっては、それが女性と戯《たわむ》れているように見えるのだろうか。

私が戸惑《とまど》いながら言うと、エレーナさんは「モモちゃんにはまだ早い見方だったかしらね」と笑ってから続けた。

「でもレオナ、チェロの練習はしてるんでしょう?」

「はい、たぶん毎日。私のレッスンもちゃんと見てくれますし、口数は多くないですけど、音楽関係の質問をすると比較的たくさん喋ってくれるし……」

「レオナの個人レッスン! モモちゃん、あなた自分がすっごい贅沢《ぜいたく》な状況にいるってわかってる? もうこれで一生分の運を使い果たしちゃったかもよ?」

この間のなっちゃんと同じようなことを言って恨《うら》めしげにこちらを見るエレーナさんに、私はしょんぼりと答える。

「はい……私にはもったいない先生だってわかってます。私にもっとカタカナの理解力があれば……! こないだも玲央名さん、有名作曲家にチェロの曲が少ない理由を説明してくれようとしたんですけど、《混乱の呪文》を唱えられて、意識が遠くなっちゃって」

「混乱の呪文?」

「私、一定量以上のカタカナを聞くと、頭が混乱して機能がストップしちゃうんです」

ちなみに、カタカナの羅列《られつ》を目で見ると《睡眠の呪文》になる。チェロを習い始めて数ヶ月も経《た》つのに、私が未《いま》だチェロに関して無知なのは、そこに大きな原因があるのだ。

私だって初めは、張り切って町の図書館へ行き、チェロについて調べようとしたのである。でもピアノやヴァイオリンについての本はいろいろあったけれど、チェロに関する本は二冊しかなかった。そのなけなしの二冊がまた、カタカナと世界史説明に溢《あふ》れる書物だった。頑張ってネットで調べても大体そんな感じだった。

カタカナばかりの文章を読むと、目が滑って眠くなるという残念な体質を私は持っている。それで、文献資料による勉強は諦《あきら》め、体当たりの実践《じっせん》的レッスンのみで乗り切っている次第なのだった。

「えっと――確かあの時、玲央名さんが言ってた呪文で最後に残ってる記憶は、ショタコンのムフムフがなんとか……」

「ショタコンのムフムフ？　そんな台詞《せりふ》を本当にレオナが吐いたとすると、私としては非常に聞き捨てならないんだけど」

首を左右に傾《かし》げて少し考えて、エレーナさんは「ああ」と頷《うなず》いた。

「わかった、ショスタコーヴィチがムスティスラフ・ロストロポーヴィチのために作ったチェロ協奏曲第一番のこと？　モモちゃん、狙《ねら》ったような聞き間違いするね～」

「それがモモちゃんの特技なのよ」

「や、わざとじゃないです、ごく単純にカタカナに弱いだけなんです！」

情けない顔で言い訳する私の横で、

「ふむ。有名なチェロ曲の少なさ、ねえ……」

と話を戻してエレーナさんは林檎飴《りんごあめ》に一口かぶりついた。（トウモロコシはとっくに食べ終わっている）

「そりゃあ、ピアノやヴァイオリンと比べちゃったらねえ……。チェロの歴史の初め頃は、楽器自体が今みたいに超絶技巧が弾けるような構造じゃなくて、きちんとした音程を取るのも難しいくらいの代物《しろもの》だったし、とてもメロディを任《まか》せられる楽器じゃなかったの。飽くまで中低音を担当する伴奏楽器、という扱いだったのよ」

「伴奏楽器……」

「そんなチェロを主役にした曲を作るには、まず、音程を取るのが難しいこの楽器でちゃんとした演奏をしてくれる、腕のいい演奏家が必要だったわけ。史上最古のチェロ独奏曲を作ったと言われてるドメニコ・ガブリエリや、チェロ協奏曲を発展させたボッケリーニは、本人がチェロの名手だったから、自分が巧く弾くこと前提で曲が作れたのね」

「はあ、なるほど」

「あとは、身近にすごいチェリストがいた場合——その人から何か曲を作って欲しいと頼まれたり、あるいは作曲家自身がその人にインスピレーションを刺激されて曲を作りたくなっちゃったりして、名曲が誕生することもあるわね」

エレーナさんはそこまで言って、また林檎飴を齧った。それを味わうようにしばし沈黙が続いたので、私もかき氷を突《つつ》いた。ちなみに奏子さんは焼きイカ派である。美人が特大焼きイカにかぶりつく姿――なかなか勇ましい。

林檎飴休憩が終わり、エレーナさんはまた口を開く。

「――でも、有名なところでは、ロンベルクの例もあったりしてね。ロンベルクはベートーヴェンと同じ時代の作曲家兼チェリストなんだけど、ベートーヴェンから『あなたのためにぜひチェロ協奏曲を作りたい』と申し出られたのを、『僕は自分の作曲した曲を弾くからいい』と断ったと言われてるの。おかげで彼は、後世のチェリストから恨まれてるわよ～。ここで彼が『ぜひよろしく！』って頷いてくれてたら、ベートーヴェンのチェロ協奏曲が生まれてたんだからねえ」

「あれ、でもベートーヴェンはチェロの曲がまったくないわけでもないですよね？　奏子さんから借りたＣＤの中に何かあったような……」

「ピアノをパートナーにしたチェロソナタは五曲あるわよ。これはチェリストにとって大切なレパートリー。でも独奏曲や、管弦楽を従えた協奏曲はないの。モーツァルトにチェロ主役の曲がほぼないのも、周りにいいチェリストがいなくてチェロに興味が向かなかったからっぽいしね。作曲家の周囲の環境って重要よね～」

しみじみと頷いてから、エレーナさんはちょっと笑った。

「でも中にはね、せっかく曲を作ってもらったはいいものの、難しすぎて献呈《けんてい》された人物も弾けなくて、後世の演奏家がやっと初めてまともに弾きこなした――なんてこともあるのよ。たとえば、ハンガリーの作曲家コダーイの無伴奏チェロソナタ。これはイエノ・ケルベーイというチェリストに捧《ささ》げられているんだけど、超難曲で、当のケルベーイはちゃんと弾けなかったらしいわ。もっともこの曲は、現代チェロ曲の頂点とも言われてて、難曲中の難曲なんだけどね」

「あっ、それ――古代《こだい》さんの曲！　こないだ玲央名さん――というかヴォルフが弾いてくれました。あとで翡翠さんに頼んで楽譜を見せてもらったんですけど、なんだこりゃ!?って感じでした」

「うっそ、目の前でレオナのコダーイ聴いたの!?　しかも無償《ただ》で!?　モモちゃん、夜道には気をつけた方がいいわよ……!?」

エレーナさんは私の肩を揺さぶって物騒《ぶっそう》なことを言う。

ちなみに、楽譜を見ながら翡翠さんが解説してくれたのでわかったのだけれど、この曲は低弦《ていげん》の二本を普通より半音下げて調弦するよう、楽譜の初めに指示が入っていた。だからヴォルフはあの時、低弦をいじったのだ。

私の調弦が間違ってたんじゃないとわかってほっとした。そして、あのあと私が練習する時に音程を確認しても狂ってはいなかったということは、ヴォルフは私が永美さんを追いかけて行っている間にちゃんと基本の音程に調弦し直してから帰ったのだ。本当、口に出さない部分で優しい狼さんだと思った。

「でもあれ、チェロの独奏曲なのに、ピアノみたいにト音とヘ音の二段組になってる部分があるって何なんですか!?　悪夢のような和音やトリルが続くところもたくさんあったし……私は百年練習しても弾けそうにないです。ていうか、古代さんなのに現代の人っていうのも何なんですか」

「古代じゃなくて、コダーイ」

しっかりツッコミを入れてくれる奏子さんの反対側から、エレーナさんが「ともかく」と話をまとめに入った。

「楽器の改良が進んで、音域も広がって技巧的な演奏が出来るようになると、チェロも存在感を示し始めて、チェロのための曲も増えたわ。でもクラシックとして一般的に有名な作曲家の時代は、身近にいいチェリストがいないと、なかなか積極的に『これを主役に曲を作ろう！』と思うような楽器じゃなかった……ってところかしらね。ヴァイオリンと比べると、チェロは発達が遅かったということよ」

「なるほど……」

「まあ、チェロについてもっと詳しく知りたかったら、《睡眠の呪文》に抗《あらが》って専門の本でも読んでみて。演奏家や研究者によって観点が違うから、言ってることもそれぞれ全然違ったりして面白いわよ」

いいえこれで十分です、よくわかりました——と私は頭を下げた。

そういえば、この間クラシックの資料を読み込んでいた時の朝見さんも同じようなことを言っていたっけ。「どのジャンルについても言えることだけど、やっぱり研究者によって主張が全然違うねー。まさに『諸説あり』だわ」と。結局、「物書きとしては、よりドラマになる説を採《と》るけどね！」と開き直ってたけど。

「でも、小さく生まれた子が大きく育つこともあるし、発達が遅かったからって、ずっと後《おく》れを取り続けるわけでもないですよね。だってチェロってほんとにいい音が鳴る楽器だし。耳に優しくてずっと聴いていたくなる音だし」

私が言うと、エレーナさんは大きく頷いた。

「そうよ、よく言った！　チェロは最高の楽器よ。その魅力を全世界に伝えるため、チェロ界をもっと盛り上げるためにも、レオナには一刻も早い復帰が望まれるのよ！」

「そうよそうよ、私はもっと彼の演奏が聴きたいのよ。モモちゃんばっかり傍《そば》で聴いててずるいわよ」

エレーナさんと奏子さんに挟まれ、睨《にら》まれているところに、

「あれ、姉貴とモモ」

友達連れの圭太《けいた》が通り掛かった。

圭太は、普段着のコットンパンツにかき氷を手にした私の姿を頭のてっぺんから足の爪《つま》先《さき》まで見たあと、大きなため息をついた。

「――モモ。毎年言うけど、おまえは『夏祭りの夜』というシチュエーションを冒瀆《ぼうとく》しているとオレは思う。こういう日は浴衣くらい着ろよっ」

「こっちこそ毎年言うけど、なんでよ!?　お祭りの日は浴衣を着なきゃいけないなんて法律あるの!?　どんな恰好《かっこう》しようと私の勝手でしょ！」

毎年圭太に難癖《なんくせ》を付けられる度、絶対に浴衣なんて着るもんか、という気分になるのだ。こいつが変な『夏祭り幻想』を持たなくなったら、着るかもしれないけどね！

私と圭太が言い合っている間に、なっちゃんが小学生の弟を連れて通り掛かったようで、エレーナさんと鼻息荒くアニメの話で盛り上がっていた。……だから、そのぐふぐふ笑いはやめなさいって（せっかく可愛い浴衣着てるのに！）。こんななっちゃんには文句を言わない圭太の料簡《りょうけん》が、私にはわからない（浴衣着てればなんでもいいのか!?）。

この日は他にも、佳映子さん率いるご町内の最強女性集団とすれ違ったり、圭一郎《けいいちろう》さんと早緒里《さおり》さんが仲良く腕を組んで歩いているのを見てしまったり、朝見さんや永美さんを見かけたり、知り合いと出くわしてばかりの賑《にぎ》やかな夜となったのだった。

そんな夏祭りの夜のあれこれを、貴那崎家で話題にしてはいけない。

私はそう思っていた。チェロに関する知識が少し増えたのを報告したい気持ちはあったけれど、それを教えてくれたエレーナさんのことを、ウィーンでの玲央名さんを知る人のことを、玲央名さんの前で口にするべきではないと思ったのだ。

——そう思っていたのに。

◇——＊◆＊——◇

夏祭りからわずか四日後の八月二十五日（火）。

「エレーナさんの婚約指輪が失《な》くなっちゃったんです！」

私は玲央名さんの前でそう叫ぶ羽目になっていた。

「誰」

例によってぶっきらぼうに訊き返す玲央名さんに、

「奏子さんの留学時代の友達で、ドイツの人なんですけど——もうすぐ結婚することになっていて、その前に日本へ遊びに来たんです。その……エレーナさんは音大でチェロを専攻してた人なんですけど——」

私は玲央名さんの顔色をいちいち窺《うかが》いながら経緯《いきさつ》を語った。

夏祭りの翌日。エレーナさんがうちへ遊びに来た。ちょうど佳映子さんが近所の子供たちを集めて紙芝居を読んであげていたところで、そのあと、エレーナさんがチェロを弾いて聴かせてくれることになった。

私の部屋へチェロを取りに来たエレーナさんは、掛けてあったタオルケットを取って肩を竦《すく》めた。

「やっぱりストラド・モデルか……」

「へ？　あ、一目でコピーだってわかります!?　すごい眼力ですね！」

「そりゃ、本物がこんなところにあるとは思わないわよ。そういうことじゃなくてね……。まあ普及品は大抵ストラド・モデルなんだけど、私の愛器はカザルス先生でおなじみのゴフリラー・モデルだから」

「サルの先生のゴリラモデル？」

「こら。チェロ好きの端くれだったらカザルス先生を聞き間違いしちゃ駄目でしょ」

私の頭をコツンと叩いてからエレーナさんは説明してくれた。

「マッテオ・ゴフリラーやドメニコ・モンタニャーナは、ストラディヴァリと大体同じ時代の弦楽器製作者なんだけど、彼らの作品は――というかチェロは、ストラドと比べると幅広のでぶっちょさんが多いのが特徴なの。明るく華やかな音が鳴るストラドに対して、身体が大きい分、低音が良く響くんだけどね」

待ってよゴリラがニャーニャー……じゃなくて。前に翡翠さんが言ってたのは、人の名前だったのか。

「幅広なせいで市販のケースに入らなくて、特注になったりするのがちょっと辛《つら》いところなんだけど。でも私はゴフリラーやモンタニャーナの方が弾いてて気持ちいいの。人の演奏を聴いてる分にはストラドもいいんだけどね」

そんな話をしながらも、エレーナさんはストラド・モデルのチェロで楽しい演奏を聴かせてくれた。この間のヴォルフもサービス満点だったけど、子供たちがリクエストするアニメやヒーロー戦隊番組の主題歌に、ことごとく即時対応出来る（しかも一緒に歌える）エレーナさんは只者《ただもの》ではない……と感心頻《しき》りの私だった。

集まっているのはほとんど小学校低学年くらいの子供たちで、地元の子もいれば、夏休みなので親の田舎に遊びに来ているという子もいた。先日、ヴォルフのところで見た顔もある。この中からチェロに興味を持って習い始める子が出ればいいな……と微笑ましく思っていたのも束《つか》の間《ま》。事件はそのあと起きた。

子供たちが帰るタイミングで一緒にエレーナさんも帰ろうとしたところ、紛失物に気づいたのである。

エレーナさんは楽器を弾く時、指輪を外す癖《くせ》があるのだという。指に異物が付いていると、それが目に入って気が散るのだそうだ。今日もいつものように指輪を外し、居間にあるアップライトピアノの上に置いたという。それが、いつの間にか消えていたのだ。

紙芝居もチェロの演奏も居間でやっていて、佳映子さんも子供たちもみんな、ずっと居間にいた。ただ私は、子供たちにジュースを出したり、洗濯物を取り込んだり、食事当番の日だということもあったりと、いろいろ細かい用事を片づけながら、居間を出たり入ったりしていた。

リボンを結んだようなデザインのリングに、小さなダイヤモンドがいくつも並んでいる可愛い指輪。エレーナさんが右手の薬指に嵌《は》めていたそれを外してピアノの上に置くのは私も見たけれど、その後、その場所を注目してはいなかったので、いつ消えたのかはわからない。子供たちに聞いても、誰も指輪なんか知らないと言った。

とにかく子供たちは帰し、エレーナさんには少し待ってもらって居間中を捜したけれど、指輪は出てこなかった。明日はもっと本格的にひっくり返して捜しますからと謝ってエレーナさんにも帰ってもらい、翌日は近所の人にも手伝ってもらってピアノや大きな家具を動かし、目を皿のようにして指輪を捜した。

我が家で起きた不始末に、私は焦《あせ》っていた。

エレーナさんは「私も無造作にそこらへんに置いたのが悪かったから」「見つからなかったらしょうがないから」なんて言ってくれたけれど、ダイヤモンドの付いた指輪なんて金額的にもそれなりだろうし、好きな人からもらった婚約指輪とくれば、金額以上に大きな価値のあるものだ。見つかりませんでした、すみません、では済まないだろう。

胃をキリキリさせながら家中ひっくり返しているところ、昨日遊びに来た子のひとり、小学三年生の木下《きのした》ゆかりちゃんが訪ねてきた。

ゆかりちゃんはこの町の子で、クラスの女の子たちを束ねるリーダー的存在の、ちょっと気の強い感じの子だった。そのゆかりちゃんが、珍しくもじもじした様子を見せながら、

「昨日、あかりちゃんが指輪を触ってるのを見た」と言った。

坂下《さかした》あかりちゃんは、ゆかりちゃんと同じ小学三年生で、両親はこの町の出身だけれど、家は東京にある。長い休みになると祖父母のところへ遊びに来るので、私も毎年顔を見ていて、知らない子ではない。今年の夏休みは、前半を母方の長井《ながい》家で、後半を父方の坂下家で過ごしていると聞いた。ちなみに両親は仕事が忙しく、あかりちゃんの送り迎えの時だけ実家に寄るという感じらしい。

「宝石の付いてるところがリボンみたいな形になってる、きれいな指輪でしょ。あかりちゃんがピアノのところで触ってた」

「ほんと……!? あかりちゃんがその指輪をどうしたか、見た?」

「それは……わかんない。ちょうどその時、モモちゃんがカルピス持ってきたでしょ。それ飲んでたらあかりちゃんもこっちに来て……」

「あかりちゃんが指輪を服のポケットに入れたとか、そういうのを見たわけじゃないんだ

よね？」

「……うん、それは見てない、けど……」

そう言いながら、ゆかりちゃんの表情はあかりちゃんへの疑惑に満ちていた。けれど私は年長者として、軽々しくそれに乗っかるわけにもいかなかった。

「見てないんならわからないね。綺麗だからちょっと触っちゃっただけかもしれないし……。捜したらうちの中から出てくるかもしれないから、変にあかりちゃんを疑うのはやめようね。でも、わざわざ教えてくれてありがとね」

私はきちんとお礼を言い、ついでにこのことを人に言いふらさないようにと言い含めて、ゆかりちゃんを帰したのだった。


そこまで話して、私はひとつ息をついた。

「実は……あの、あんまり子供を疑いたくはないんですけど、あかりちゃんにはちょっと困った癖があって……。去年もあかりちゃんはうちに遊びに来て、その時、夏祭りで買ってもらった玩具《おもちゃ》の指輪を見せびらかしたんです。そしたらゆかりちゃんも同じように指輪を持ってきてて、そっちの方がくっついてる玩具の宝石が大きかったんです。あかりちゃんはそれを『見せて』って言って手に取って、そのままポケットに入れて返さなくって……佳映子さんと私とで説得して、やっと返させた――っていう一件がありました。

で、今年は、切手で同じことがあったんです。エレーナさんが来る前だったんですけど、あかりちゃん、ホログラム加工されたキラキラの切手シートを買ってもらって宝物にしてる、って持ってきてて。そしたらなんと、ゆかりちゃんも同じのを持ってきてたんです。そこでまた一悶着《ひともんちゃく》あって……」

坂下あかりちゃんと木下ゆかりちゃん。名前も似ていて、どちらもお洒落《しゃれ》なキラキラしたものが大好きで、子供ながら互いにライバル心を抱いているらしい。都会育ちな分、あかりちゃんの方が垢抜《あかぬ》けている感はあって、ゆかりちゃんはそれを意識している。一方であかりちゃんは、ゆかりちゃんは地元の子だから地の利があると感じているようで、負けないようにことさら自分の宝物を自慢する。

でもそういった年頃を過ぎた私から見ると、ふたりとも趣味がまったく同じで、もう少し大人になったらいい友達になれそうな気がするのだ。何せ、ほとんどの子が気に留めていなかったピアノの上の指輪を、あかりちゃんが触っているのを本当にゆかりちゃんが見たというなら、ゆかりちゃんもやはりその指輪に興味があって、気にしていたということだろう。

「それと、この間、玲央名さん——というかヴォルフがチェロを弾いてくれてる時にも、あかりちゃんは来てたんです。弓の根元のところに嵌め込まれてる飾りの宝石に興味津々《しんしん》だった子……覚えてないですか？　ヴォルフになってた時だから、覚えてませんか。まあとにかく、その手のキラキラしたものが大好きな女の子なんです。エレーナさんが来た時も、エレーナさんの綺麗な金髪にすごい喰いつきっぷりで」

「つまり、容疑者はあかりちゃんという子に絞り込まれてる？」

翡翠さんのストレートな物言いに私は苦笑を返した。

「容疑者――って言い方もないんですが。あの日、あかりちゃんは何も知らないって言ったし……ゆかりちゃんの目撃証言はあったにしても、私自身はあかりちゃんが指輪に触ってるところを見てませんし……」

とはいえ、いくら家の中を捜しても指輪は見つからない。そうなると、やっぱりあかりちゃんが――？　と思いたくなる。でも、証拠はないのにどう切り出したら？

「それに、事件の翌日――つまりゆかりちゃんが来てくれた一昨日《おととい》、あかりちゃんの方はご両親が迎えに来て東京に帰っちゃってて。もう今さら、何の確証もなく東京の家にまで電話して、エレーナさんの指輪を知らないかなんて訊きにくいし……でもエレーナさんはエレーナさんで、明々後日《しあさって》の二十八日に帰国予定なんです。気にしないでって言ってはくれるんですけど、声に元気なくて……それはそうですよね。婚約指輪なんて大切なもの、外国で失《な》くしたまま帰るなんて――。私だって、このままエレーナさんを帰らせたくないです。なんとか指輪を見つけたいんです……！」

だからこれは、本当は玲央名さん――というかヴォルフに厭《いや》な役目を押しつけようとしているのだ。

実はあかりちゃんは潔白で、指輪がうちのどこかに紛《まぎ》れ込んでいるのを玲央名さんが見つけ出してくれるなら、それに越したことはない。たまたま庭に転がり落ちていたのを野良猫がくわえて持ち出して、思いがけない場所で見つかる――なんて嘘みたいな展開もこの際は大歓迎だ。

でもそうではなく、本当にあかりちゃんが犯人だった場合――ヴォルフの傍若無人《ぼうじゃくぶじん》さでずかずかとあかりちゃんの家に踏み込んで、指輪を取り返して欲しい。今はとにかく急いでいる。だから事態の逼迫性《ひっぱくせい》を言い訳にして、話すつもりはなかったエレーナさんのことを話し、自分がやりたくない無礼者の役をヴォルフに押しつけようとしている。今日の相談は、そういうお願いなのだ。

私は恐縮頻りの体《てい》で上目遣《うわめづか》いに玲央名さんを見た。

とりあえずエレーナさんが玲央名さんのファンであることは隠して話したせいか、玲央名さんの様子に変化はなかった。つまり、通常レベルの不愛想な表情、ということだ。

笑顔までは求めない。普段どおりならいいのだ、ひとまずは。――本当は、エレーナさんが「聴いてる分にはストラドも好き」と言ったあと、「だって私、ストラド演奏家レオナの大ファンだもんね！」という発言もあったのだけれど、そこは削除して回想をお送りした次第である。

「――というわけで、あの、いつも図々しく頼るばっかりですみません。急いでたものだから手土産《てみやげ》も持たず……。来る途中、バスから見えたんですけど、商店街の和菓子屋さんで、期間限定の羊羹《ようかん》詰め合わせ発売の幟《のぼり》が立ってて。あれ、いつも予告もなく売り出されるんです。今度、買って持ってきます！　――そういえばさっき、あそこからあかりちゃんのおじいさんとおばあさんが出てきたっけ……あの紙袋の大きさは、詰め合わせ（大）が入っていると見た。贈答品かな、家で食べるのかな――せっかくの羊羹が不味《まず》くなるような話を、ふたりにしたくないんですけど……」

気まずいものだからひたすら口数が増える私を無視して、玲央名さんは《ヴォルフ》を構えた。

よかった、ヴォルフになってくれるんだ――。

もう今回は、超能力でも千里眼《せんりがん》でもかまわない。エレーナさんの指輪が見つかるならなんでもいい！

私は祈る思いでウルフ音だらけの演奏に耳を傾け、また曲が変わっていることに気がついた。

「ドヴォルザークじゃない……？　これは……？」

「シューマンのチェロ協奏曲だね」

「シューマン……シューベルトじゃなくて……」

実は、シューマンとシューベルトの区別が今ひとつ付かない私だった（頭の『シュー』が私を惑《まど》わせるのだ！）。

「シューベルトにチェロ協奏曲はないね。でもシューマンは有名だよ。チェロの三大協奏曲といえば、ハイドン、シューマン、ドヴォルザークだからね。まあエルガーやラロも人気だけど」

「そういえば、奏子さんからそんなようなことを教わってCDを聴いたような……」

でも私の頭の中にはずっとシューベルトの弦楽四重奏曲十五番が流れていて、他の曲はあまり印象に残らなかったのだ。それでも最近、ドヴォルザークは玲央名さんが弾いているおかげでわかるようになってきた。

要するに私は、知らない誰かの演奏をCDで聴いてもあんまり曲を覚えられなくて、目の前で玲央名さんが弾いてくれると頭に入りやすいのだ。これは本当に、エレーナさんが言うとおり贅沢な話なのかもしれないけれど。

……と、不意に、室内の空気がうわわわわんと震えた。私たちの私語を抑《おさ》えつけるかのように、強烈なウルフ音が響く。

暴れる狼の唸りが最大限に達して、ウルフキラーを弾《はじ》き飛ばしたと思うと、玲央名さんがつぶやいた。

「So《ゾー》, ein《アイン》 Wolf《ヴォルフ》 kommt《コムトゥ》.」

チェロから抜け出た途端、狼はおとなしくなる。態度は大きいけれど、唸ったりはしない。

ヴォルフがいつものように翡翠さんにタクシーを呼ばせると、来たのはやっぱり徐行さんだった（こんなにひとつの部署が長続きしているのは珍しい！）。

わざわざ玄関まで迎えに来た徐行さんは、「暑いのにお元気ですねえ」と感心したように言って、見送りに出てきてくれていた翡翠さんの両肩をポンポン叩く。

「夏は好きなんだよ。情熱の季節だからね」

「血が燃えますねえ。俺も九十まで生きてそう言ってみたいですよ」

なんだかこのふたり、気が合いそうだ……。放《ほ》っといたらいつまでも立ち話を続けそうな気配を察知し、私は「今は急いでるんで！」と徐行さんを急《せ》かした。

そうしてヴォルフと一緒にタクシーに乗り込んで、私はごくりと息を呑《の》んだ。いざとなったら東京まで連れていかれるのを覚悟していたのだけれど――。

「狼さん、今日はどこまで？」

「おまえの家まで」

「は？」

◇――＊◆＊――◇

ヴォルフになった玲央名さんと徐行さんのタクシーで向かった先は、なんと徐行さんの住むマンションだった。つまり奏子さんの家でもあり、エレーナさんが滞在しているところでもある。

例によってヴォルフの行動に遠慮というものはなく、徐行さんが玄関ドアを開けると、挨拶もなく上がり込んで目に付いたスリッパを引っ掛け、勝手に奥へと進んでゆく。本当に、靴を脱いでくれるだけ有り難いと思うしかない傍若無人ぶりだった。

ヴォルフを追いかける私はといえば、玄関に靴が多かったので来客中なのではないかと、何かタイミングの悪い時に押し掛けてきてしまったのではないかと心配でならなかった。でも同じく付いてきている徐行さんの人生理念は『面白くなければ人生じゃない』なので、今日も面白がってヴォルフの前に回り込み、自宅の案内にかかっている。

「狼さん、我が家のどこに御用かな?」

「リビング」

「はい、かしこまりー」

徐行さんが恭《うやうや》しくリビングのドアを開けると、ヴォルフはこれまた王様のように遠慮会《え》釈《しゃく》もなく中へ踏み込んでゆく。仕方がないので私も身を縮こまらせてお供をする。

「え、レオナ……!?」

ソファに座っていたエレーナさんが突然の訪問者に気づき、目を丸くして立ち上がった。

その隣の奏子さんも同様である。

　一方で私が驚いたのは、ふたりの向かいに座っていたのがあかりちゃんの祖父母の坂下夫妻だということだった。テーブルの上には、私がさっき見かけた和菓子屋の季節限定羊羹詰め合わせ（大）の箱が置かれている。

　しかも、エレーナさんの右手薬指には、失くなったはずの婚約指輪が光っていた。

「指輪――！　見つかったんですか!?　どこから!?」

　意味がわからなくて、私はエレーナさんとヴォルフの顔を見比べた。ヴォルフは、エレーナさんの指に指輪があるのが見えて、ここに来たのだろうか？　でも我が家で失くなったはずの指輪が、いつ、どこから出てきたのだろう？

　疑問だらけだけれど、とにかくほっとして私は大きく息をついた。

「もうエレーナさん、見つかったなら見つかったって、教えてくれれば……」

「ごめんね、たった今、戻ってきたところなのよ」

「え？　今？」

　きょとんとする私に、坂下夫妻が揃《そろ》って立ち上がり、頭を下げた。

「モモちゃん、うちのあかりが迷惑をかけてすまなかったね」

「あとで佳映子さんのところにも謝りに行くつもりだったんだけど」

　ふたりが座るソファの横には、もうひとつ羊羹詰め合わせの入った紙袋があった。あれは、うちへ来る予定のもの？　でもどうして？

　事情の説明が欲しくて顔中を疑問符にしてヴォルフを見上げると、ヴォルフは私のおでこを指でツンと突《つ》いて「間抜け面《づら》」と言った。ひどい。

「見つかったならいいだろう。僕は帰る」

　踵《きびす》を返すヴォルフを、エレーナさんと奏子さんがふたりで飛びついて引き止めた。

「待ってレオナ！」

「事情は判明してるの。あなたに謎解きをしろなんて言わないから、お茶でも飲んでいって。せっかくだから！」

　ここで会ったが百年目とばかり、女性ファンふたりに左右からがっちり腕を固められているヴォルフを見て、徐行さんは呑気《のんき》に「両手に花だねえ、狼さん」などと言っている。片方はあなたの奥さんなんですけど……。

　ともあれ、ヴォルフも女性を振り払うような乱暴な真似をする気はないらしく、おとなしくソファに腰を下ろして奏子さんが淹《い》れた『とっておき』のコーヒーに口を付けた。私はその隣に座り、オレンジジュースを出してもらった（コーヒーは胃が痛くなるので飲めないのだ！）。ちなみに仕事をサボっている徐行さんは、奏子さんに無視されている。

　所在無さげにしている坂下夫妻のことも気になったので、私が「それで、どういうことなんですか？」と話の続きを促《うなが》すと、奏子さんが代表して事の次第を説明してくれた。

「つまりね、こういうことだったの――」

結論から言えば、やはりエレーナさんの指輪を失敬したのはあかりちゃんだった。

キラキラしたものが大好きなあかりちゃんは、綺麗にカットされたダイヤモンドが並んだ指輪に目が眩《くら》み、つい出来心で自分のスカートのポケットに入れてしまった。帰る時、指輪がないことにエレーナさんが気づいて騒ぎになったけれど、自分が持っているとは言い出せず、そのまま祖父母の家へ帰った。

けれど翌日、両親が迎えに来て、東京の家へ帰ることになった。その帰り道、いつもは楽しい新幹線の中で、どんどん罪悪感が膨らんできた。あの金髪のおねえさんは、大事な指輪を失《な》くしたまま外国へ帰るのかな――と思ったら、たまらなく申し訳なくなった。

思い悩んだあかりちゃんは、東京の家に着いた夜、祖父母に宛《あ》てて事情を説明する手紙を書いた。それにエレーナさんの指輪を同封し、翌日、両親に隠れてこっそりポストに投函した。エレーナさんの住んでいる場所も、森家の住所もわからなかったので、祖父母経《けい》由《ゆ》で返すしかないと思ったようだった。

小学三年生の子供のこと、わからないといえば便箋《びんせん》以外のものを入れた場合の郵便料金もわからなくて不安だったので、とにかく封筒の裏表に貼れる限りの切手を貼って出した。結果、余分な切手の金額が速達料金として郵便局で処理され（担当者の裁量で、そういうこともあるらしい)、速達のハンコが押されて翌日の午前(つまり今日の午前)に水鹿上《みかのえ》町《ちょう》の坂下家に届いた。

孫からの手紙を読んで事情を知った坂下夫妻は、慌ててあかりちゃんに電話をして改めて詳しい話を聞いた。狭い町の中、「四ノ宮《しのみや》のお嬢さんのところにガイジンさんが遊びに来ている」という話は知れ渡っていた。大慌てで詫《わ》びの菓子折りを用意すると、奏子さんの家にいるエレーナさんを訪ねたのだった——。


「とにかくご本人にお詫びをしてから、佳映子さんにも事情を話しに行くつもりでね」

「モモちゃんにも迷惑をかけちゃったわね、ごめんね」

坂下夫妻に再度謝られ、私は「いえいえ」と首を横に振った。

——でも、ということは……今日、もう少し待っていれば、家に居ながらにして事件は解決したってこと? 無駄に玲央名さんを働かせちゃったってこと?

気まずさの上塗り気分になったところへ、坂下夫妻が見せてくれたファンシーな封筒に、ホログラム加工を施《ほどこ》された切手がびっしり貼られているのを見て、胸がツンとした。

これは、あかりちゃんなりのお詫びだ。宝物のキラキラ切手を全部使って、指輪を返してきたのだ。子供なりの誠意を見られたことが嬉しかったし、救われた気がした。

エレーナさんも、この封筒を見て同じことを感じたらしい。

「今回のことは、子供のちょっとした悪戯《いたずら》だったということで。指輪も戻ってきたし、大事《おおごと》にするつもりはないですよ」

笑顔で言うエレーナさんに坂下夫妻は改めて頭を下げた。

事件自体は、これで一件落着だった。あかりちゃんの悪戯は、《佳映子さんの閻魔帳《えんまちょう》》には記されちゃうだろうけど、ゆかりちゃんや他の子たちには、指輪はうちで見つかったと言っておこう。

ただ、私の胸にすっきりしない気持ちが残るのは、結局玲央名さん（ヴォルフ）は、どうやってこの場所を割り出したのか――という疑問が解けないからだった。

私から聞いた事件の周辺とあかりちゃんの話、その祖父母がお使い物に最適な羊羹詰め合わせを買っていたという話。そこから一足飛びに、あかりちゃんの祖父母が指輪を返しにエレーナさんのところへ向かったと考えるのは、かなり強引だ。強引すぎる。でもいつも、この強引さで玲央名さんは失《う》せ物を見つけ出しているのだ。

この際、指輪が見つかるなら超能力でもなんでもいい――と肚《はら》を括《くく》っていたつもりだけれど、いざ問題が解決してみると、やはり答えに到る途中式が気になってしまう。

物問いたげな私の視線を無視し、ヴォルフはソファを立った。

「美味《おい》しいコーヒーをご馳走《ちそう》様。じゃあ僕は帰るよ」

そんなヴォルフをエレーナさんがまた引き止めた。今度は力尽くではなく、言葉で。

「待って。あなたに見せたいものがあるの」

「見せたいもの？」

ヴォルフが振り返る。エレーナさんの隣で、奏子さんも怪訝《けげん》そうな顔をする。

「実はね、失くなったのは指輪だけじゃないの。カーディガンのポケットに入れていた懐中時計もね、ちょうど楽器に当たっちゃう場所にあったものだから、途中でポケットから出して指輪と同じところに置いていたのよ」

「え」

私は驚いてエレーナさんを見た、それは私が居間から出ている間のことだろうか。エレーナさんのそんな動作を見た記憶はまったくなかった。

エレーナさんの代わりに坂下夫妻が申し訳なさそうに説明した。あかりちゃんは、こっそり指輪を摑《つか》んだ時、傍にあった懐中時計の鎖《くさり》も一緒に摑んでしまい、人目もあったので今さらピアノの上に戻せず、まとめてポケットに入れて持ち帰ったらしい。

「これも、指輪と同じくらい大切なものだったの。戻ってきてよかったわ」

エレーナさんはサマーカーディガンのポケットから、アンティーク風の懐中時計を取り出した。蓋《ふた》付きの小さなもので、鎖が付いている。

なるほど、これも入れたから、あかりちゃんは料金不足が不安であそこまでたくさん切手を貼ったのか――。

私は納得して頷いた。いくら切手代がわからないといっても、さほど厚みも重さもない指輪を同封するだけにしては、随分《ずいぶん》料金を多く見積もったものだと思っていたのだ。けれど、小さな疑問が解けた満足に浸《ひた》る私の傍《かたわ》らで、ヴォルフの――玲央名さんの異変が始まろうとしていた。

「見て――。これはね、姉からもらった、本当に大切なものなの」

エレーナさんが差し出した懐中時計を正面から見た途端、ヴォルフの顔色が変わった。もともと白人と言っていい肌の人だけれど、それが目に見えて蒼《あお》ざめ、次いで目眩《めまい》を起こしたように足元をふらつかせた。

「玲央名さん!?」

慌てて支えようとする私の腕を払ったのは、ヴォルフではなく玲央名さんだった。――たぶん、そうだった。外に出かけている時はいつもヴォルフだけど、この時は、丘の上へ帰る前にヴォルフは玲央名さんに戻ってしまっていた。

そして徐行さんに送られて丘の上に帰った玲央名さんは、それっきり部屋に閉じ籠《こも》り、私にも会ってくれなくなってしまったのだった。

第五話　狼のリチェルカーレ

エレーナさんの帰国前日。八月二十七日（木）。

私は翡翠《みどり》さんに電話をして許可をもらい、エレーナさんを連れて貴那崎《きなさき》家へ向かった。

丘を登るバスに揺られながら、私の頭の中は疑問でいっぱいだった。

エレーナさんと玲央名《れおな》さんとの間には、どんな接点があるの？　エレーナさんと玲央名さんは知り合いだったの？

ううん、玲央名さんにエレーナさんのことを話した時、そんな素振りはなかった。じゃあ、エレーナさんのお姉さんとは知り合いだった？

でもエレーナさんのお姉さんって？　今までエレーナさんの口から、兄弟・姉妹の話は聞いたことがない。だから勝手にひとりっ子だと思っていた。

エレーナさんはどうして、失《な》くなったものについて指輪のことしか言ってくれなかったの？　どうして懐中時計のことは隠していたの？

――そう、わざと隠していたのだと思う。一昨日《おととい》のエレーナさんは明らかに、玲央名さんが現れてから、サプライズとして懐中時計を披露《ひろう》しようと狙《ねら》っていたように感じた（その証拠に、奏子《かなこ》さんもエレーナさんの言動を怪訝《けげん》そうに見ていたもの！）。

エレーナさんは、あの日、私が玲央名さんを連れてゆくことを知っていたのだろうか？

ううん、玲央名さんの姿を見た時、エレーナさんは驚いていた。

何より、ヴォルフを一瞬にして玲央名さんに戻してしまったあの懐中時計――あれは玲央名さんの何なのだろう？

ヴォルフから玲央名さんへ戻る時というのは、音もなく静かに、いつの間にか変化が終わっているのだと翡翠さんから聞いた。けれど傍目《はため》にはそうでも、ヴォルフから身体を取り戻した時、玲央名さんは大変な疲労感に苦しむことになるらしい（不機嫌の理由はそこにもあるのだと）。でも一昨日のあれは、疲労というより、何か大きな衝撃を受けて目眩《めまい》を起こしたようにしか見えなかった。

わからないことばかりが頭の中でぐるぐる渦を巻いていたけれど、隣でエレーナさんは口を噤《つぐ》んだままだった。私の前で天才チェリスト貴那崎玲央名への愛を語る顔とも、なっちゃんと一緒に漫画やアニメの話題に盛り上がっている時の顔とも違う。まるで初めて見る人のように、エレーナさんの彫りの深い顔からは表情が読み取れなかった。

エレーナさんは、事情はすべて貴那崎家へ行って話すと言った。だから私はこうして、エレーナさんを連れて丘の上へ向かっているのだった。

◇――＊◆＊――◇

貴那崎家を訪ねると、翡翠さんが私たちを待ち構えていた。

「いやはや、玲央名が昔に逆戻りしてしまってね。口もきかない、チェロも弾《ひ》かない、部屋に閉じ籠《こも》りっきり。何があったのか、教えてもらうよ」

玄関先まで出てきた翡翠さんはそう言って、エレーナさんを見た。その視線を受け、エレーナさんが頭を下げた。

「突然、図々しくお邪魔して申し訳ありません。エレーナ・メーダーといいます。デュッセルドルフの出身です」

「……君は、クラウディアの？」

「クラウディア・ラウファーは、母親違いの姉です。家庭の事情で、姉妹であることは公《おおやけ》にはしていませんでしたが」

「なるほど——ね。顔はあまり似ていないね。髪の色も違うし、言われなければ玲央名にもわからなかっただろう」

「私は姉の消息を探しています。そのために日本に来ました」

私には話がまったくわからなかった。

クラウディアさん、というのがエレーナさんのお姉さん？　その人と玲央名さんとの間に何が？　消息ってなに？　エレーナさんは独身最後の（オタク）旅行として日本へ来たのではなかったのだろうか？

「詳しい話は、奥でしようか」

翡翠さんは、居間ではなく練習室に私たちを案内した。

練習室の隅にはステレオセットが一式置いてある。翡翠さんはそれを操作して一枚のC

Dをかけた。スピーカーから、やわらかいチェロの音が流れ出る。伴奏のない——チェロの独奏曲のようだった。

「ドメニコ・ガブリエリの……『リチェルカーレ』ですね」

エレーナさんが言った。翡翠さんは頷《うなず》いて、同じく部屋の隅に置いてあるチェロケースのひとつを開けた。他のものより少し大きなケースに入っているチェロは、とても古そうな風合いをしていて、中身もやはり少し大きく見えた。

「モモちゃん、これと普通のチェロとの違いがわかる？」

「えっ」

翡翠さんとエレーナさんとの会話の聞き役に徹するつもりでいたところへ、いきなり問いが飛んできて、私は慌《あわ》ててケースの中のチェロを覗《のぞ》き込んだ。裸のまま寝かされている《ヴォルフ》や《レディ・サラ》と見比べる。

「えっと……サイズがなんだか大きめで……弦《げん》の色が違う？　これ、ガット弦ってやつですか？　あれ、指板《しばん》の長さも違う？　身体はこっちの方が大きいのに、指板は短い？」

「弾いてみる？　ちなみにこのチェロとセットの弓はこれ」

「えっ……形が違う！」

「うん。持ち方も違うよ。この弓は、上から摑《つか》むように持つんじゃなくて、下から支えるように持つんだ」

「こ、こう……ですか？」

普段使っている弓は木の部分（竿《さお》）が外側に反《そ》っているのだけれど、翡翠さんから渡された弓の竿は、むしろ内側に湾曲している。そのせいで弓毛の張力も弱いようだ。張り《テンション》が低い、とはまさにこのことで、これでは張りのある大きな音を出せる気がしない。

しかも、椅子に座って膝《ひざ》の上にチェロを乗せ、いつものようにエンドピンを伸ばそうとして、指が虚空《こくう》を捻《ひね》った。

「あれっ？　ネジがない……というか、エンドピンがない!?　これ、どうやって構えるんですか」

黙って私と翡翠さんのやりとりを見ていたエレーナさんが、笑いながら口を開いた。

「それは、バロック時代のチェロ。昔のチェロは、こういう代物《しろもの》だったのよ。昔はエンドピンがなくてね、両脚で挟んで楽器を支えたの」

「ええ～!?」

私は試しにチェロを両脚で挟んでみたけれど、太ももや膝、ふくらはぎにもすごく力が要《い》るし、滑るし、不安定なことこの上ない。これじゃ楽器を支えるだけで精一杯で、左手を動かして弦を押さえたり、右手の弓を引いたり押したりするなんてとても無理……！

どう頑張ってもへろへろした音しか出ない！

途方に暮れて天井を仰ぐと、この間エレーナさんから聞いた話が脳裏に蘇《よみがえ》った。

昔のチェロは音程が安定せず、技巧的な仕事は求められていなかった――という話。今なら心から頷ける。いくら体格のいい外国人の男性だって、現在より横幅のある大きな楽器をこんな無茶な姿勢で支えて、超絶技巧演奏なんてそうそう出来るわけがない。とにかく安定した格好で支えさせて欲しい！　すべてはそれからだ――！　と叫びたい。

「歴史に一刻も早いエンドピンの登場が待ち望まれます……！」

「まあ当時もエンドピンはあったんだけど、初心者が練習用に付けるならいい、みたいな考え方だったみたいね。自転車の補助輪みたいな感覚かしら。それが近代になってエンドピンを付けるのが一般的になって、女性にもチェロが弾きやすくなったわね」

そりゃあ……これを足だけで支えるのは相当思い切ったがに股《また》姿勢になるし、その昔の良識ある女性は到底弾く気にならないでしょうね……。

私は脚で楽器を支え続けるのを諦《あきら》め、丁重に床に寝かせた。

「でも、バロック時代って確か三百年とか前ですよね？　そんな古い時代の楽器がまだ現役なんてすごいですね」

私の言葉に翡翠さんが頭《かぶり》を振った。

「これはバロック楽器のコピーだよ。例の《現代のヴィヨーム》にね、ちょっと頼んで作ってもらったんだ」

「え、例の榊原伶《さかきばられい》さんに」

「よく名前まで覚えてるね」

漢字の名前だったら、私は一度聞けば覚えるのだ。

「ストラドだけじゃなくて、なんでも作れる人なんですね」

「というより、ストラディヴァリ自体、バロック時代の人だからね。十八世紀の初めにストラディヴァリが現在のサイズのチェロを完成させて、それが基準となって現在に到っているわけだけど、その前には彼もこういう大型のチェロを作っていた。《ヴォルフ》も《レディ・サラ》も、ここまでの大型ではなかったけど、もともとはこれに近い感じだったんだよ。手術をして、今の形になったんだ」

「えっ」

「言い換えるなら、どこかの大金持ちの蔵からまったくの新品のストラドが発見されたとしても、それはそのままじゃ現代では通用しないんだよ」

「通用しない……？　古いからこそ名器と呼ばれるし、いい音が鳴るんじゃないんですか？」

「古いからというより、古いのに近代化手術に耐えられるからこそ、ストラドは愛されるんだよ」

「はあ……？」

玲央名さんとエレーナさんとそのお姉さんについての経緯《いきさつ》を聞くつもりで来たのに、なぜか翡翠さんから弦楽器の近代化改良について講義を受ける羽目になっている。

状況がよくわからなかったけれど、エレーナさんがそれを遮《さえぎ》らない――というか、エレーナさんも翡翠さんの出方を窺《うかが》っているような感じで何も言わないので、おとなしく話を聞くことにした。

翡翠さんが教えてくれたのは、次のような歴史事情だった。

十八世紀末、フランス革命に代表される貴族・聖職者階級の没落は、彼らから楽団を抱《かか》える贅沢《ぜいたく》を奪った。宮廷や教会に雇われて給料を得ていた音楽家は自立を余儀なくされ、純粋に音楽を聴く場である『公開コンサート』が音楽の中心になった。

音楽を聴く場所が貴族の『サロン』から公共の『ホール』へ移ったことにより、広い場所で大勢の人に聴かせるため、楽器にはそれなりの音量が求められることとなった。

けれどサロン時代に作られたヴァイオリンやチェロなどの弦楽器は、そのままでは音量が足りず、大きなホールで十分に音を響かせることが出来ない。大音量化を図り、楽器には様々な改良が加えられることになった。

大きな音を出すには図体を大きくすればいい、と考えられたわけではなかった。むしろチェロの場合、表板と裏板の真ん中数センチを切り取って幅を縮め、また胴体の上下も切り取って短くされた。しかし見えない部分――表板の裏側に貼られている力木《バス・バー》は大きくして、より大きな圧力に耐えるための補強とした。

そしてネックの角度を変えることで弦の張力を強くし、指板を長く伸ばして、高い音域《ハイポジション》まで弾けるようにした。弦は、切れやすいガット弦に代わって丈夫で大きな音が出るスチール弦が主流になり、弓の竿も外へ反らせることでより弓毛の張力が増す形になり、どんどん大音量化のお膳立ては整っていった。さらにエンドピンを取り付けたことにより、楽器を支える姿勢が楽になり、左右の腕が自由になって技巧的な演奏が可能になった。

チェロだけではなく、ヴィオラも含めたヴァイオリン属の弦楽器はそうやって近代化手術を施《ほどこ》すことにより、大ホールでの演奏に対応していったが、それまでヴァイオリン属と並んで広く演奏されていたヴィオラ・ダ・ガンバやリュートなどの弦楽器は、構造的に近代化手術に対応出来ず、廃《すた》れてゆくことになった——。

「同じバロック時代のヴァイオリン属の楽器でも、製作者によっては改良があまりうまくいかなかったりするんだけど、ストラディヴァリの作品は、近代化にとてもよく対応出来るそうだよ。そのこともあって、『ストラディヴァリウス』というブランド力はそれまでにも増して高まっていったんだ」

「じゃあ……《ヴォルフ》も切ったり詰めたりされて、今の形になったんですか」

「そうだよ。ついでにウルフ音をなんとかしようと再三の調整を試みたけど、そっちについてはまったくなんともならなかったみたいだけどね」

「中に棲《す》んでる狼《おおかみ》が、勝手にお腹《なか》を切られるのが気に喰わなかったんですよ、きっと」

あのヴォルフがおとなしく手術台に寝そべっている姿なんて想像つかないし。

「あはは、そうかもしれないね」

翡翠さんは笑ってから、話を続けた。

「一度はそうして近代化されたヴァイオリン属の楽器なんだけどね、ここのところ、バロック時代の曲はやっぱりバロック時代に作られた楽器で演奏するべきではないか——なんて動きも盛り上がったりしてね。いったん近代化手術された楽器が、もう一度バラして元に戻されて、もちろんチェロはエンドピンも外されて、バロック楽器として演奏されたりしているんだよ」

「な、なんだか勝手な話ですね。録音や音響技術の発達で、小さな音もきちんと人の耳に聴かせられるようになったせいでしょうか？」

「そうだね。でも玲央名もね、バロック楽器に興味を持っていたんだよ」

ここで唐突に、翡翠さんの口から玲央名さんの名前が出た。ビクッと私が肩を震わせたのと同様に、エレーナさんも頬《ほお》に緊張を走らせたように見えた。

「《ヴォルフ》の弾き込みと並行して、玲央名はバロック楽器を弾きたがっていた。バッハを弾くには、やはり《ヴォルフ》よりバロック楽器がいいと言ってね。何度も手術をされた楽器ではなく、手つかずのアマティかマッジーニを欲しがっていた。どちらもストラドより古くて、現存数のずっと少ない代物だよ」

「はあ……」

希少価値が高いということは、相当値が張る代物なのでは――。

思わず値段を心配してしまう俗物な私だったけれど、

「――といったことをね、頭の隅に置いて話を聞いてくれたら、わかりやすいと思う」

翡翠さんにそう続けられて、この講義が私のためだったことにやっと気がついた。私は慌てて背筋を伸ばし、大きく頷いた。

「は、はい……！　わかりました、頭の隅に置いておきます！」

そう、音大でチェロを専攻していたエレーナさんは、これくらいのことは当然知っているに違いない。要するに、私が途中で素人《しろうと》丸出しな質問を挟んで話が脱線することを予防したのだろう。本題はこれからなのだ。

私としては、ご高齢の翡翠さんにあんまり長く喋《しゃべ》らせて無理をさせたくはなかったのだけれど、木田《きだ》さんが持ってきてくれたお茶を飲んで一息入れつつ、翡翠さんはゆっくりと語り始めた。


以前、モモちゃんにも少し話したと思うけれどね――。

《ヴォルフ》は、玲央名の曾祖母《そうそぼ》――つまり僕の妻の家に代々受け継がれてきたものだった。妻は、ストラディヴァリが活躍したイタリアのクレモナ出身でね、どういう経緯《いきさつ》があってか、先祖がこのチェロを手に入れたらしい。

でも、《ヴォルフ》と名付けられたとおりウルフ音がひどくて誰もまともに弾けない楽器で、本当にこれは天下のストラディヴァリウスなのかと、疑惑も生じたようでね。様々な楽器商に鑑定を依頼したそうだけど、まあ本物ということで所見は一致したらしい。それで一応は家宝として大事に扱ってきたけれど、正直、場所を取るだけの邪魔者だった。

そんな曰《いわ》く付きのチェロ《ヴォルフ》を、十歳になるやならずの頃の玲央名が妻の実家で見つけてね。瞳《ひとみ》を輝かせて「これを弾きたい」と言った。

玲央名は、ヴァイオリニストの父親の勧《すす》めで、三歳の時からチェロを習っていたんだ。《ヴォルフ》と出合った当時、すでにピアニストの母親も入れて三人で一緒に演奏会を開いたりしていたけれど、とにかく無口な子でね。家族ともほとんど喋らない。口で話すより、楽器で話す子だった。不思議なことにね、演奏を聴いているとわかるんだよ。あ、今お腹が空《す》いてるんだな、とか、熱でもあるんじゃないかな、とかね。

そんな玲央名が、はっきり口に出してまで「弾きたい」と言ったチェロを、僕は無理を言って妻の実家から譲り受けた。玲央名は大喜びで《ヴォルフ》を弾き始めたよ。まだフルサイズのチェロを弾くには身体が小さかったけれど、玲央名はムキになって楽器に抱きついて弾いていた。家中にウルフが響いて、大変だったなあ。

我が家は狼屋敷だね、なんて家族で諦《あきら》め半分に言っていたある日、ふっとウルフが消えたんだ。別のチェロを弾いているのかと部屋を覗いたら、確かに玲央名が抱きついて弾いているのはあの赤いチェロだった。でも音が全然違った。煌《きら》めくように華やかで甘い音が響いていた。とうとう玲央名は《ヴォルフ》を制したのかと思った。

けれど、しばらくするとまたウルフが唸《うな》り始めた。玲央名自身、Fが鳴る時と鳴らない時をコントロール出来ないらしい。そんな調子では、とても演奏会には使えなかった。

やがて、《ヴォルフ》のFが鳴った時、玲央名はまるでチェロに棲む狼に取り憑《つ》かれたかのように、自由奔放《ほんぽう》な人格になってしまうことがわかってね。ついでに、家族の捜し物を見つけてくれたりもするようになった。

区別を付けるために、狼が取り憑いている間はヴォルフと呼ぶことにしたんだけどね、完全に別人になっているのとは違うと思うんだよ。チェロの演奏テクニックは玲央名のままだからね。ヴォルフに取って代わられているというより、ふたりが同居している——という方が正しいんじゃないかな。楽器を弾いているのは玲央名で、対人面ではヴォルフが表に出てくる、というような。だからたぶん、ヴォルフになっている間のことを玲央名は覚えていると思うんだ。

もちろん、病院にも連れていったよ。でも原因は不明なまま。家族としては、ヴォルフになった玲央名はよく喋ってくれるし、それはそれで嬉《うれ》しいんだよね。だから別にこのままでもいいか——と結構気楽に受け入れちゃってね。

そもそも、玲央名がヴォルフに変身するのは、数時間から長くても一日だからね。ヴォルフになるということは、イコール、チェロの《ヴォルフ》がまともに鳴るようになるということで、ヴォルフも結局はチェロが好きな狼なわけで、出歩くよりも、夢中で楽器を弾いて過ごすうちに元に戻っている、ということも多い。だから大した不都合もないというか。

それにね、たぶん玲央名の中にはヴォルフみたいな部分もあるはずなんだよ。楽器があれほど雄弁《ゆうべん》に語るんだからね。内面が空《から》っぽの人間に、人の心を動かし、酔わせるような演奏が出来るわけがない。僕たちとしては、ヴォルフへの変身をきっかけにして、玲央名がもっと周囲に心を開いて、社交的になってくれればいいと思っていたんだよ。

でも玲央名は、ヴォルフになるのが厭《いや》で厭でたまらないようでね。《ヴォルフ》をきちんとした音で弾きたいけど、狼に身体を乗っ取られるのは厭だ——とウルフを消すための方法を試行錯誤《さくご》していた。

玲央名はバロック楽器も弾きたがっていたけれど、《ヴォルフ》を元の形に戻すということは考えなかったようだね。今まで散々、楽器を開いて調整してもウルフは消えなかったし、今のままで稀《まれ》にFが鳴ることもあるのだから、このままの状態で狼をねじ伏せたかったらしい。

とはいえ、ウルフキラーをどの位置に付けてみたところで、気休めにもならない状態でね。ヴォルフは出てくる時は出てくるんだよ。ウルフキラーを派手に弾《はじ》き飛ばしてね。

そんなこんなで演奏会には別の楽器を使いながら、玲央名は《ヴォルフ》の弾き込みを諦めなかった。この執念深さを見るだけでも、とてもクールで淡泊な人間とは言えないよね。玲央名に目を付けられたら、人でも物でも大変だと思うよ。

そして時は流れて――二年ほど前のことかな。

クラウディア・ラウファーという女性作曲家が、玲央名のために曲を作りたいと言って頻繁《ひんぱん》に我が家を訪ねてくるようになったんだ。

クラウディアの名前は、気鋭の作曲家として僕も聞いたことがあった。黒髪の美人でね、よく新聞や雑誌に写真付きで載《の》ったりしていたよ。彼女は玲央名より四つ年上で、玲央名はこういうデキるタイプのお姉さん受けがいいんだよね。ぶっきらぼうなところが可愛く見えるらしいよ。

玲央名のクラウディアに対する態度は全然素《そ》っ気《け》なかったけれど、彼女は気にせず玲央名の世話を焼いていた。そういうやりとりを楽しんでいるようだったな。

玲央名の傍《そば》にいれば、《ヴォルフ》のFが鳴る場面に居合わせることもある。《ヴォルフ》の本当の音を初めて聴いた時、クラウディアはひどく興奮していたよ。この音のために曲を作りたい、とやる気も新たになったようだった。

ところが、そうするうち、クラウディアの言動がおかしくなり始めたんだ。

チェロを持ってもいない玲央名に向かって、「今日もいい音が鳴るわね」などと言う。初めは冗談でも言っているのかと思ったけれど、夏の陽射《ひざ》しが強い日には、「陽に当たったら駄目、割れたらどうするの」なんてどこまで本気かわからないことを言う。

どうやらクラウディアには、玲央名が人間ではなくチェロに見えているようだった。

これはデリケートな問題だから、こちら側としてはさりげなくクラウディアの家族に彼女の異変を伝えることしか出来なかった。でも言い回しに気を遣《つか》いすぎて、あまりうまく伝わらなかったみたいだった。今から思えば、この時にもっとはっきりと「お宅のお嬢さんは変です」と言っておくべきだったのかもしれない。

精神のバランスを崩したクラウディアは玲央名に執着し続け、そして去年の秋――。

とうとう人を雇って玲央名を監禁したんだ。

といっても、街中で派手に拉致《らち》されたわけじゃない。誘い込んだのはクラウディアだった。世界に六挺《ちょう》しかないアンドレア・アマティのバロック・チェロが手に入るかもしれない、と玲央名に声をかけたんだ。

本物のバロック楽器を欲しがっていた玲央名は、試し弾きさせてもらえるからという餌《えさ》にまんまと釣られた。クラウディアの父親は有名な楽器ディーラーだということもあって、警戒心もそこまで働かなかったんだろうな。

金で雇った連中を脅《おど》し役と見張り役にして、クラウディアは父親が借りているウィーン市内の部屋のひとつに玲央名を閉じ込めた。指を傷つけられることを恐れて、玲央名も無茶な抵抗は出来なかったようだ。そう、玲央名にチェロを弾く大切な指があることがわかっていながら、クラウディアの目には同時に玲央名が、美しい音を奏《かな》で、自分にインスピレーションを与えてくれる、素晴らしいチェロにも見えていたらしい。

でもその時の玲央名は、手ぶらだったんだ。《ヴォルフ》を持ってはいなかった。適当に調達してきたチェロを玲央名に弾かせても、それはあの《ヴォルフ》の甘く華やかな音とは違う。《ヴォルフ》の音が鳴らないことに、その音を聴けないことに、クラウディアは逆上して錯乱《さくらん》した。

手当たり次第に物を投げては大声を上げ、泣き叫び、その騒ぎのおかげで同じ建物の住人が異変に気づいて警察を呼んでくれた。玲央名が帰ってこないことで、僕たち家族もクラウディアとの関連性を疑っていたのだけれど、居場所を見つけられずにいたんだ。

警察が駆けつけて、玲央名は三日ぶりに解放されたけれど、錯乱状態のクラウディアに左手の指を切りつけられていた。

玲央名の血まみれの手を見た時は、正直僕たちも目眩を覚えたよ。でも幸い、腱《けん》を傷つけるような大きな怪我じゃなかった。傷はすぐに治ったんだけどね——。

それ以来、玲央名はチェロを弾けなくなってしまったんだ。

事件のことは伏せられ、クラウディアは病院へ入れられた。厳重に監視されているクラウディアは、もう玲央名に近づくことは出来ない。そうとわかっていても、玲央名はクラウディアの影を恐れ、錯乱したクラウディアの夢を見続けてはうなされていた。自分が彼女を壊したのだと思いつめて、チェロに触れなくなった。

演奏会の予定はすべてキャンセルせざるを得なかった。弾けないんだから仕方がないんだけど、そのことでまた玲央名は自分を責めるんだ。

僕はそんな玲央名を見かねて、日本で静養しようと提案したんだよ。日本へ来たら、運良くモモちゃんといういい生徒も見つかって、玲央名の調子も上向きになってきた。

これはいいなと喜んでいたんだけど——一昨日、玲央名はふらふらしながら帰ってきたかと思うと、部屋に閉じ籠って去年の状態に逆戻りしてしまったんだ——。

そこまで話してから、翡翠さんはエレーナさんを見た。

「モモちゃんから、一通りの話は聞いたよ。君が『姉からもらったもの』と言って見せた懐中時計を目にするなり、玲央名が豹変《ひょうへん》したと。その時計は、玲央名とどういう関係があるんだい？」

翡翠さんの問いに、エレーナさんは持っていたバッグから件《くだん》の懐中時計を取り出した。それを手のひらに包み、俯《うつむ》いたまま口を噤む。

黙秘しようというのではなく、翡翠さんの話を咀嚼《そしやく》するために、少し時間が必要なのだろう。それはそうだと思う。お姉さんが大変な事件を起こし、大変な状態になっていることを、きっと今初めて知ったのだろうから。

私は息を詰めてエレーナさんの様子を窺った。翡翠さんも黙ってエレーナさんが口を開くのを待っている。

やがてエレーナさんは思い切ったように顔を上げ、静かに語り出した。

「私と姉のクラウディアは、母親が違う姉妹です。互いの母親が厭がるので、表立って姉妹だとは名乗れませんでしたが、こっそり連絡を取り合って仲良くしていました。姉は作曲の勉強を、私はチェロを弾いていて、音楽のことでもいろいろ相談出来たんです――」

二年前の誕生日――私は姉からアンティークの懐中時計をもらいました。前から欲しがっていたタイプのもので、私は大喜びしました。

なんでも、姉がたまたまウィーン六区のケッテンブリュッケンガッセ駅で降りたら、土曜日恒例の蚤《のみ》の市《いち》が開かれていたそうなんです。そこでチェリストのレオナ・キナサキを見かけたので、挨拶をしたのだと。

噂《うわさ》に違《たが》わずレオナは不愛想な青年で、姉が自己紹介をしても素っ気ない態度だったそうです。若手作曲家としてウィーンではそれなりに名が知られていると自負していた姉は、レオナの興味を惹《ひ》こうと、彼が見ていた品物を横から奪《と》っちゃったんだそうです。

レオナが見ていたのは古い懐中時計で、それがちょうど私が欲しがっていたものとイメージがぴったりだった――という理由もあったようなんですが、さらに店のおじさんが女性びいきで、姉の方が後から来たのに姉に時計を売ってくれたというんです。

時計を横から攫《さら》われたレオナはあからさまに不機嫌になって、その顔が可愛いかったそうで。姉はレオナをカフェに誘ってご機嫌を取りながら、時計を譲ってくれたお礼に何か曲を作ってあげると申し出たんだそうです。レオナは不愛想に「ご勝手に」と答えたそうです。

そんな経緯《いきさつ》の報告と共に誕生日プレゼントが送られてきて、私にとっては二重の喜びでした。レオナが姉の曲を弾くなんて夢みたい……！　初演には絶対駆けつけるからと応援していました。

ところが――去年の春頃から姉と連絡が取りにくくなり、秋にはとうとう、電話もメールも一切連絡がつかなくなってしまいました。そうこうしていると、レオナが今後の演奏会予定をすべてキャンセルして雲隠れしたという噂が流れたんです。雲隠れの真相はわかりませんでしたが、演奏会の出演が軒並《のきな》みキャンセルされたのは調べればわかりました。

タイミングからして、姉とレオナの異変には何か関係があるのかもしれない……と思いました。けれど姉の居所がどうしても摑《つか》めず、レオナも見つからず、じりじりしているところへ、日本の友達の奏子からメールが舞い込んだんです。「あの貴那崎玲央名が、近所に引っ越してきたのよ！」と。

――レオナは日本にいる？

幼なじみの恋人とのあれこれを、いつも姉には相談に乗ってもらっていました。という肚《はら》を決めて婚約したことを、早く姉に報告したいという思いもあったんです。レオナの居所が摑めたのなら、まずそちらに当たってみようと、日本へ行くことにしました。いろいろ都合をつけることがあって、実際に動けたのは夏になってからですが。

モモちゃんの家で指輪と懐中時計が消えた時、咄嗟《とっさ》に思ったんです。これをモモちゃんがレオナに相談すれば、引き籠っているというレオナが外に出てくるかもしれない――と。奏子から、レオナには失《う》せ物を見つける不思議な力があると聞いていたので。

もしもレオナと姉との間に何か問題が起きていたのだとすれば、私が姉の関係者だとわかったら警戒されるかもしれないし、懐中時計のことは伏せてモモちゃんに話しました。モモちゃんには「指輪が見つからなくても気にしないで」と言いましたが、モモちゃんの性格的にそれを額面どおりに受け取らないことはわかっていました。責任感の強い子だし、自力で捜して見つからなければ、最後の手段としてレオナに頼ると思いました。

姉が言うには、レオナはかなりこの懐中時計を気に入っていて、横から攫われたことをずっと根に持って、時々思い出したように恨《うら》み言《ごと》を漏《も》らしていたとかで。だったらレオナは必ずこの時計のデザインを覚えてる、これを見れば、レオナは姉のことを思い出すはず

——そこから姉についての話題に繋《つな》げられる、そう思ったんです……。

　エレーナさんは話しながらどんどん項垂《うなだ》れていった。そして「利用しちゃってごめんね」と私に向かって謝った。

「いえっ、そんな——エレーナさんがわざと指輪と時計を隠したわけじゃないし……！」

　私はぶんぶん首を振った。利用したというなら、エレーナさんは偶然を利用しただけだ。

エレーナさんは「ありがとう」と言って話を続けた。

「レオナの登場を期待してはいましたが、まさかあそこにあのタイミングで現れるとは、さすがに思いませんでした。本当に魔法か超能力みたいで驚きました。そしてやっぱり、この懐中時計をレオナははっきり覚えていた——」

「……なるほどね、玲央名とクラウディアとの出会いにはそういう経緯《いきさつ》があったわけか」

　翡翠さんは何度も頷いた。

「そういうことを、玲央名は僕たちに話してくれなかったからね。まあ、気に入った玩具《おもちゃ》を手に入れ損ねて拗《す》ねていたのをお姉さんに慰《なぐさ》めてもらった、なんて言えないか。可愛いんだからなあ、玲央名は」

　少し茶化すように言う翡翠さんの傍《かたわ》らで、私はあの時のことを思い出していた。

　夏祭りの前、有名な作曲家にチェロ曲が少ない理由……それを訊《たず》ねた時、玲央名さんはカタカナの呪文で私を煙《けむ》に巻いた。あれは意図的だったのだ。そう、だっていつもは、私がカタカナが苦手だと知った上であそこまで畳《たた》みかけるようにカタカナ名前を並べることはなかったのだから。

話したくなかったのだ。インスピレーションを刺激する演奏家との出会いが、作曲家に曲を作らせたりする——そんな作曲家と演奏家との関係を。クラウディアさんとのことを思い出すから。あの時、私はそうと知らずに事件の核心に触れようとしていたのだ。

そしてエレーナさんもあの夏祭りの夜、作曲家と演奏家との関係を話す時、少し微妙な間を置いた。あの時エレーナさんは、お姉さんのことを思い出していたのだろうか。

「——まさか、姉とレオナとの間にそんな事件が起きていたなんて、知らなかったんです。この懐中時計が姉を思い出させて、レオナをそんなに追い詰めることになるなんて——」

エレーナさんは懐中時計を握りしめて泣きそうな顔をした。

「あの——エレーナさんは、玲央名さんに何をしたくて日本へ来たんですか？」

「何を、って——姉とレオナとの間に何があったのかもわからなかったんだから、とにかく何か事情があるなら聞きたかった、教えて欲しかった、それだけよ」

「……そうですよね、それだけなんですよね」

エレーナさんは、姉のクラウディアさんの身に起きたことをやっと知ることが出来た。でもそれは、知ったからといってすっきりする事情ではなかった。そしてエレーナさんの登場は、静養の地でほぐれかけていた玲央名さんの心を再び固く締めつけてしまった。でもエレーナさんは何も悪くない。玲央名さんも悪いことはしていない。

クラウディアさんだって、たまたま土曜日に私には一生覚えられなさそうな名前の駅で降りたりしなければ、こんなことにならなかったかもしれない。彼女だって、別に玲央名さんを苦しめるために近づいたりしたわけじゃない。

玲央名さんの弾く《ヴォルフ》の音が魅力的すぎたから？　それがすべての原因？　違う。玲央名さんはそう考えて自分を責めているんだろうけど、それは絶対に違う。玲央名さんは悪くない。良い音、魅力ある演奏が罪だなんて、そんなことは絶対にない。

私も翡翠さんもエレーナさんも。思うことはあるけれど、うまく言葉に出来ない。そんな表情で、室内に沈黙が落ちた。

重い沈黙の上にふわふわ浮かぶように、ステレオからドメニコ・ガブリエリの『リチェルカーレ』がエンドレスで流れている。私はふと訊ねた。

「リチェルカーレ、ってどういう意味ですか？」

「バロック時代の器楽曲様式のひとつだよ」

翡翠さんが答えてくれた。

「イタリア語で『捜し求める』という意味の『ricercare』が由来《ゆらい》で、英語の『research』と語源は一緒だよ。後に続く曲の調や旋法《せんぽう》を捜し求める、という意味」

「捜し求める……」

「この曲は七曲セットでね、『七つのリチェルカーレ』とも言われるけど、最古のチェロ作曲家のひとり、ドメニコ・ガブリエリが一六八九年に書いたもので、世界最初のチェロ独奏曲とされているんだ」

まだチェロが合奏曲の主役になるのは難しかった時代の、チェロがひとりで歌う曲。超絶技巧は要《い》らなさそうな、優しく素朴《そぼく》な印象の曲だった。

「私にも弾けるかな……」

「そうだね、玲央名に弾きたいって言ってみればいいよ。そのためには部屋から引っ張り出さないとね、あの苦悩したがりの先生を」

少し場の空気が和《やわ》らいだところで、エレーナさんが口を開いた。

「すみません、まだちょっと頭の中が混乱していて、うまく言えないですが——ひとつ、これだけは……。私はレオナを恨んではいません。レオナを責めるつもりもありません。姉のことを気に病《や》んでチェロが弾けなくなってしまったなら、私にはその方が辛《つら》いです。レオナにそれを伝えたい——」

けれど、玲央名さんの部屋にエレーナさんが声をかけ、思いを伝えても、内側からの反応はなかった。エレーナさんはしばらく粘ったけれど、明日の帰国のための支度が間に合わなくなるからと奏子さんから心配する電話が入り、後ろ髪引かれるような様子で帰っていった。

エレーナさんを見送ったあと、私と翡翠さんは玲央名さんの部屋の前で改めて玲央名さんの説得にかかった。エレーナさんはクラウディアさんのことで玲央名さんを恨んではいない——そこを強調したけれど、玲央名さんは部屋から出てきてくれなかった。

玲央名さんは、エレーナさんが姉の復讐のためにやって来たと思って、苦悩をぶり返させちゃったんじゃないのかな。エレーナさんにそんなつもりはないとわかれば、気が楽になると思ったのだけれど。

エレーナさんがどう思っていようと、玲央名さん自身が、自分を許せないのだろうか。

自分は何もしていない、彼女が勝手に壊れただけ——そう割り切れるほど、玲央名さんの心は強くないのだ。

自分がいたから。自分さえいなければ——そう考えてしまうのを止めることが出来なくて、クラウディアさんを壊してしまった自分と、自分が弾くチェロが許せなくて、心を閉ざし、指を動かなくさせてしまうのだろうか。

でも玲央名さんが何も悪いことをしていないのは事実だ。玲央名さんはただ、《ヴォルフ》という名のチェロを弾いただけ。ただ、《ヴォルフ》には不思議な魅力があり、玲央名さんにはその力を引き出すことが出来ただけだ。

玲央名さんはただ、好きなチェロを弾いていただけなのに――。

いくら声をかけても返事をもらえないので、私も今日のところはここでお暇《いとま》して、帰り道につらつらと考えた。『リチェルカーレ』の意味がなんとも含蓄《がんちく》あるもののように感じていたから。

圭太《けいた》が以前、「チェリストが失せ物探しをすることに何の意味があるのか」と文句を言ったことがあった。

でも、調性が云々《うんぬん》という音楽的な意味は置いておくとして、『リチェルカーレ《捜し求める》』という名の曲によって独奏楽器としての道を歩み始めたチェロが、捜し物を見つけてくれるというのは、ある意味当然のことなのでは――と思えてならなかった。こういう曲名と現象との関連性は、タイトル喰いの私としては大歓迎の展開だ。如月瑠璃子《きさらぎるりこ》さんが出てこない『如月瑠璃子は死んだのですか』とは比べ物にならない、大満足の筋書きである。

それに、今回の件でひとつはっきりしたことがある。確かに《ヴォルフ》はリチェルカーレ能力を持った不思議なチェロだ。でも無条件に玲央名さんに『答え』を見せているわけじゃない。

失せ物の在り処《あか》を不思議な力で問答無用に『見る』ことが出来たなら、指輪と一緒に紛失した懐中時計も見えていたはずだ。でも玲央名さんは、私が説明した指輪のことしか知らなかった。知らないもの、意識の内にないものは見えないのだ。

やっぱり玲央名さんの力は、魔法や超能力とは違う——。と、思う。そう思いたい。

◇——＊◆＊——◇

そして翌日。朝食を済ませてから、玲央名さんの様子を見に貴那崎家を訪ねると、大変な事件が起きていた。

翡翠さんと《ヴォルフ》が消えたというのだ！

パニックを起こしている木田さんを宥《なだ》めて、なんとか聞き出した話によると——

木田さんが今朝、渡されている合鍵《あいかぎ》を使っていつものように裏口から出勤すると、館の中に翡翠さんの姿がなかった。普段は木田さんが来る前に起きているのだという。心配になって翡翠さんの部屋を訪ねると、鍵は掛かっていなくて、中には誰もいなかった。

玲央名さんに事情を訊ねようと玲央名さんの部屋へ行く途中、練習室のドアが開け放されているのに気づいた。中を覗くと、いつもの場所にあの赤いチェロ——《ヴォルフ》がない。

ぎくりとして玲央名さんの部屋へ急ぎ、ドアの前で、翡翠さんがいないこと、《ヴォルフ》が見当たらないことを話した。けれど玲央名さんは返事もしてくれなかった。

木田さんは改めて練習室へ行き、閉まっているチェロケースをすべて開け、そのどれにも《ヴォルフ》はしまわれていないことを確認した。

続いて、誰もいない翡翠さんの部屋も改めて点検してみると、机の上に「捜さないでください」という書き置きがあったという。

「そ、それは――翡翠さんが《ヴォルフ》をどこかへ持ち出したんじゃ？　捜さないでと言われても、捜すでしょう！　というか、これは明らかに、玲央名さんに捜し出して欲しいというメッセージじゃないですか……!?」

木田さんが差し出した翡翠さんの書き置きを見て、私はそう判断した。けれど木田さんは別意見だった。

「ううん、これはもしかして、何者かに無理矢理書かされた書き置きで、翡翠さんは《ヴォルフ》と一緒に誘拐《ゆうかい》されたのかもしれないじゃない……!?　ほらモモちゃん、ここ、ちょっと字が震えてるように見えるし！　それに、あのチェロはすごく高価なストラディヴァリウスなんでしょ、盗み出す動機はあるし！」

「え……」

そ、それもあり得る展開？　言われてみたら、確かに字が震えてるように見える気がしないでもない。――いやいや、でもチェロが目的だったら、チェロだけ盗むでしょう。人間まで連れてたら足手まといだし。翡翠さんを連れてくより、同じストラドの《レディ・サラ》を一緒に盗んだ方がよっぽどお金になる。けれど練習室に《レディ・サラ》はちゃんと残っているし、特に部屋が荒らされた形跡もない。

それに、泥棒が入ったなら、練習室の傍《そば》の部屋にいる玲央名さんが何も気づかないということがあるだろうか？

私は泥棒・誘拐説には懐疑的だったけれど、木田さんは、
「玄関の鍵が開いてたの。私が昨夜、戸締まりを忘れたのかもしれない。そこから堂々と賊が侵入したのかもしれない。もしかしたら、この家に高価《たか》いチェロがあることを知っている世界的シンジケートがずっと機会を窺っていたのかもしれない。私のうっかりが賊にチャンスを与えてしまったのかも——」
と再びパニック状態になってしまった。本当、真面目《まじめ》な人はすぐ自分を責めて、妄想《もうそう》に近い心配性になってしまうから厄介《やっかい》だ。

私としても、これは警察に届ける必要がある事案なのかどうか悩んでしまって、玲央名さんにドア越しの相談をした。でもやっぱり返事はなし。

ドアの鍵は閉まっているので、玲央名さんまで誘拐されちゃっているわけではないだろうけど（もしもそうなら、密室誘拐事件だけど！）。

でも、これが翡翠さんによる狂言だったとしても、《ヴォルフ》から与えられるインスピレーションがなかったら玲央名さんは失せ物を見つけられないのに。翡翠さんが自分だけ姿を消すならともかく、《ヴォルフ》も一緒に消えてしまったら、捜して欲しげに「捜さないでください」と書き置きしても、本当に捜しようがないのでは？

ということは、やっぱり翡翠さんと《ヴォルフ》は一緒に何らかの事件に巻き込まれたのだろうか――？

私はもう一度練習室の中を確認し、続いて翡翠さんの部屋にもお邪魔した。書き置きがあった机の上には、携帯電話《スマホ》も置きっぱなしになっている。確かにこの点は心配だった。自分の意思で出かけたなら、これは持って行きそうなものだもの。

と、不意にスマホが光って賑《にぎ》やかな音楽が鳴り始めた。電話の着信音だった。

このブンチャッチャな三拍子《さんびょうし》系の感じはたぶん、何かのワルツだ（私もそれくらいはわかるようになってきた！）。画面を見ると、発信者名に『菫《すみれ》』と表示されている。

――これは、本当はひらがなで『すみれ』と書く、ウィーンにいる玲央名さんのお父さんでは！

向こうは今、何時だろう？　こちらの生活時間に合わせて電話をくれたのだろうか？　それとも、演奏旅行か何かで近くに来ていたりするのだろうか――翡翠さんと《ヴォルフ》が行方《ゆくえ》不明になってしまったこと、玲央名さんが閉じ籠ってしまっていることを、報告した方がいいのだろうか――？

私は鳴り続けるスマホを摑んで玲央名さんの部屋へ走った。ドアの前で声をかける。

「玲央名さん、お父さんから電話が来てますけど！」

けれど玲央名さんはドアを開けてくれない。

「私が出ちゃいますよ!?　いいですね!?」

断りを入れてから『通話』に指を置く。そうしてから、日本語が通じるか不安になった。確か、玲央名さんはご両親とはドイツ語やフランス語で話してるって……！

「あの……もしもし」

先手必勝とばかり、日本語で言うと、しばしの沈黙のあとに渋いお声が聞こえた。

『え……？　誰？』

よかった、日本語だ！

「あの、私、玲央名さんにチェロを教わっている生徒の森百《もりもも》といいます。木が三つの『森』に漢数字の『百』と書いてモモです」

『ああ――君が。話は聞いているよ。僕は玲央名の父の菫です。玲央名が迷惑をかけていないかな。チェロを弾くことしか知らないような我がまま息子だからね。人付き合いも下手《へ》だし不愛想だし、扱いが面倒臭《くさ》いでしょう』

実の親にまで「面倒臭い」と言われる玲央名さんって――と苦笑しつつ、

「あ、そこは翡翠さんがばっちりフォローしてくれているので大丈夫です」

私がそう答えると、驚いたような声が返ってきた。

『君にも翡翠さんが見えるのかい……!?』

「え？」

『………あのね、翡翠さんは、十五年前に亡くなっているんだよ』

ためらいがちに続けられた言葉に、私は耳を疑った。

「え……ええっ!? 亡くなって……? 十五年前……? ど、どういうことですか!? じゃあの翡翠さんは一体!?」

私が大声で訊き返していると、目の前でガチャリとドアが開き、

「──うるさい」

超不機嫌そうな顔で玲央名さんが出てきた。そして、

「タクシーを」

いつもなら翡翠さんに言う台詞を、翡翠さんがいないので私に言う。

「えっ、翡翠さんと《ヴォルフ》の居場所がわかったんですか!?」

《ヴォルフ》がないのに!? 狼が出てきてないのに!?

私はひとまず「すみません、あとでまた!」と言って菫さんとの通話を切り、電話帳アプリのお気に入りに入っていた五須留賀《いするが》タクシーに電話をした。すぐに徐行《じょこう》さんがやって来るのは最早《もはや》お約束だった。

「あれ、今日は狼さんじゃないみたいだな。どこまで?」

「このお喋り娘の家まで」

「えっ」

もしかして、翡翠さんと《ヴォルフ》の居場所がわかったんじゃなくて、私を追い払いたいだけ!?　でも、だったら玲央名さんまで一緒に来る必要は――。ていうか、翡翠さんが亡くなってるってどういうこと――!?

◇――＊◆＊――◇

混乱する私を乗せて、タクシーはすぐ我が家に着いた。

玲央名さんはヴォルフと同じ傍若無人《ぼうじやくぶじん》さでずかずかと家の中に上がり込み、「君の部屋は」と言った。

「え、私の部屋、ですか?」

「はい、かしこまりー」

「ちょっと徐行さん、なんで徐行さんが案内するんですかっ」

例によってくっついてきている徐行さんが、勝手に玲央名さんを私の部屋へ案内する。徐行さんも我が家に転がり込んでくることがあるので、うちの間取りを知っているのだ。

――でも待って、何が悲しくて、新聞の山だらけの、圭太曰《いわ》く『競馬新聞を溜《た》め込んだオッサンの部屋』を玲央名さんに見せなきゃならないの――!?

「なんだいなんだい、どうしたんだい」

佳映子《かえこ》さんも出てきて、後に付いてくる。

私の部屋は、ベッドと机と新聞の山とチェロに場所を取られた六畳の和室である。

そこへ玲央名さんはためらいもせず足を踏み入れると、新聞の山は無視して、タオルケットを掛けて寝ているチェロに歩み寄った。

玲央名さんの手が、無造作にタオルケットを取ると――

そこにはルビーのように赤いチェロ――《ヴォルフ》が横たわっていた。

「なんで私の部屋に《ヴォルフ》が――!?」

そして驚く私の背後から、翡翠さんがひょっこり顔を見せた。

エピローグ　狼が返してくれたF

「いやあ、あたしも死んだはずの翡翠《みどり》さんから連絡があった時は驚いたよ。初めは信じられなかったけど、電話も出来るしスカイプも出来るし、なんかもう疑うのも馬鹿らしくなってきて、『悩めるひ孫を引き上げよう作戦』を引き受けたのさ」

佳映子《かえこ》さんは明るく言って、翡翠さんの正体が幽霊（?）であると認めた。

「そんな……そんなこと、あり得るの……?」

私は呆然《ぼうぜん》と翡翠さんを見、恐る恐るその腕や肩を触った。手が突き抜けたりはしない。しっかり触れる。大体、翡翠さんとは今まで何度も一緒におやつを食べた仲である。

「本当に幽霊なんですか……!?」

「そうみたいなんだよねえ」

翡翠さんは呑気《のんき》に答える。

「そうみたい、って――一体全体、どういうことですか、どうしてあの世からこの世に蘇《よみがえ》っちゃったんですか?　何か心残りが!?」

「うーん、よくわからないんだけど、気がついたら《ヴォルフ》の中にいたんだよね」

「《ヴォルフ》の中に……!?」

依然《いぜん》呑気な翡翠さんに、佳映子さんが言う。

「同じ『狼《おおかみ》』同士で波長が合ったんじゃないのかい」

「狼?」

佳映子さんが言うところによると、ヴォルフが森《もり》家までやって来て、永美《えいみ》さんにチェロを弾《ひ》いて聴かせたあの日。私は永美さんを追いかけて家を飛び出したけれど、その後、ヴォルフは佳映子さんに顔を見せてから帰っていったのだという。

「あの時、初めてチェロに棲《す》む狼さんと接したけどさ、若い頃の翡翠さんにそっくりだと思ったね。――昔、この人は時々丘の上の別荘に来てたんだけどさ、何しろ姿が良くって大富豪のお坊ちゃんだからさ、まあいけ好かないボンボンだった。しかも町の女の子をからかうようなことばっかり言っていてね、あたしたちはみんなこの人を『丘の上の狼さん』と呼んで警戒していたものさ」

「それが、どうしてわざわざ頼み事を聞いてあげるくらいの仲になったの?」

「それはまあ、長い人生にはいろいろあるわな。この人も随分《ずいぶん》丸くなったしねえ」

肩を竦《すく》める佳映子さんの隣で、翡翠さんは自身にわかる範囲で経緯《いきさつ》を話してくれた。

玲央名《れおな》さんが《ヴォルフ》を弾きたがり、それを奥さんの実家から譲り受けたあと、翡翠さんは病《やまい》に倒れたこと。玲央名さんが《ヴォルフ》のFを初めて鳴らした時、ちょうど時を同じくして、翡翠さんは病院で息を引き取ったらしい。

その後、気がついたら翡翠さんは《ヴォルフ》の中にいて、そこから玲央名さんや家族の様子を見ていたのだという。つまり、ヴォルフになった玲央名さんが一番初めに見つけ出したのが、翡翠さんの魂《たましい》だったということなのだろうか。

翡翠さんがチェロの中から出て人の姿を取れるようになったのは、例の一件のあと、玲央名さんがチェロを弾けなくなってしまってからだという。つまり去年の秋だ。

「玲央名がチェロを弾いてくれなくなって、寂《さび》しくなっちゃったのかねえ。気がついたらチェロの外に出て、玲央名に弾け弾けってせっついてたんだよね」

「それは……玲央名さんもさぞかしびっくりしたでしょうね」

「うん。初めの頃は思いっきり無視されてた。でもそのうち、諦《あきら》めたみたいで」

翡翠さんの言葉に、玲央名さんが不機嫌そうに口を開く。

「初めは、僕までおかしくなったのかと思って見て見ぬふりをしたんだ。でも、翡翠さんは勝手にテレビを見たりパソコンを触ったり好き勝手にし始めて、僕だけじゃなくて家族にも見えているんだとわかって、なんだかわからないけど居るものは仕方がないか、と家族の合議で翡翠さんの存在を認めることになった」

仕方がない、で認められるの……!?　狼に乗り移られる息子（孫）も受け入れちゃうし、玲央名さんの家族ってつくづく順応性が高い！

でもそんな不思議な出来事があっても、玲央名さんの気は晴れなかったということだ。翡翠さんの提案で、日本で静養することになった。ところが、日本に着いてから不思議なことが起きた（ここまでも十分に不思議だけど！）。今までは家族にしか姿が見えなかった翡翠さんが、周りにも見えるようになったのだという。

翡翠さんはそれをウィーンにいる家族には内緒にしたまま（知らせたら、行動にあれこれ注文を付けられそうだと踏んだらしい）、古い知り合いである佳映子さんに連絡を取った。そうして、私を玲央名さんの生徒にすることで勝手に話がまとまり、昔別荘として使っていた館に引っ越してくることになった。

母国へ帰ってから存在感をパワーアップさせた翡翠さんだったけれど、《ヴォルフ》を置いている場所から一定範囲内しか動き回れないとわかった。丘の上の館でいえば、せいぜい庭に出るくらいしか出来ないのだという。

ずっと、玲央名さんを引き籠《こも》りだと思っていた。でもよく考えれば、ヴォルフになった玲央名さんは普通に館の外へ出ていて、翡翠さんの方こそ、外に出ているのを見たことがなかった。そう、ヴォルフが失《う》せ物の在《あ》り処《か》へ直行する時、翡翠さんの性格なら一緒に付いてきたがりそうなものなのに、一度も同行はしなかった。春には四ノ宮《しのみや》家の宴席にも来なかったし、夏祭りへの誘いもあっさり断られた。

私としては、玲央名さんが心配で極力傍《そば》にいるようにしているのだと思っていたし、私の知らないところでそれなりに外へ出かけているのだと思っていたけれど、違ったのだ。本当は玲央名さんより翡翠さんの方がずっと訳ありで引き籠り度数の高い人だったのだ。

館に客を呼びたがらなかったのも、玲央名さんが厭《いや》がるということの他に、翡翠さんの姿を出来るだけ人に見せたくないという理由もあったのだろう。目の前の老人が本当は死んでいるかもしれないなんて疑う人はまずいないだろうけど、いざという時、面倒な事態に陥《おちい》るのを避けるためにも、わざわざ交友関係を広げる必要はない。夏休みに近所の子供たちを呼んだのはヴォルフで、まあ子供ならいいだろうと翡翠さんも追い返しはしなかったらしい。

「あ、榊原《さかきばら》さんは？　翡翠さんと普通に話してましたけど、あの人は翡翠さんの正体を知ってるんですか？」

「知らないと思うよ。彼のおじいさんの方は、僕が連絡をしたら驚いてたけどね。面白がって、この秘密は人には黙ってるって約束してくれたし。孫にも何も言ってないと思う」

「面白いって……」

そこへ、それまでずっと黙って話を聞いていた徐行《じょこう》さんが手を挙げて発言した。

「俺も知ってたよ。このじいさんがもう死んでるって」

「えっ!?」

「そりゃあ、不思議なチェロを持つ天才チェリストが気になったからさ。ちょっといろいろ調べたんだよ。『事件』とやらの詳細まではわからなかったけど、貴那崎《きなさき》翡翠というひいじいさんは十五年前に死んでるってことはわかった。はてさてこれはどういうことかと、面白いからずっと付き合ってたんだ」

徐行さんが珍しくひとつの部署でおとなしくしていたのは、玲央名さんと翡翠さんへの興味から、タクシー部門を離れたくなかったからなのか！　そういえば、玄関先で翡翠さんの肩を馴れ馴れしく叩《たた》いたりしていた。あれって、さっきの私と同じように手が突き抜けないかどうか確認したんだ！

他にも、振り返れば「そういうことだったのか！」と思うことばかりだった。

翡翠さんが御年《おんとし》九十の割に若く見えて、七十代でも通用すると思ったのは、それもそのはず、七十五歳で亡くなった姿のままだから。夏も元気で、長い講義や思い出話も息切れせずに話せるすごい人だなあと感心したのは、そもそも疾《と》うに息を引き取った人だから。

「人の一生にはね、不思議な出来事と遭遇することが結構あるんだよ」といつも私の頭の固さを指摘していたのも、自分自身が不思議そのものの存在だったからなのだ。

この世に怖いものなんてないような佳映子さんが急に「幽霊を信じるようになった」なんて言い出したのも、亡くなったはずの翡翠さんと再会したからなんだろう。

携帯電話《スマホ》なんかもそうだ。玲央名さんが携帯を持っていないんじゃなくて、玲央名さんの携帯を翡翠さんに貸していたのだ。家族はそれを了解した上で、館の固定電話ではなくて翡翠さんの持っている携帯に連絡を入れていたのだろう（お手伝いの木田《きだ》さんに翡翠さんの秘密を知られたら面倒だし！）。

そして翡翠さんが語ってくれた過去のあれこれは、生きている時の自分が見たもの、チェロの中から見たもの、チェロから出たあとに家族から聞いたもの――が混ざり合っていたということだ。

種明かしをされれば、なるほどと思うのだけれど、でも理性が理解を拒《こば》もうとする。死んだ人がチェロに取り憑《つ》いて、姿まで持つようになるなんて、そんなこと――。

「モモちゃん、如月瑠璃子《きさらぎるりこ》さんはラッパになって海を渡った、絶対にそうだって言ったじゃないか。だったら、ひ孫のためにチェロに乗り移って海を渡った僕のことも認めて欲しいな」

うっ。あの時――瑠璃子さんの話に翡翠さんが妙に喰いついてきたのも、翡翠さんの正体を示唆《しさ》する伏線《ふくせん》だったのか……！

「でも、それは、小説の話で……！」

「作った話が信じられるなら、目の前の出来事はもっと信じられるだろ」

佳映子さんのぞんざいな言葉に私は「ううぅ」と唸《うな》る。

――それは……目の前にあるものを否定することほど意味のないことはないとも思うけ

ど……！

私は縋《すが》るように玲央名さんを見た。

「居るものは仕方がない。目の前に居るんだから、居るように接するしかないだろう」

──玲央名さん、こういうことは受け入れられるのに、事件のことは吹っ切れないんですね……！

私は恨《うら》めしげに玲央名さんを見た。私の視線に対し、玲央名さんの代わりに翡翠さんが答える。

「そう、僕はただ居るだけだよ。人に悪さをするわけでなし、ただチェロにくっついてるだけ。まあ飲み食い出来るから食費はかかっちゃうけど、モモちゃんが厭がる魔法的なことはなーんにも出来ないよ、僕は」

「……」

ただ居るだけ。玲央名さんの傍に居るだけ。

でもそれが何より重要だったことを、私はわかっている。翡翠さんがいてくれなかったら、玲央名さんとだけでは会話が続かなかった場面ばかりが思い起こされる。翡翠さんの存在に私は大いに救われていた。そのことは認めざるを得ない。

「──はぁ……」

私は大きく息を吐いた。今この場で、翡翠さんの件でジタバタしているのは私だけだ。

これ以上ごねても仕方がない。話を先に進めてもらおう。

「――それで結局、《ヴォルフ》を私の部屋に運んだのは誰なんですか。翡翠さんですか？」

翡翠さんは《ヴォルフ》から遠く離れられない関係なのだとしても、《ヴォルフ》を担《かつ》いで一緒に行動するならどこへでも行けるのだろうか？

「僕はヴォルフに協力しただけだよ」

あっさりと答える翡翠さんに、私は目を丸くした。

「ヴォルフ？　――え、狼の方ですか？　どういうことですか、だって玲央名さんは――え……ええ……？」

目をぱちぱちさせながら翡翠さんと玲央名さんを見比べる私に、翡翠さんが説明した。

「昨夜遅く、玲央名が部屋に来てね。やっと閉じ籠りをやめてくれたのかと思ったら、ヴォルフの方だった。チェロを弾かずにヴォルフが出てきたのは初めてだけど、それだけヴォルフも玲央名が心配だったんだろうなあ。玲央名が眠っている間に《ヴォルフ》を盗み出して、あいつを部屋から引っ張り出そう――なんてささやかれて、僕も手を貸すことにしたんだよ。自分で自分を盗み出そうなんて、面白い計画だからね」

「……だから、面白い、って……」

さっきから聞いてると、すべてが「面白い」で動いている気がする。私のツッコミを無視して翡翠さんは続ける。

「消えた《ヴォルフ》は意外なところで見つからなきゃ面白くない、ということで、佳映子さんにも協力してもらうことにしてね、モモちゃんの部屋のチェロとすり替えることにしたんだよ」

「はーい、実はそこで俺も協力しましたー」

徐行さんがまた手を挙げる。

つまり、徐行さんが翡翠さんと《ヴォルフ》をタクシーに乗せて我が家へ運んだ。それを佳映子さんはこっそり自分の部屋に隠し、私が貴那崎家へ出かけたあと、私の部屋のチェロとすり替えた。その後、貴那崎家へ呼ばれた徐行さんは何喰わぬ顔で私と玲央名さんを我が家へ運んだということなのだ。

「玲央名さんは、ヴォルフの行動を覚えてるんですか？　初めからうちにチェロの《ヴォルフ》があるってわかってたんですか」

私の問いに、玲央名さんは不機嫌そうに頭《かぶり》を振った。

「眠っている間のことなんて知らない。でも、少し考えればわかる」

「ヴォルフはとにかく玲央名を外へ引っ張り出そうとするからね。その行動形式がわかっていれば、犯人は自《おの》ずとわかるよね」

と言ってから、翡翠さんが笑み混じりに付け足す。

「そもそもヴォルフが謎を解かないのも、そのせいだしね」

「え？　あ――」

　私はポンと手を打った。

「そういうことですか！」

　私にもだんだん、ヴォルフがわかり始めていた。

　内向的で自分の世界に閉じ籠りがちな玲央名さんを、もっと外の世界と触れ合わせようと、ヴォルフは何か事件と見れば積極的に首を突っ込み、見えた『答え』だけを教える。置いてけぼりの関係者は必然的に謎の解明を求めて玲央名さんに群がるので、玲央名さんは厭でも人と関《かか》わらざるを得ないという寸法だ。

　ヴォルフはそんなことを考えて、傍若無人《ぼうじゃくぶじん》に振る舞っていたのか。だから頑《かたく》なに、謎解き披露《ひろう》を拒んだのか。玲央名さんもそれをわかっているからこそ、ヴォルフになっている時の記憶はないと言って、事件にノータッチを貫《つらぬ》こうとするのか。ヴォルフと玲央名さんの主導権の引っ張り合いは、私と出会うずっと前から続いているのだ。

　そしてひ孫を想《おも》う翡翠さんの目的もヴォルフと同じ。そういうところでも気が合って、翡翠さんは《ヴォルフ》に取り憑いていられるのだろうか。結局今回も、ふたりの策に乗せられる格好で玲央名さんは部屋の外へ引っ張り出されてしまったわけで、玲央名さんにとっては厄介《やっかい》なコンビなのかもしれないけれど。

なんて不思議な関係なんだろう。翡翠さんが《ヴォルフ》に取り憑いて、《ヴォルフ》の狼が玲央名さんに取り憑く。チェロに棲む狼さんはいつも激しく唸るけれど、自分を弾いてくれる人間のために働いてくれたりもする、優しい狼さんでもある。

玲央名さんだって、私が困って頼っていけば《ヴォルフ》を弾いてくれるんだから、救《たす》けを求める人を放っておけない優しさを持っている人なんだと思う。

「あの——ヴォルフが玲央名さんに謎解きを任《まか》せようとするということは、やっぱり今までの事件全部、玲央名さんにも答えがわかってたんですか？　そこに到る道筋も？　失《う》せ物がどうしてそこにあるのか、理由まで全部推理出来てたんですか」

「……僕には見えただけだ」

「そんな、ヴォルフと同じことを！」

「なぜかなんてわからない。見えるものは仕方がない。でも、見えたその光景が真実かどうかなんて僕にはわからない。そんな確証のない幻《まぼろし》、常識があれば黙っているものだろう。それを、あいつは堂々とその場所に乗り込んで、得意げに暴いてみせる。人の驚く顔を見たいだけなんだ。あとは面倒になって僕に丸投げする。迷惑だ」

「——……」

い、見える。なぜか知らないけど見える。結局、ヴォルフも玲央名さんも言うことは同じだ。《ヴォルフ》という不思議なチェロを媒介《ばいかい》した超常現象的要素は、どうしても排除出来ないのだろうか。まるで玲央名さん自信が、解けない謎のようだ。

「まあまあモモちゃん。そんなに難しい顔をしなくても。ある程度、情報の揃《そろ》っているものしか見えないんだから、無意識的な推理との合わせ技ということで納得しようよ」

「そうだよモモ。若いんだから、物事にはもうちょっと柔軟に対応しな」

確かに、推理も絶対にあるのだと思う。だって、いくら失せ物の在り処がパッと脳裏に閃《ひらめ》いて見えたのだとしても、それがどこなのか、テレビみたいにテロップでロケ地の紹介が流れるわけではないはずだ。

玲央名さんが一度も行ったことのない四ノ宮家や水野華《みのか》学院を失せ物の在り処として割り出せたのは、見えた光景と私の話がヒントになって、推理をしたからなのだ。たぶん玲央名さん（ヴォルフ）はそれを無意識的にやっているだけなのだ。

ああ、見えるさえなければ、私も納得しやすいのに――。

ため息をつきつつ、翡翠さんを見る。

――そりゃあね、十五年前に亡くなった人と普通に会話が出来ていることを思えば、楽器を弾いて得られるインスピレーションで超閃き映像が見えることくらい、なんてことはない。なんてことはないような気もするけど……！

眉根《まゆね》を寄せたりくちびるを捻《ひね》ったり複雑な胸中を顔に表している私に、玲央名さんがぽつりと言った。

「お母さんの部屋は」

「え？」

「はい、かしこまりー」

徐行さんがまたガイドのように先に立ち、玲央名さんを母の部屋へ案内する。ちなみに私の部屋は和室だけど、母の部屋は洋間である。

例によってためらいもなく室内へ足を踏み入れた玲央名さんは、真っすぐ書棚へ歩み寄ると、私の腹の底をふつふつさせる例のもの――『モモ』を手に取った。そして紙のケースを外し、私の方へ差し出す。

「中」

短く言われ、私は首を傾げながらページをぱらぱらめくった。すると、真ん中辺りのページに二つ折りされた便箋《びんせん》が挟まっている。

「……？」

見ていいのかな、と戸惑いつつ、その便箋を広げると――


モモへ。

やっとこの本を開いてくれたみたいね。

このミヒャエル・エンデの『モモ』は、私が子供の頃に読んで以来、大好きなお話です。

ちょうどあなたがお腹にいる時、無性《むしよう》にこれを読みたくなって、何度も読み返していました。そうだ、生まれてくる子供の名前は『モモ』もいいかな、なんて思っていました。

そのままカタカナにしようか、それとも漢字にしようかと考えていたある日、夢を見ました。漢字が踊っている夢です。『二』『十』『百』『千』『万』『億』といった漢字がヒップホップを踊っていました。やがてそれはダンス対決の様相を呈し始め、最後に勝ち残ったのは『百』でした。

『億』なんて字画《じかく》も多くて強そうだったのに、『百』は鉄壁の安定感と左右の角を使った小回りの利《き》く動きで、堂々優勝です。

私は夢の中で拍手喝采《はくしゆかつさい》して『百』を讃《たた》えながら、そういえば『百』は『もも』と読むなあ……なんて考えていました。

その後、あなたが生まれました。お姉ちゃんは生まれた時からクールでマイペースな赤ちゃんでしたが、あなたはよく泣いてよく動く元気な赤ちゃんでした。これは、佳映子さんの跡を継いでご町内を元気に走り回ってくれるかもしれない……と思いました。

『百《もも》』は、『百歳《ももとせ》』の『百』です。あなたは百歳まで生きて、佳映子さんの閻魔帳《えんまちよう》を受け継いでください。私やお姉ちゃんはモモほどお節介《せつかい》じゃないから、ご町内の女ボスの座はモモに譲ります。

……こんな話でも、聞かないよりは聞いた方がよかった？

追伸
佳映子さんから、チェロを習い始めたと聞きました。『百』にはダンス対決を制した無敵のリズム感があるので、きっと上達すると思います。頑張ってね。

母より

「……」

私は唖然《あぜん》として便箋を見つめた。

夢に出てきた漢字を名前に付けた、と聞いた時は「なんて適当な！」と思ったけど、その詳細を聞いてみると、もっとふざけた話だったということだ（漢数字ヒップホップダンス対決って、どんな夢!?）。

子供の長寿を願って付けた名前、と言えば聞こえはいいけれど、「自分の代わりに佳映子さんの相手をよろしくね、百まで生きて次の佳映子さんになってね」という意味が込められているとすれば、『百』はほとんど呪いの一文字じゃないか……！

好きでお喋《しゃべ》りになったわけでもお節介になったわけでもない。マイペースな母や姉が佳映子さんに付き合わないから、私が奮闘しているだけなのに。結局は真面目《まじめ》な人間が損をするということなのか――！

私が天を仰《あお》いだ時、玲央名さんがまるで私の心を読んだかのように言った。

「ちなみに、前に言った、恋人の名前にやたらこだわる女性たちを描いたオスカー・ワイルドの戯曲は『真面目が肝心《かんじん》』というタイトルだけど――そこにあるね」

なんと、『モモ』があった場所の隣に、『真面目が肝心』という古い文庫本が並んでいる。どこまで計算しているのか、うちの母も怖いけど、玲央名さんも怖い！

確かに母の部屋に『モモ』という本があって、私はそれを読んだことがないという話は何度か玲央名さんの前でしている。母のキャラクターについても何度も愚痴《ぐち》っている。だからといって、ここにこんな手紙があることを、いつ見たんだろう。――この人、本当は《ヴォルフ》を弾かなくてもなんでも見えちゃってるんじゃ!?

一瞬ぞくっとしたけれど、私を見て悪戯《いたずら》げに笑った玲央名さんの顔にびっくりして、寒気が吹き飛んだ。私のために、頼んでもいないものを見つけてくれたのは、私に対する何らかの親しみの表れ――と思いたかった。

その夜、私は母に電話をして、『モモ』に挟まれた手紙に気づいたことを話した。

どうやら、お盆や正月に帰って来る度《たび》に内容を書き直していたらしい。そんなまめなことをするより、直接言えば早いのに！　こういう妙な遊び心が、私には付き合いきれないところなのだった。

いたということも、奏子《かなこ》さんから教えてもらった。

◇――＊◆＊――◇

そんなドタバタのあった日、エレーナさんはドイツへ帰っていった。無事におうちへ着

そして八月三十日（日）。夏休み最後のレッスンとして私は丘の上を訪ねた。途中の商店街で手土産《てみやげ》に季節限定羊羹《ようかん》を買おうと家を早く出たら、貴那崎家にも少し早めに着いてしまったけれど、木田さんは笑顔で迎え入れてくれた。

なお、先日の『翡翠さんと《ヴォルフ》消失事件』は、やっぱり玲央名さんを部屋の外へ引っ張り出すための翡翠さんの狂言だったと木田さんには説明してある（決して嘘ではない！）。「人騒がせな！」と怒るかと思いきや、世界的シンジケートの仕業《しわざ》じゃなくてよかった――と木田さんは素直に胸を撫《な》で下ろした。今回初めて知ったのだけれど、木田さんはスパイ小説を読むのが趣味らしい。それで、すぐそういう物騒《ぶっそう》な発想になってしまうらしかった。

羊羹を木田さんに渡し、勝手知ったる調子で練習室へ向かうと、話し声が聞こえてきた。練習室のドアが少し開いていて、玲央名さんと翡翠さんが話をしている。

「――で、モモちゃんは――」

何やら私のことを話しているみたいだったので、声をかけづらく、つい息を潜《ひそ》めてその

場で立ち聞きの姿勢に入ってしまった。

「モモちゃんはどう？　チェロの才能ありそう？」

「……姿勢はとてもいいと思います」

「姿勢？」

私は思わず背筋を正した。私、そんなに姿勢いいかな？

「練習に対する姿勢です。教本の退屈な練習曲もきちんとやるし、弾けないところがあれば、出来るようになるまで何度も繰り返し練習する。大概《たいがい》の初心者は、曲の最後まで辿《たど》り着くことばかり考えて、つっかえてもどんどん先へ行こうとするものですから。――僕と一緒にチェロを習い始めた頃、翡翠さんもそうでしたよね」

「そ、そうだったかな。玲央名が子供の割に老成していただけだと思っていたよ」

「同じ箇所を何度でも繰り返して続ける根気強さは、誰もが持っているわけではありません。負けん気が強いとも言えますが、技術的な才能とは別に、そういう姿勢はとても好ましいと思っています」

「結構な褒《ほ》め言葉に聞こえるけど、技術的な才能はない、と言っているようにも聞こえるねえ」

ええ、そう聞こえます。

「……資質は悪くないですよ。自分の鳴らしている音がおかしいのだとしっかり気づいているからこそ、おかしい部分を繰り返し練習するわけですから。近くで僕が別の曲を弾いていても、それこそひどいウルフを響かせていても、それに引きずられることなく自分の練習をしていますし、耳がしっかりしている子です」

私は思わず自分の耳を押さえた。自分の出している音は全部、心許《こころもと》なく聴こえるんだけど——。だから、納得出来る音が出るまで続けずにいられないのだ。

「確かに呆《あき》れるほどよく喋る子ですが——人の性格は恐ろしいほど演奏や練習の仕方に出る。あの子が本当は気遣《きづか》い屋で神経質なのはわかっています」

私は思わず胸を押さえた。

玲央名さんに、そんな風に見てもらっているなんて知らなかった！

取り組み方は間違っていない、愚直《ぐちょく》な練習も才能だと言ってもらえるなら、頑張ろう！　やる気をもらって、チェロを抱く片腕にぐっと力を入れた時。玲央名さんが声の調子を少し低くして続けた。

「……《ヴォルフ》の音がクラウディアを壊してしまったなら、また同じことを繰り返すのが怖い——僕はずっとそれを恐れていた」

「それは、何度も言っているだろう。彼女が特別《ヴォルフ》に魅入《みい》られやすかっただけだよ。その証拠に、家族は今までにもずっと《ヴォルフ》の音を聴いているけど、平気だろう」

「そう言われても、また《ヴォルフ》の真の音が人を壊してしまったら――と思うと、怖かったんですよ。翡翠さんが生徒を連れてきても、すぐ追い払おうと思っていました。――それが」

玲央名さんはいったん言葉を切り、また声の調子を変えた。

「僕には、あの子の名前へのこだわりはよくわかりませんが――正直、心の底からどうでもいいですが」

うっ。そんなため息混じりの声音で言わなくても。

「――でも、そんなどうでもいいことに血道を上げている子もいるんだな、ということに、ほっとしました。世の中、どうでもいいことばっかりだ。僕がチェロを弾こうと弾くまいと、地球は変わらず回っている。そんな当たり前なことに気づかされました。そして、毒気を抜かれたんですよ」

「まあね、呆れはするけど、怒る気にはならないよね、あの子には」

「この子はもともと変なんだから、これ以上変にはならないんだと――そんな気がしたんです。実際あの子は、《ヴォルフ》のＦを聴いたあとも変わらなかった。相変わらず変で、いつも名前への変なこだわりを語っていた。僕は、あの子が変であり続けることに安心していたんです」

少し笑みを含んだ声で玲央名さんは続けた。

「さすが翡翠さん、すごい子を送り込んできましたね」

「さすがなのは佳映子さんとモモちゃんだろう。僕は何もしていないよ」

とてもここで私が出ていける流れではなかった。

私はそっと踵《きびす》を返し、木田さんに変な顔をされながらいったん館の外へ出ると、改めてチャイムを鳴らして練習室へ伺ったのだった。

◇──＊◆＊──◇

その後──。

私のチェロレッスンは、基本形の第一ポジションから、もう少し高い音域まで弾ける第四ポジションへと進み、ヴィブラートをかける曲なんかももらったりして、もちろんうまく弾けずにしつこく反復練習を繰り返している。玲央名さんも簡単にＯＫは出してくれないので、必死に喰らいついている次第である。

玲央名さん自身はといえば、指が突然動かなくなる症状はやはりまだ続いていた。

ドイツへ帰ったエレーナさんは、なんとかクラウディアさんのお見舞いに行けないものかと手を尽くしているらしいけれど、「今の状態の姉と会うことが、自分自身や周囲にとって良いことなのかどうかはわからない」と悩んでいるようでもあった。そして玲央名さんをひたすら心配していた。

誰もクラウディアさんのことで玲央名さんを責めてはいない。けれど、玲央名さんの指は動かなくなる。自分で自分を許せないから。自分がこうしてチェロを弾いていていいのかどうかがわからなくなってしまうから。

いくら私が賑《にぎ》やかしのお喋りを繰り広げても、出来ることには限りがある。最終的には玲央名さんが自分で吹っ切るしかない問題だ。

翡翠さんは言った。

「日にち薬という言葉もある。長い人生、立ち止まる時期があってもいい。玲央名は早熟の天才型で、小さい頃から頑張りすぎた。今は少し、休憩を取る時期だと思えばいいんだよ。——それにね、モモちゃんのおかげで玲央名は少し変わったよ。食事に出された鶏《とり》モモ肉を見て、突然噴き出したりしてね。思い出し笑いをする玲央名なんて初めて見たよ」

——玲央名さんの思い出し笑い。それはぜひ見てみたかった。

まあ、私の鶏モモ肉への複雑な感情が、玲央名さんに朗《ほが》らかな感情を芽生えさせたなら、私の根深い屈託《くったく》も無意味に終わらずに済むということで。

うるさくて無神経なお喋りだと嫌われることもあるかもしれないけれど、自分がこういう役を演じて役に立てたのなら、やっぱり嬉《うれ》しいと思う。だから結局、私はいつも佳映子さんの子分になって働いてしまうのだ。

いつか心の傷が癒《い》えたら、玲央名さんはこの町を出て行ってしまうだろう。それでいいと思う。立派なホールでオーケストラと一緒にチェロを弾く玲央名さんを見てみたい。その演奏を聴いてみたい。彼はこんなところにいる人じゃない。

でも玲央名さんは、《ヴォルフ》を制したいと言った。ヴォルフが弾く《ヴォルフ》の野放しのFが、クラウディアさんを壊した。自分の知らないところで動くヴォルフを、自分の制御下に置きたい。そうなってからでなければ、もう人前でチェロを弾くことは出来ない――。演奏会で《ヴォルフ》を弾けるようになりたいのだと。

それは以前から玲央名さんが目指していたことだったし、部屋に閉じ籠っている間、改めて考えて出た結論もそれだった。

つまり玲央名さんとヴォルフがひとつになるまで、丘の上の館に玲央名さんと《ヴォルフ》はいるということだ。

ヴォルフをチェロに封じ込めておいても仕方がない。それではFが鳴らなくなってしまう。出て来させて、それを自分がコントロールする――それが出来るようになりたい、と玲央名さんは言う。

「なぜだかヴォルフは君を気に入っているみたいだ。君がここへ来るようになってから、ヴォルフが出て来やすくなった」

そのうち絶対に、あいつを捕まえてみせる――私の前でそう言った時の挑戦的な表情は、初めて見る玲央名さんの顔だった。これが女性に対しての発言だったら大変な殺し文句だと思うけど、残念ながら相手はチェロに棲む狼である。

　でも私は、ふたりがひとつになってしまうのが一番だという考えにはもちろん同意するとして、自分自身である《ヴォルフ》を隠してまで玲央名さんを外へ引っ張り出そうとしたヴォルフのやり方にも賛成だった。

　もっと玲央名さんをいろんな事件に巻き込んで、ヴォルフを頻繁《ひんぱん》に呼び出して、どちらがどちらかわからなくなってふたりが混ざってしまえばいい。玲央名さんは内向的すぎるし、ヴォルフは俺様で強引すぎる。足して割ったくらいがちょうどいいのだ。

　そう考えて、些細《ささい》な出来事でもいいから何か事件を見つけては丘の上へ押し掛けていると、圭太《けいた》が文句を言ってくる。

「なんでオレはただの早とちり扱いで、二重人格の引き籠り野郎のあいつのことはそんなにちやほやするんだよ」

「別にちやほやはしてないけど。玲央名さんにはいろいろ抱《かか》えてるものがあるんだよ。圭太と玲央名さんじゃ、持ってるドラマポイントの量が違うの。圭太ももっとシリアスに生きたら、ポイントが貯《た》まるかもね」

「そのポイントカードはどこでもらえるんだよっ。ついでにポイント十倍デーを教えろ、一気に貯めてやるっ！」

「そういう料簡《りょうけん》の奴《やつ》にはポイントは貯まらないの！　地道にコツコツ頑張る人に、神様のご褒美《ほうび》でドラマポイントが付与《ふよ》されるんだよ！」

圭太を追い払うと、今度は朝見《あさみ》さんがにじり寄ってくる。

「ねえモモちゃん、丘の上に行くなら、あたしも一緒に行きたいな――なんて」

「玲央名さんをネタにするのは禁止だって言ったでしょう！」

「そう言って、モモちゃんだって彼で商売してるくせに～」

「商売なんてしてないし！　お金取ってないし、町内助け合いの一環だから！」

私はこのご町内で、失せ物探し専門チェリスト・玲央名さんの相談窓口を務めることにしたのだ。町の世話役・佳映子さんの後継者としての道を順調に驀進《ばくしん》している気がするのは、気のせいだということにしておきたい。

森家には今日も、いろんな人がやって来る。

「――うんうん、なるほど……。それは不思議な話だね、どこへ消えちゃったんだろうね。じゃあ玲央名さんに話してみるから、あとは――Fが鳴るまで待って！」

そして私は丘の上へ急ぐ。玲央名さんを呼びに行く。

「So《ゾー》, ein《アイン》 Wolf《ヴォルフ》 kommt《コムトゥ》.」

さあ、狼が来るよ――。

チェロと弓の各部名称

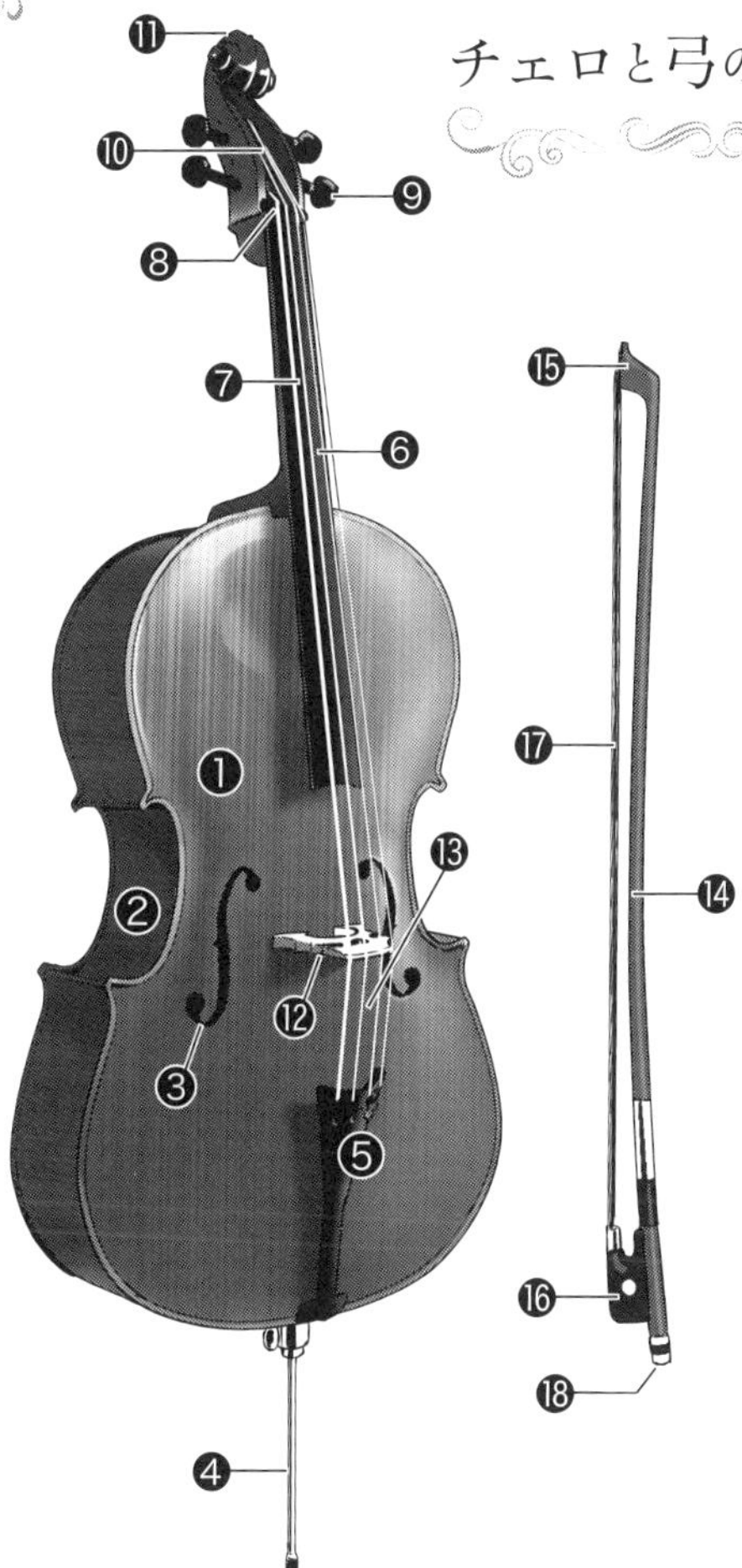

① 表板
（裏側は裏板）

② 側板

③ f字孔

④ エンドピン

⑤ テールピース

⑥ 指板

⑦ ネック

⑧ 糸枕

⑨ 糸巻

⑩ 糸倉

⑪ スクロール

⑫ 駒

⑬ 魂柱（内部）

⑭ 竿

⑮ ヘッド

⑯ フロッグ
（毛箱）

⑰ 弓毛

⑱ ネジ

イラスト／三月リヒト

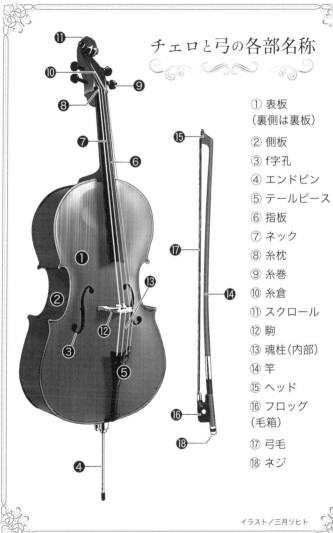

主な参考文献

『ウェルナー・チェロ教則本』（ドレミ楽譜出版社）
『楽器のしくみ』緒方英子（日本実業出版社）
『増補改訂版「古楽器」よ、さらば！』鈴木秀美（音楽之友社）
『ストラディヴァリウス』横山進一（アスキー）
『楽器の歴史』佐伯茂樹（河出書房新社）
『ストラディヴァリウス　五挺のヴァイオリンと一挺のチェロと天才の物語』トビー・フェイバー（白揚社）
『ストラディヴァリウスの真実と嘘』中澤宗幸（世界文化社）
『よくわかる！　西洋音楽史』二藤宏美・長沼由美（ヤマハ・ミュージックメディア）
（発行年順、敬称略）

その他、数多くの書籍、雑誌、楽譜、音源、そして著者（大人になってからチェロを始めて十年）の実体験を参考にしています。
チェロの師匠やドイツ語の先生からご助言をいただいた部分もありますが、資料の恣意的解釈、また勉強不足な点などについて、文責は著者にあります。

※この作品はフィクションです。実在の人物・団体・事件などにはいっさい関係ありません。

集英社オレンジ文庫をお買い上げいただき、ありがとうございます。
ご意見・ご感想をお待ちしております。

●あて先
〒101-8050　東京都千代田区一ツ橋2-5-10
集英社オレンジ文庫編集部 気付
我鳥彩子先生

Fが鳴るまで待って

天才チェリストは解けない謎を奏でる

集英社
オレンジ文庫

2016年11月23日　第1刷発行

著　者　我鳥彩子
発行者　北畠輝幸
発行所　株式会社集英社
〒101-8050東京都千代田区一ツ橋2-5-10
電話【編集部】03-3230-6352
【読者係】03-3230-6080
【販売部】03-3230-6393（書店専用）
印刷所　株式会社美松堂／中央精版印刷株式会社

※定価はカバーに表示してあります

ISBN 978-4-08-680107-2 C0193